JN013633

雲が描いた月明り

⑤

もくじ

第五巻　烘雲托月《こううんたくげつ》

一　お前にこんな姿を見せたくない　6
二　お前を守らせてくれて、ありがとう　21
三　兆候　35
四　それぞれの務め　51
五　どなたとおっしゃいましたか？　64
六　夢を見ているのだろうか？　78
七　大丈夫、大丈夫　91
八　ラオンだけに許された言葉　106
九　一日　123
十　宦官は一生　139
十一　月明りの美しい夜　154
十二　信じられない話　172

雲が描いた月明り

5

尹梨修 ユン・イス
翻訳◉李明華

新書館

雲が描いた月明り

⑤

もくじ

第五巻　烘雲托月《こううんたくげつ》

一　お前にこんな姿を見せたくない　6
二　お前を守らせてくれて、ありがとう　21
三　兆候　35
四　それぞれの務め　51
五　どなたとおっしゃいましたか？　64
六　夢を見ているのだろうか？　78
七　大丈夫、大丈夫　91
八　ラオンだけに許された言葉　106
九　一日　123
十　宦官は一生　139
十一　月明りの美しい夜　154
十二　信じられない話　172

十三　縁　186
十四　烘雲托月《こううんたくげつ》　202
十五　永遠《とわ》に共に　220
十六　月の国（上）　241
十七　月の国（中）　258
十八　月の国（下）　273
十九　特別な秘密（上）　289
二十　特別な秘密（下）　306
二十一　ヨウル村の春（上）　321
二十二　ヨウル村の春（下）　332
その後　352
完

Moonlight Drawn By Clouds #5
By YOON ISU
Copyright © 2015 by YOON ISU
Licensed by KBS Media Ltd.
All rights reserved
Original Korean edition published by YOLIMWON Publishing Co.
Japanese translation rights arranged with KBS Media Ltd. through Shinwon Agency Co.
Japanese edition copyright © 2021 by Shinshokan Publishing Co., Ltd.

雲が描いた月明り

⑤

烘雲托月《こううんたくげつ》

一　お前にこんな姿を見せたくない

「……オン、ラオン」

暗闇の中、旲《ヨン》は寝巻からのぞく首を汗でびっしょり濡らしていた。苦しそうに手を伸ばし、しきりに何かを求めるが、つかめるものは何もない。

「ラオン、だめだ。よせ、やめろ！」

叫びながら目を覚まし、荒い息を吐きながら周りを見渡すと、そこはいつもの寝所の中だった。

「夢か……」

体はもちろん、布団まで汗で濡れている。喉が焼けるような渇きを覚え、旲《ヨン》は手探りで枕元の水を手に取った。就寝の間際、チェ内官が用意してくれたものだ。それを一気に飲み干したが、喉の渇きはおろか胸の鼓動も収まらない。このままでは呼吸ができなくなりそうで、旲《ヨン》は外へ出て気持ちを落ち着かせようと考えた。ふらつく足取りで部屋を出ると、チェ内官はすぐに旲《ヨン》の様子をうかがった。

「世子《セジャ》様、もうお目覚めでございますか？」

昊《ヨン》が就寝してまだ半刻しか経っていない。チェ内官は心配になった。

「少し風に当たってくる。ついて来る必要はない」

昊《ヨン》はそう言ったが、この夜更けに世子《セジャ》一人で外を歩かせるわけにはいかず、チェ内官は眠い目をこすって昊《ヨン》のあとに続いた。ほかの者たちも二人の後ろに従い、昊《ヨン》はいつものように長い行列を従えて寝所をあとにした。

外は一面の銀世界だった。夕方から再び降り出した雪は、すべてを白く覆ってもなおやむ気配がない。深く息を吸い込み、ひんやりした空気で肺を満たしてみても、胸の中は少しも晴れなかった。

「どうしてこんなに胸が苦しいのだ。それに、この不安は何だ？　なあ、ラオン。僕はどうしてしまったのだ？　教えてくれ、ラオン」

いつものようにラオンの名を呼び、昊《ヨン》は悲しそうに眉間を歪めた。もうラオンはいないのに、ついラオンを求めては、いないことを再確認する。それに気づいた時、晴れない胸の理由がわかった気がした。ラオンの不在は、錘《おもり》が傾くように昊《ヨン》の心を揺さぶり、寂しさと虚しさが胸に大きな穴を空けていた。

「怖い夢でもご覧になられましたか？」

普段とは違う昊《ヨン》の様子を、チェ内官は案じた。

「ああ」

とても怖い夢だった。ラオンと永遠《とわ》に別れる夢。夢の中で、ラオンはこの世からいなくなってしまった。

こんなことなら行かせなければよかったという後悔が津波のように押し寄せる。だが、炅《ヨン》はすぐにそれを打ち消した。あの時、もしラオンを引き留めていたら、ラオンは一生、人目を忍ぶ人生を送ることになっていた。僕のせいで、そんなつらい思いをさせるわけにはいかない。

ただ、会いたくてたまらなかった。ラオンの無事を確かめる術もない状況に、胸が押し潰されそうになる。

「ユル」

雪の夜空を見上げてユルを呼ぶと、白い息が消えるより早く、ユルは現れた。

「向こうの様子は？」

「それが、雪のせいで到着が遅れているようです」

「そうか。皆、無事ならいいのだが。府院君《プウォングン》が追っ手を放ったと聞いた。何かあったわけではあるまいな？」

「たとえどんな危険が迫ろうとも、蘭皐殿《ナンゴ》が守っていらっしゃいます。蘭皐殿《ナンゴ》がついていらっしゃる限り、大事はないはずです。ご安心いただいてよろしいかと」

「そうだな、あいつがいれば大丈夫だ。あいつが一緒なら」

それはユルへの返事というより、自分に言い聞かせているようだった。今ほど我が身を恨めしく思ったことはない。世子《セジャ》には自分の思い通りにできることなど何一つない。人々の上に君臨し、一番高いところから眺めていることしか許されない。大事な人がつらい時に、そばで支えることも、守ることもできない。

昊《ヨン》は夜空を見上げた。

ラオン、無事だろうな？　お前に何かあったら、僕は自分を許せないだろう。どうか何事もなくあってくれ。何事もなく……。

ラオンがいるであろう空の向こうを、昊《ヨン》はしばらくの間、見つめていた。


息が切れ、足がもつれそうになっても、ビョンヨンはひたすら走り続けた。急げ。敵に先を越されては一巻の終わりだ。

一体、どれくらい走っただろうか。そう遠くないところに人の気配を感じた。武術に長けた者たちが走る時の独特の足音や、時々交わされるひそひそ声。行く手にパク・マンチュン率いる府院《プウォン》君《グン》の追っ手がいるのは間違いなかった。

その気配のする方へなおも走り続けていると、ようやくパク・マンチュンの後ろ姿が見えてきた。険しい山道を一気に駆け上がり、ビョンヨンはついにパク・マンチュンに追いついた。

「誰だ！」

パク・マンチュンも気配に気づき、声を荒げた。だが、相手がビョンヨンだとわかると、卑しい笑みを浮かべて言った。

「なんだ、会主《フェジュ》じゃありませんか。どうしてこちらに？」

パク・マンチュンの口振りには明らかに嘲笑が滲んでいたが、ビョンヨンは顔色一つ変えずに言った。

「そういうお前こそ、ここへは何の用だ?」

「人探しですよ」

パク・マンチュンは唇の先をまくり上げ、蛇のような目つきをして言った。

「邪魔をしないでいただきたい。我々はこの国、朝鮮のために逆賊一味を捕えに行く途中なのです」

ビョンヨンは答える代わりに剣を抜いた。

「今日はやけに面倒なやつらに絡まれる」

パク・マンチュンは目を吊り上げてビョンヨンを睨みつけると、傍《かたわ》らの男に合図を送った。

「この男はお前たちに任せる。そこの二人は私について来い」

「させるか!」

ビョンヨンはすかさず、パク・マンチュンに向かって突進した。だが、あと少しというところで男たちに阻まれてしまった。襲いかかる剣の嵐。ビョンヨンは次から次へとその剣を打ち返した。

「死んでもその男を逃がすなよ」

手下の男たちに言い付けて、パク・マンチュンは庵に向かって走り出した。

「待て!」

ビョンヨンはすぐにパク・マンチュンのあとを追いかけようとしたが、絶え間なく襲いかかる男たちの剣に阻まれて先へ進めない。

不本意だが、この者たちを先に始末するしかない。

ビョンヨンの目の色が変わった。ビョンヨンの剣が青い線を描き、まるで蝶が舞うように敵の男たちの中を突き進んだ。目にも留まらぬ剣の舞。その剣に触れられた者は次々に倒れ、白い雪を赤く染めた。

これで五人。だが、まだその倍以上の敵が残っている。

ビョンヨンは焦った。遠く、人目を忍ぶように闇に佇む庵の様子が目に浮かぶ。

待っていろ、ラオン。すぐに戻る。だからそれまで、俺が行くまで無事でいてくれ。

ビョンヨンは剣を握り直し、鳥のように空中に飛翔した。次の瞬間、空から青い火花が散った。その青い火花が空を分かつたび、白い雪が赤く染まっていった。


ビョンヨンが帰ってきたらすぐに出立《しゅったつ》できるよう支度を整えて、ラオンは部屋の中にいる人々を見渡した。母と妹、そして自分を睨む老人たち。

漢陽《ハニャン》を発《た》つ時から、老人たちはずっとそんな目でラオンを見ている。気づいていないふりをしていたが、間近でそんな目つきをされると、さすがに身がすくんだ。そんな状況を見かねて、ダニは一番怒っていそうなチェ・チョンスの視線を遮った。

「そんなふうに見ないでください。姉の顔に穴が開きそうです」

すると、チェ・チョンスは顔を真っ赤にしてダニに訴えた。

「こいつのせいで、私がどんな目に遭ったか知っているのか？　生涯をかけて築き上げてきたものが一瞬で水の泡だ。それだけではない。お前たちの巻き添いにされて、いつ死ぬかもわからない身の上にされてしまったのだ。睨まれたくらいで、がたがた言うな！」

「それは、姉のせいでは……」

ダニが言い返そうとするのを、ラオンは慌てて止めた。

「ダニ、いいの」

「だって、いくらなんでもこんな言い方」

「私がいけないの」

ダニの頭を撫で、ラオンはチェ・チョンスに深々と頭を下げた。

「申し訳ございません、閹工《オムゴン》先生。全部、私のせいです」

漢陽《ハニャン》を出てから、ラオンは謝ってばかりだ。それでもチェ・チョンスは胸の上で腕を組み、鼻で笑った。

「申し訳ないだと？　謝って済むなら役人はいらない」

「あんまりです」

ダニはまた言い返したが、今度は母チェ氏がチェ・チョンスに頭を下げた。

「申し訳ございません」

母にまで謝られ、チェ・チョンスはばつが悪そうに口をつぐんだ。

「この子に、男として生きることを強いたのは私です。あの時、官軍は血眼になって私たち母娘を捜していました。娘たちの無残な姿を見たくない一心で、必死で生きる道を考えました。私には、この子を男の子として育てるしか道はなかったのです」

母チェ氏の話を聞いて、パク・トゥヨンとハン・サンイクのラオンを見る眼差しが幾分和らいだ。

チェ氏は目に涙を溜めて三人に言った。

「生きるには、そうするしかなかったのです。官軍が捜していたのは、謀反者の娘とその妻。この子を息子に仕立てれば、官軍の目をすり抜けられる、そう思ったのです。どうかもう、この子を……ラオンを責めるのはおやめください。責められるべきは私です。この子に罪があるとすれば、愚かな母親のもとに生まれたことしかありません」

「母さん、それは違う。悪いのは私よ。宮中に出仕したのだって、私が自分で決めたこと。大金に目がくらんで、国の決まりを破ったのだから」

涙を拭う母を、ラオンは優しく抱きしめた。すると、隣でダニも大きな目から涙をぽろぽろこぼして言った。

「お姉ちゃん、ごめんなさい。私のせいで、私の病気のせいでこんなことに……本当にごめんなさい」

泣きながら互いをかばい合う母娘を見ても、チェ・チョンスは胸の前で腕を組んだまま怒りが収まらなかった。

「ふざけるな！　そんな三文芝居に騙されるとでも……」

すると、パク・トゥヨンがチェ・チョンスの頭を叩いた。

「痛いではないか！」

「この薄情者！　目の前でこんな姿を見ながら、よくそんなことが言えるな」

パク・トゥヨンは怒りながら目元を拭った。すると、ハン・サンイクも加勢した。

「パクよ、仕方がないのだ。こやつが閹工《オムゴン》としてやってこれたのも、性根からして情が薄いからこそ」

「ハンよ、お前の言う通りだ。そうでなければ、男の宝に刃を入れるという酷いことができるはずがない。人の心を持つ者には務まらん。そうとも。とてもできることではない」

「お前たちまで何を言うか！」

二人に責められ、チェ・チョンスは悔しがったが、その言い分に耳を傾ける者は誰もいなかった。

老人たちが言い争う中、勢いよく戸が開く音がした。

「お兄様？」

この逃亡の最中、ダニはビョンヨンを兄と慕うようになっていた。ダニは急いで戸の方へ駆け寄ったが、突然、尋常ではない悲鳴を上げ、見慣れぬ男に髪をつかまれて部屋の中に戻ってきた。

「ここでしたか。ずいぶん捜しましたよ」

薄暗い灯りが、パク・マンチュンを照らした。それまで喧嘩をしていた老人たちは、ラオンとチェ氏を囲むように立った。

「あなた方も一緒でしたか。おかげで捜す手間が省けました」

パク・マンチュンは大きな笑い声を立て、不気味なほど目を細めて言った。

「十分、休まれたでしょうから、そろそろ行きましょうか」

「どこへ行くと言うのだ？」

ハン・サンイクはパク・マンチュンを鋭い目で睨んだ。

「どこって、決まっているではありませんか。漢陽《ハニャン》ですよ。王宮へ戻って、罪を償っていただきませんと」

するとと、今度はチェ・チョンスが言った。

「罪だと？　悪いことなどしていないのに、何を償えと言うのだ？　馬鹿も休み休み言え」

「次から次に湧いてくる蛆虫どもが」

度重なる邪魔者の登場に、パク・マンチュンは我慢ならなくなり、怒りに任せてチェ・チョンスの脇腹を蹴り飛ばした。不意打ちをされ、チェ・チョンスは鈍い呻き声を上げて床に転がった。

「何をする！」

パク・マンチュンは床に唾を吐き、手下の男たちに言った。

「いい歳をして、この爺どもはまだ世の中をわかっていないらしい。目障りだ。消せ！」

「はっ！」

男たちは倒れたチェ・チョンスを容赦なく踏みつけた。

「チェよ！　おのれ！」

「ケツの青いやつらが寄って集って年寄りに暴力を振るうとは何事だ！　お前たちには親がいないのか！」

パク・トゥヨンとハン・サンイクは、チェ・チョンスを踏みつける男たちに一斉に飛びかかった。

先ほどの喧嘩などどこ吹く風、老人たちは一丸となって男たちに立ち向かった。

「お前たち、私を誰だと思っている！　私がかの朝鮮一の宦官《かんがん》、パク・トゥヨンだ」

「同じく。王様から三度も御酒をいただいた有能な宦官、ハン・サンイク」

老人たちは威勢よく袖をまくり上げたが、当の男たちは呆気にとられてしまった。

「何、誰だと？」

「どうでもいい御託を並べやがって。死にたいのか？」

すると、チェ・チョンスがおもむろに立ち上がった。

「お前たち、今、誰を怒らせたかわかっているのか？」

「なんだ爺さん、生きてたのか」

顔に小さな傷のある男が笑うと、チェ・チョンスは隠し持っていた刃物を取り出した。三日月の形をした短刀。閹工《オムゴン》チェ・チョンスが施術をする時に使う、自慢の宝刀だ。

「私は朝鮮一の閹工《オムゴン》チェ・チョンスだ。どちらが先だ？　この私が、男でも女でもない体にしてやる！」

チェ・チョンスは男たちに向かって突き進んだ。


「役立たずどもが」

老人相手に揉み合う手下の男たちを見て、パク・マンチュンは反吐が出た。今回はうまくいかないことばかりだ。何一つ計画通りに運ばない。酔っぱらった礼曹参議《イエジョチャミ》に邪魔されて奇襲をかける機を逃した挙句、会主《フェジュ》にまで足止めを食らった。何より、礼曹参議《イエジョチャミ》の背中を刺したことが気にかかる。次々に味方を殺されてついカッとなってしまった。しつこい蝿を追い払うように、とっさに手下を盾にして背中を刺したが、少し力を入れすぎてしまったようだ。傷は深く、刺したところもよくなかった。切っ先が背中に入った瞬間、こいつは助からないとわかった。

人一人殺すことなど何でもない。これまでも両手では収まらないほどの人間を殺してきた。問題は、あの男が府院《プウォングン》君様の孫だということだ。弁明ならいくらでも並べられる。何なら謀反者たちにやられたことにしてもいい。到着した時にはすでに手遅れだったと言えば、府院《プウォングン》君様も疑わないはずだ。

だが、孫を失った府院《プウォングン》君様の怒りは相当なものだろう。したくもない間者の役まで引き受けて積み上げてきたものが、たった一度の過ちで水の泡になってはたまらない。一つ、手柄を上げてごまかすか？　そうすれば、礼曹参議《イエジョチャミ》が死んだとしても、私に追及が及ぶことはないはずだ。

「お前たちを逃すわけにはいかない」

パク・マンチュンはダニの髪をつかみ、部屋の中に放り投げた。

「大人しくついて来るか？　それとも、痛い目に遭って無理やり連れて行かれたいか？」

すると、ラオンはとっさにダニを背中に隠してかばった。

「ほう？」

こんな時、大抵の人間は虫のように這い、怯えながら命乞いをするものだが、この娘は微塵もそんな恐れを感じていない。それどころかこちらを睨み、立ち向かおうとしている。武器もないというのに。

「男のふりをしてきただけあって、女のわりになかなかいい目をしている」

パク・マンチュンはラオンに近づいたが、ラオンは逃げもせず、目を逸らしもしない。その瞳には、何があっても家族を守るという決意と生への強い思いが宿っていた。

ふと、パク・マンチュンはラオンの瞳に映る自分の姿に気がついた。

「嫌な目つきをしてやがる」

パク・マンチュンは苛立った。

「私を見るな」

今の自分の姿が嫌だった。この娘の目は、自分の内面まで映してしまうようで居心地が悪い。

「私を見るなと言っているのだ」

「嫌です」

だが、ラオンはなおもパク・マンチュンを見返した。こんな人間の言いなりになどなりたくなかった。悪いことなど何一つしていない。誰かに意地悪をしたこともない。どんなに小さい虫さえも、むやみに殺したことはない。そんな私たちに罪があるとすれば、生きるために必死でもがいてきたことだけだ。それがどうして罪になると言うのか。謀反者の娘ということが、そんなにも大きな罪に問われることなのか。女の身で宦官になったことが、命よりも重い罪になるのか。

現実が優しかったことはない。でも、お天道様に恥じない生き方をしてきた。何度くじけそうになっても、母のため、妹のために強くなるんだと自分を励ましてもきた。だから、私は闘う。

ラオンはパク・マンチュンを見る目にさらに力を込めた。こんな人に負けたくない。これ以上、世子《セジャ》様を危険にさらすわけにはいかない！

「覚悟はできているのか？」

ラオンはにじり寄るパク・マンチュンを跳ね返すように言った。

「私が死ねば、あなたは欲しいものを手に入れられなくなります」

この男が望んでいるのは私の証言だ。そして、それをもとに世子《セジャ》様を窮地に追い込むこと。

「その通り。お前には生きていてもらわなければ困る。でなきゃ、計画がご破算だからな」

パク・マンチュンはそう言ってラオンの胸倉をつかみ、顔に剣を突きつけた。

「だがな、お前の目が一つくらいなくなっても、どうということはないのだ。なぜなら、私は生け捕りにしろと言われただけで、傷をつけるなという命令はなかったからだ」

パク・マンチュンは残忍な笑みを浮かべ、柄を握る手に力を込めた。

「そこまでだ！」

その時、誰かがパク・マンチュンの剣をつかんだ。

「キム兄貴！」

ビョンヨンは全身、血だらけの姿でラオンの前に現れた。パク・チュンマンの剣をつかむ手からも、赤黒い血が滴り落ちている。

「待たせたな」

だが、ビョンヨンはラオンには穏やかに微笑み、普段と変わらぬ様子で言った。

「こいつと話がある。終わるまで下がっていろ」

「キム兄貴、でも……」

ラオンは戸惑い、ビョンヨンの手と顔を交互に見た。心配で、つらくて、悲しかった。敵が、この状況が、そして、自分のために戦うビョンヨンを目の前で見ているしかない自分の無力さが許せなかった。

「離れろと言っているのが聞こえないのか」

「嫌です！　離れません！　キム兄貴と一緒にいます！」

「こんな時まで、世話が焼けるやつだ」

ビョンヨンは一歩も動こうとしないラオンの額に自分の額を押し当てて、ささやくように言った。

「お前に、こんな姿を見せたくないのだ」

二　お前を守らせてくれて、ありがとう

「危ないではないか！」

　チェ・チョンスはビョンヨンから離れようとしないラオンの腕をつかんだ。パク・マンチュンの手下の男たちは、老人三人によってこてんぱんにやられている。

　若い男たちが起き上がれないほど痛みに悶絶している姿を見て、パク・トゥヨンはいたたまれない気持ちになった。

「チェよ、いくら何でもそこを切ることはないだろう」

　これから、この若者二人は、男でも女でもない人生を生きることになる。それがどんなものか、経験者としては少し気の毒にも思えた。

　すると、チェ・チョンスはいきなりパク・トゥヨンの頭を叩いて声を荒げた。

「同情している場合か！　私たちを殺そうとしたやつらだぞ！」

「どんな相手であれ、同情する時はするものだ」

「そんなクソの役にも立たない同情心など、犬の餌にでもくれてやれ！」

「何だと？」

「何だと？　それが命の恩人に対して言う言葉か！」

「お前がいつ私の命の恩人になった？　私がお前を助けてやったのではないか」

またも言い争いを始めた二人の間に、ハン・サンイクが割って入った。

「二人ともやめないか！　今は喧嘩をしている場合ではないだろう」

「お前は引っ込んでいろ」

「そうだ、大きなお世話だ。こいつが死ぬか、私が死ぬか、今日こそ決着をつけてやる」

鼻息を荒くするチェ・チョンスを後ろから引っ張って、ハン・サンイクはラオンに目配せをした。

「せっかく逃げ道を用意してくれたのだ。早く行きなさい。それがこの若者のためであり、世子様《セジャ》の願いでもある」

「ですが」

「お前がここにいても、足手まといになるだけだ」

ラオンはビョンヨンを見た。

「その方の言う通りだ。お前がいたら、俺は自由に戦えない」

「キム兄貴……」

「裏口を出た先に小道がある。その小道に沿って一時ほど歩いたところで待っていろ」

ラオンは悔しさのあまり胸が苦しくなった。こんな時に力になれない自分が嫌でたまらなかった。危険を顧みずに自分を守ってくれる人のために、私は何一つできることがない。今の私にできることはただ一つ、キム兄貴を信じて待つことだけだ。

「必ず来てください、キム兄貴」

ラオンの声は細く震えていた。口に出さなくても、ラオンの気持ちはビョンヨンにも痛いほど伝わっていた。

「そういえば」

「はい」

「お前と出会って、ずっと昔に失ったものを取り戻したよ」

「何です？」

ビョンコンは何も言わず、笑顔を見せた。それは、命懸けで戦っていることを忘れそうになるほど明るく優しい笑顔だった。

「お前のおかげだ」

また笑える日が来るなんて思わなかった。俺のそばにいてくれて、お前を守らせてくれて、ありがとう。

「もう行け」

「待っています。キム兄貴がいらっしゃるまで、ずっと待っています」

「わかった」

待っていてくれ。そしてまた、明るく笑って俺を迎えてくれ。俺には、それで十分だ。

ラオンらが裏口から出ていくのを見届けて、ビョンヨンはパク・マンチュンに向き直った。

「それじゃ、一丁やるか」

ビョンヨンが剣を押さえていた手を放すと、パク・マンチュンはその拍子に尻もちをついた。

「畜生！」

パク・マンチュンの目元が震えた。そして、パク・マンチュンが剣を握り直すと、ビョンヨンは一気に襲いかかった。傷を負っているのはビョンヨンだが、恐れおののいているのはむしろ、パク・マンチュンの方だった。

「結局、最後まで私の邪魔をするのだな！」

パク・マンチュンは怒り狂う獣のように血走った目で、ビョンヨンに斬りかかった。だが、ビョンヨンはそれを眉一つ動かさずに受け返した。その目にはパク・マンチュンへの哀れみが浮かんでいる。

ラオンに出会って、俺は本来の自分を取り戻すことができた。だが、この男は府院君《プウォングン》と出会ったがゆえに、恐ろしい悪の本性が引き出されてしまったのだろう。

思い返せば、ラオンは映し鏡のようなやつだ。鏡のように相手の感情を汲み取ってしまうから、あの顔を見ると怒れなくなる。あいつが笑うと、こちらも自ずと笑顔になる。

ビョンヨンはラオンを思いながら剣を振った。パク・マンチュンも果敢に斬りかかり、二人の剣は激しい火花を散らした。


だが、打ち合いは一瞬で片がついた。パク・マンチュンは剣を折られたうえに腿《もも》を切られ、床を這って懸命に逃げようとした。だが、狭い部屋の中には逃げ場がなく、パク・マンチュンは前を遮るように立つビョンヨンの足元で命乞いをし始めた。

「助けてくれ。頼む！」

「助ける？」

「白雲会《ペグネ》の一員として、私がどれほど貢献してきたか、知っているではないか。あんただって、私を信頼していた。これまでのよしみに免じて、見逃してくれ」

　すると、ビョンヨンは冷たく言い返した。

「お前は、お前に命乞いをする者たちを何人殺してきた？　助けろだと？　白雲会《ペグネ》の仲間を裏切り、世子《セジャ》様や俺を欺いた時点で、こうなる覚悟はできていたはずだ」

　ビョンヨンはパク・マンチュンの足に剣を突き刺した。すると、パク・マンチュンは耳を覆いたくなるほどの呻き声を上げた。

「私は……私はやれと言われたことを……この国のためになることをしただけだ」

「この国のためだと？」

「ああ、そうだ。私はこの国のために身を捧げてきた」

「国のために、世子《セジャ》様を裏切った？　辻褄が合わない話だ」

「いいや、私は正しいことをした。間違えているのは世子《セジャ》様の方だ。あんたも同じさ」

「世子《セジャ》様が何を誤ったと言うのだ。あの方は、この国の民の幸せを願い……」

「民の幸せを願う？　笑わせるな。それが間違いだと言っているのだ」

「どういう意味だ」

「人間には、生まれ持った役割がある。王には王の、士大夫《サデブ》には士大夫《サデブ》の役目があるように、平民や奴婢にも、それぞれの務めがある。犬や虫にだってそうだ。ところが、世子《セジャ》様は民のためという馬鹿げた大義名分を掲げ、この世の定めをめちゃくちゃにしようとなさった。それがこの国のためと言えるのか？」

その言葉に、ビョンヨンは鋭く睨みつけた。

「生まれ持った役割だと？　ならばラオンはどうなる？　あいつは子どもの頃から逆賊の子という烙印を押されて生きてきた。その妹は、生まれる前から逆賊の娘だった。そんな役目を負うために、あの二人は生まれてきたと言うのか？」

「その通りだ」

パク・マンチュンは躊躇いもなく言った。

「人が道を歩けば虫は踏まれ、かがり火に飛び込む蛾は焼け死ぬ。この世の習いを保つには、多少の犠牲はつきものだ。恨むなら、謀反者の娘に生まれるよう定めた天を恨め」

「誰かを犠牲にするような定めなど、叩き斬るまでだ」

「何を言う」

「こんな世を守るために犠牲を厭わない天なら、こちらから捨ててやる。助けてくれだと？　命じられたことをしたまでだと？　それは違う。すべてはお前が選び、決めたことだ。偉い人間の命令だからと、闇雲に従ったのはお前自身だ」

「綺麗事を抜かすな」

「確かに、お前の言う通りかもしれない。お前は命じられたままに動く道具に過ぎなかったのだろう。精巧に作られた、ぶっ壊れた道具に」

人の心を失ったパク・マンチュンを、ビョンヨンは心の底から軽蔑した。先ほど感じた哀れみさえ、もはや微塵も残っていなかった。だが、ビョンヨンが剣を振りかざすと、パク・マンチュンは激しく震えてその足にしがみついた。

「お許しください。命だけはお助けください。府院君《プウォングン》に脅されて、断ることができなかったのです。お願いします。助けてくださるなら何でもします。地面を這えと言われれば這います。足の裏を舐めろと言われれば、舐めもします。だからどうか、命だけは！」

「…………」

ビョンヨンは、パク・マンチュンの首に剣を振り下ろした。だが、すんでのところで、パク・マンチュンが両目を見開いて言った。

「お前も、私と同じだ！」

「何だと？」

「私を殺せば、お前も私と同じ人殺しになると言ったのだ。上に命じられるままに人を殺してきた私と、逆賊の娘を助けるために人殺しをするお前と、何が違うと言うのだ？　その手を汚すのは、どちらも同じ、人の血だ」

パク・マンチュンはそう言って歯をのぞかせ、不気味に笑い出した。その顔を見て、ビョンヨンは思った。もしかしたら、この男の言う通りかもしれない。俺はこの男と同じ人殺し……だからこそ、ラオンには見せたくなかった。人を斬り、傷つける残忍な姿を、ラオンにだけは見せたくない。

にやつくパク・マンチュンの顔に自分の顔が重なり、ビョンヨンは振りかざした剣を下げた。

「殺す価値もないやつだ」

ビョンヨンはそう言い残して裏口に向かった。

すると、パク・マンチュンはその隙に短刀を取り出し、渾身の力を込めてビョンヨンの背中に突進した。

「死ね！」

ビョンヨンは前を向いたまま、剣を一振りした。目が冴えるような光の線が宙を裂き、剣が鞘に納められると同時にパク・マンチュンは倒れた。

「最初から、私を見逃すつもりなど……なかったのだな……」

パク・マンチュンの胸から、赤い血があふれた。

「どうして私が死ななければならない？　どうして私が……私は、やるべきことをやっただけ……」

それが、パク・マンチュンの最後の言葉となった。

庵を出ると、頬にひんやりしたものを感じ、ビョンヨンは空を見上げた。雪はなおも降り続き、ビョンヨンの体温に溶けて、まるで返り血を洗い流しているようだった。

『待っています。キム兄貴がいらっしゃるまで、ずっと待っています』

髪が乱れるほど強く吹きつける風の中に、その声が聞こえたような気がした。

今、行くぞ。だが、その前に。

ビョンヨンは雪を両手で掬《すく》い、体についた血の臭いを落とした。戦いから逃れることのできない己の業が、白い雪に清められていくようだった。

過酷な運命を洗い流し、血の臭いのする体を清めて、ビョンヨンはラオンのもとへ向かった。その跡には赤く染まった雪が残されていた。


昌徳宮《チャンドックン》の高い楼閣から、旲《ヨン》は一面の銀世界を見渡していた。

「世子様《セジャ》」

風が冷たいが、旲《ヨン》はかなり長い間そこを動こうとせず、チェ内官は堪らず声をかけた。

「大殿《テジョン》に行かれる時刻でございます」

「もうそんな時刻か」

旲《ヨン》は力なく溜息を吐いて、チャン内官に尋ねた。

「ユルはまだか?」

すると、微風と共に世子翊衛司《セジャイギサ》ハン・ユルが現れた。頭を下げるユルを見て、旲《ヨン》は顔色を変えて言った。

「知らせは届いたのか？」

「はい、世子様《セジャ》」

「どうなった？」

「皆、無事に庵に到着したそうです」

それを聞いて、昊《ヨン》はようやく安堵の表情を浮かべた。

「よかった……」

昊《ヨン》は胸を撫で下ろし、大殿《テジョン》へ向かった。間もなくして昊《ヨン》が大殿《テジョン》に入ると、大臣たちは待ち構えていたように一斉に訴えた。

「世子様《セジャ》、直ちに罪人を取り調べるべきです」

「謀反者の残党を見つけ出さなければなりません」

「もはや一刻の猶予もございません。こうしている間にも、あの者たちは謀《はかりごと》を巡らせているかもしれないのです。世子様《セジャ》、どうかご決断を！」

「静かに」

だが、昊《ヨン》の一言に大殿《テジョン》はしんとなった。玉座からは大臣一人ひとりの顔がよく見える。そこからは皆の思っていることまで透けて見えてきて、昊《ヨン》は薄笑いを浮かべて府院君金祖淳《プウォングンキムジョスン》に尋ねた。

「追っ手の者たちからは、まだ知らせはないのですか？」

すると、府院君《プウォングン》は厳しい顔つきになって言った。

「それが、この雪で難航しているようです」

「そうですか。天候のためとはいえ、このまま手をこまねいているわけにはいきません」

昊《ヨン》は整列して座る大臣たちに言い渡した。

「皆は聞きなさい。これより、逆賊一味を一掃する」

「ありがたきお言葉にございます」

意向が受け入れられたと考えた大臣たちは、深々と頭を下げた。すると、昊《ヨン》はさらに言った。

「御営大将《オヨンテジャン》は直ちに六曹《ユクチョ》や都提調《トジェジョ》と共に宮中を虱潰《しらみつぶ》しに調べてくれ。少しでも疑わしい者がいれば、相手が誰であれ構わず捕らえるのだ」

「御意」

「なお、調査には偏りがあってはならない。女官はもちろん、宦官や武官、文官に至るまで、身分が高い者も低い者も、怪しい者は一人残らず徹底的に調べ上げるのだ。疑わしい点があれば、その者の過去まですべて暴き出すように」

それを聞いて、大殿《テジョン》に小さなざわめきが起こった。身分が高い者も例外なく調査し、疑わしい者にはその過去まで明らかに？　そんなことをされれば、逆賊だけでなく、不正塗《まみ》れの自分たちの過去までもすべて白日の下にさらされてしまう。官吏の中には、賂《まいない》を渡して今の地位を手に入れた者も少なくなく、調査が進めばそちらも無事では済まない。世子《セジャ》にしてやられたと気づいた大臣たちの中には天を仰ぐ者もいたが、昊《ヨン》は異議を唱える余地を与えなかった。

「反対する者は逆徒の後ろ盾と見て厳しく調べ、決して容赦をするな」

昊《ヨン》はそう言って、唖然とする大臣たちを残して大殿《テジョン》を出た。その足音は新しい時代の幕開けを告げていた。民が主役の国。子どもや老人も安心して暮らすことができ、女人が女人として生きられる国。ホン・ラオンがありのままの姿で自分らしく人生を歩んでいける、そんな国を築くための歩みが今、始まろうとしていた。


「これは、どういうことですか！」

府院君金祖淳《プウォングンキムジョスン》の部屋に怒号が飛び交った。最近は連日のように笑い声が絶えなかった昨日までとは打って変わって、集まった者たちの表情は一様に曇り、焦燥に駆られていた。

世子《セジャ》の命令で逆賊の一掃が始まったが、いざ調べが始まると、捕らえられていくのは汚職に塗《まみ》れた外戚の者ばかりだった。そればかりか、逆賊を捕らえるためという名目で朝鮮全土に隠密の暗行《アメン》御史《オサ》が派遣され、安東金氏《アンドンキムシ》一族の不正が次々に明るみになった。一族の者たちは、明日は我が身と誰もが戦々恐々としていた。旲《ヨン》の地位を脅かすための計画が、自分たちの首を絞めることになろうとは、夢にも思わなかった。

「どうするおつもりですか？」

兵曹判書《ピョンジョパンソ》の声は泣き声のようだった。すると、髭を撫でてだんまりを決め込んでいた府院君金《プウォングンキム》祖淳《ジョスン》は、薄笑いを浮かべて言った。

「あの日、我々の言い分をすんなり聞き入れたのはこれが狙いだったのか。さすがだ。さすがは世《セ》子《ジャ》様だ」

うまく行きすぎているというあの時の不安は的中した。世子《セジャ》様の狙いは逆賊を捕らえることではなく、外戚を一掃することだったのだ。謀反者を宮中に引き入れた張本人として世子《セジャ》様に罪を問う算段が、逆に我々の不正を暴くための口実にされてしまった。年若い世子《セジャ》に、この私が一杯食わされたというわけだ。この私が。

「どうなさるおつもりですか、府院君《プウォングン》様」

「さあ、どうしたものか。今度ばかりは万策が尽きた」

「このまま何もせずに傍観するおつもりですか？　急いで打つ手を考えませんと！」

「我々の考え抜いた策は、ことごとく逆手に取られてしまった。このままでは我々が築いてきたものはすべて取り崩され、何もかも世子《セジャ》様の思い通りにされてしまうだろう」

「…………」

「今、我々にできることは一つしかない」

「府院君《プウォングン》様、もしや」

礼曹判書《イェジョパンソ》は目を見張った。府院君《プウォングン》はうなずいて、障子紙に映る影に視線を移した。

「どう思われますかな？」

すると、その戸を開けて一人の男が部屋に入ってきた。

「あ、あなたは……」

「この方が、どうしてここに！」

ざわめきが起こる中、男は何食わぬ顔で府院君《プウォングン》の前に進み出た。

「お待ちしていましたぞ、チョ殿」

府院君金祖淳《プウォングンキムジョスン》の前に現れたのは、世子嬪《セジャビン》ハヨンの実父、チョ・マニョンだった。

欲望と権力のためなら昨日の敵が今日の同志になる。

その夜、清廉潔白な世子《セジャ》にはおよそ考えの及ばない、密約が取り交わされた。

三　兆候

チョ・マニョンは壁に飾られた鯉の絵を眺めながら、手前の盃を手に取った。

「絵をお描きになるのですね」

「ただの年寄りの道楽です。まるで上達しません」

「ご謙遜を。門外漢の私が見ても、素晴らしい腕前をお持ちなのがわかります」

「そう言っていただき、ありがとうございます」

チョ・マニョンはしばらく府院君《プウォングン》の絵を眺めた。向かいの壁一面を埋める大きな絵には、深い水中から空に向かって突き上げる鯉の様子が躍動的に描かれている。

「ある者が言うには、鯉は元来、龍を表すのだそうです。鱗を輝かせ、水の中を縫うように泳ぐ古雅な姿を見ていると、まるで雲間を昇る龍に見えてくるとか」

「小さな池の中でしか生きられない鯉を龍にたとえるのは無理というもの。せいぜい大蛇がいいところでしょう。龍と鯉では、天と地ほどの差があります」

「確かに、鯉は池の中でしか生きられませんが、府院君《プウォングン》様の描かれる鯉はどれもしたたかに池の水を突き破り、天に向かおうとしています。大蛇では収まりません」

チョ・マニョンの含みのある言い方に、府院君《プウォングン》は高笑いした。

「何がおかしいのです？」

「以前、世子《セジャ》様にも同じことを言われましてな」

「世子《セジャ》様にも？」

「あの時、世子《セジャ》様はこうもおっしゃいました。人にはそれぞれに与えられた分というものがあり、自分の本分をわきまえて生きるべきだと」

「正しいお言葉ですね」

その通りとうなずいて、チョ・マニョンは再び酒を呷《あお》った。府院君《プウォングン》はチョ・マニョンの空いた盃に酒を注ぎ、こう尋ねた。

「チョ殿は、ご自分にどういう立場が相応しいとお思いですか？　我が安東金氏《アンドンキムシ》一族が世子《セジャ》様に放逐されたら、我々が抜けた穴を豊壌趙氏《プンヤンチョシ》が埋められる。そうお考えかな？」

「…………」

チョ・マニョンは酒を呑む手を止めて、わずかに眉を震わせた。

すると、府院君《プウォングン》は笑って言った。

「冗談です。世子《セジャ》様は誰よりも公明正大なお方。その世子《セジャ》様に限って、ご自分の身内に過度な力を与えるようなことはなさらないはずです」

チョ・マニョンは気まずいのか、何度も咳払いをした。

「世子《セジャ》様が王様に代わって政《まつりごと》を行うようになってから、すでに五十回を超える科挙試験が行われています。そればかりか、能ある者は嫡庶や身分の貴賤を問わずに登用するとお達しまで出された。

これが何を意味するか、おわかりですかな？　我が一族の権力をすべて手放したところで、決して豊壌趙氏《プンヤンチョシ》の手に入ることはないということです」

チョ・マニョンは盃を置いた。

「府院君《プウォングン》様、一体、何がおっしゃりたいのですか？」

「我が一族は、この国を動かす力そのものでした。それなのに世子《セジャ》様は、真綿で首を絞めるように、じわじわと我が一族の手足をもぎ取ろうとし始めたのです。それが三年前のことでした。たった三年で、我々は強大な勢力を失い、巷の笑い種にされるまでに落ちぶれました」

「お忘れのようですが、我々には世子嬪《セジャビン》がいらっしゃいます。それなのに、なぜ我が一族が安東金氏《アンドンキムシ》の二の舞になるとお考えになるのです？」

「確かに世子嬪《セジャビン》がいらっしゃる。しかしチョ殿こそ、お忘れではありませんか？　私は、天下の世子《セジャ》様の実の祖父です」

チョ・マニョンは顔を引きつらせた。それを見て、府院君《プウォングン》は笑みを浮かべて盃を呑み干した。

「世子《セジャ》様は実の祖父である私よりも民を選ぶ、冷酷な方です。そんな方が、果たして世子嬪《セジャビン》の実の父だからと特別に扱いますかな？　今の我々の姿をよく見ておかれよ。これが、あなた方豊壌趙氏《プンヤンチョシ》の成れの果てでもある」

「……………」

「猟が終われば、いかに優れた猟犬も食われておしまいです」

「我が一族が、その猟犬のようになるということですか？」

「世子《セジャ》様の鋭敏さは、我々には計り知れません。このままでは我が一族は衰退させられてしまうでしょう。認めたくはありませんが、一族の頭をすべて寄せ集めても、世子《セジャ》様お一人に敵わないのです。我々がいなくなったら、世子《セジャ》様の鋭い視線はどこへ向けられるか」

チョ・マニョンの瞳が揺れた。府院君《プウォングン》が発する一言一言が、チョ・マニョンの胸に突き刺さった。冷淡で度が過ぎるほど公明正大な昖《ヨン》に、実のところ、チョ・マニョンも不安を抱いていた。常に白か黒しかなく、敵も味方も作らない人物に見受けられたことが何度もあった。府院君金祖淳《プウォングンキムジョスン》の言う通り、世子嬪《セジャビン》がいても豊壌趙氏《プンヤンチョシ》一族の安住が約束されたわけではない。

「ならば、どうしろと言うのです？」

チョ・マニョンの気持ちがわずかに傾くと、すかさず府院君《プウォングン》は言った。

「ありきたりな方法では、あの方には通用しません。我々は考え得るあらゆる手を使いましたが、結果はこの通り、無残なものでした」

「では？」

「最後の切り札を出す時が来たようです」

チョ・マニョンは息を呑んだ。府院君《プウォングン》の口調から陰謀の匂いがした。下手に吸い込めば窒息しかねないほど危険な匂いだ。驚くべきことに、その匂いは世子昖《セジャヨン》の実の祖父から発せられていた。チョ・マニョンは強張った表情で府院君《プウォングン》を見ていた。人間の権力への欲の恐ろしさを、改めて府《プ》院《ウォングン》君に見た気がした。

「しかし、それでは世子嬪《セジャビン》はもちろん、我が一族は大きな後ろ盾を失います」

豊壌趙氏《プンヤンチョシ》一族が朝廷で実権を握るようになったのは、ひとえに世子昊《セジャヨン》の存在があるからにほかならない。もし今、世子《セジャ》の身に何か起これば、チョ・マニョンはもちろん、豊壌趙氏《プンヤンチョシ》一族は何もかもを失うことになる。

そんなチョ・マニョンの胸中を見透かすように、府院君《プウォングン》は言った。

「それに、世子《セジャ》様がこのまま順調に王位を継がれても、お子をなさなければ世子嬪《セジャビン》のお立場は弱まる一方ですぞ」

「お言葉が過ぎますぞ！　世子嬪《セジャビン》が懐妊できないとでもおっしゃりたいのですか！」

「お二人の仲は一見よく見えますが、その実、まだ一度も同衾《どうきん》していないと聞いています」

痛いところを突かれ、チョ・マニョンは何も言い返せなかった。認めたくないが、世子《セジャ》と世子嬪《セジャビン》が一度も夜を共にしていないという府院君《プウォングン》の話は事実だった。そして、そのことがチョ・マニョンの不安を幾重にも膨らませていた。

娘のハヨンが世子嬪《セジャビン》の内定を受けた時、チョ・マニョンはこの世のすべてを手に入れたような気がした。世子《セジャ》の寵愛を受け、我が娘が世継ぎを生めば一族は何代にも渡り栄華を誇ることができる。だが、間もなくしてその喜びに水を差すような知らせが届いた。世子《セジャ》が世子嬪《セジャビン》と寝屋を共にしないというのである。初めのうちは互いに馴染むまでのことだろうと思っていたが、日が経つにつれ、若い夫婦の間に別の事情があることに気がついた。

チョ・マニョンが府院君《プウォングン》の提案を拒めないのはそのためだった。このままでは側室の存在が望まれるようになり、万一そちらが先にお子をなせば、娘は名ばかりの世子嬪《セジャビン》となり、子を生んだ側室とその一族が実権を握ることになる。

「案ずることはありません。私に任せておきなさい」

「我々を、お守りくださるのですか？」

チョ・マニョンは思わず身を乗り出した。すると、府院君《プウォングン》は酒をひと口すすり、声を低めて言った。

「世子嬪《セジャビン》が懐妊なさればよいこと」

「もちろん、そうなれば一安心ですが、しかし世子様《セジャ》が世子嬪《セジャビン》のもとへいらっしゃらないのでは、どうしようも……」

そう言ったところで、チョ・マニョンは顔色を変えた。先ほど感じた陰謀の匂いが輪郭を帯びてきたのである。

「もしや、懐妊したとうそをつくとおっしゃるのですか？」

チョ・マニョンは愕然としていたが、府院君《プウォングン》はわずかにも動じていない。

「うそかどうかなど、どうでもよいこと。重要なのは、世子嬪《セジャビン》に子ができることです」

「何という恐ろしいことを……」

「恐れることはありません。若い夫婦の間のことです。真実がどうかなど、誰も知る由《よし》もありません。それに、世子様《セジャ》がいなくなれば、世子嬪《セジャビン》の懐妊がうそか誠かを知る者はいなくなります。皆、世継ぎの誕生を大いに喜ぶはずです」

「そ、そんな……なりません。府院君様《プウォングン》、それはなりません」

府院君金祖淳《プウォングンキムジョスン》のあくどさはとうに聞き及んでいたが、これほどまでに欲の権化だったとは思いもせず、チョ・マニョンは衝撃のあまり言葉を失った。

「冷静におなりなさい。今、手を打たなければ、この先、チョ殿のお家がどうなるか、しっかり考えるのです」

世子《セジャ》が自分の娘を気に入っていないことはとっくに気づいていた。世子《セジャ》の頑固な性格を考えれば、どれほど月日が経とうとも娘を受け入れることはないだろう。だが、手放すには権力という名の蜜はあまりに甘い。

チョ・マニョンはそこまで考えて、深い息を吐いた。首筋を嫌な汗が流れ落ちていく。再び口を開いたのは、それからずいぶんあとのことだった。

「私は、どうすればよいのです?」

府院君《プウォングン》はにんまりして言った。

「何もしなくてよいのです。ただ静かに、その立場をお守りください。あとは我々がやります」

チョ・マニョンは静かにうなずいた。その晩、チョ・マニョンは遅くまで府院君《プウォングン》の部屋を出ることはなかった。ようやく屋敷を出る頃には、すっかり酔いが回っていたが、決していい気分ではなかった。


人々の心を置いて、季節は移り変わろうとしていた。遠くにそびえる山の峰にはまだ雪が残っているというのに、麓では早くも薄紅色の蕾がまばらに膨らみ始めている。

「もう春か」

朝早く、王は愛蓮亭《エリョンジョン》を訪れて、まだ来ぬ春を感じさせる后苑《フウォン》を愛でながら言った。

「去年の冬は雪が多かったな」

「おかげでこの春は飢饉を免れそうです」

後ろから炅《ヨン》が言うと、王は無言でうなずいた。何事も、見方によって捉え方がずいぶん変わるものだと思った。同じ事柄でも、ある者は案じ、ある者は次への希望を予感する。この寒さも、誰かにとっては新しい季節を迎えるための過渡期になるのだろう。今日ではなく、明日を見据えて生きる世子《セジャ》の姿が、王には誇らしかった。だが、一方では急ぎすぎているようにも見えてならなかった。

「咸鏡道《ハムギョンド》と全羅道《チョルラド》に観察使《クァンチャルサ》を派遣したそうだな」

「はい、父上」

「なぜだ?」

「昨年冬に起きた水害で、被災した人々に配るべき救い米を、かの地の官吏らが横領していたことがわかりました。そのうえ、日々の食事にも困窮する民百姓から、税を巻き上げておりました」

「けしからん者たちだ」

「はい」

「だがな、世子《セジャ》」

「はい、父上」

「君主として民の声に耳を傾けるのはいいが、朝廷の大臣たちもお前の民であることを忘れるな。一番近くにいる民の声にも、たまには耳を傾けてやるのだぞ」

昊《ヨン》の目つきが、途端にきつくなった。

「昨晩、府院君《プウォングン》様が大殿《テジョン》を訪ねられたとうかがいました。何か言われたのですか?」

王は静かにうなずいて言った。

「あの者たちは今、大きな不満を抱えている」

「存じております」

「下の者たちを叱咤してばかりでは、そのうち誰もついて来なくなる。飴と鞭をうまく使い分けられるようになりなさい」

「しかし、あの者たちは己の手にこぼれんばかりの飴を持ちながら、貧しい者たちの飴まで奪ってきました。甘い顔を見せれば、つけ上がらせるだけです」

私利私欲を肥やすにもほどがある。食べる物に事欠き、木の皮を剥いで命をつなぐ民百姓の血の最後の一滴まで絞り取ろうとする悪徳官吏が各地で悪事を働いていることを知りながら、大臣たちの言い分に耳を傾ける気になれるわけがない。世直しをするにはまず、身の回りの腐り切った汚水を掃き出すところからだと、昊《ヨン》は胸の中で憤った。

だが、正義感が強く、一本気な昊《ヨン》の性分が、時に父である王を不安にさせていた。

「以前にも言ったが、お前にはお前の味方となる人が必要だ。まだ盤石の地位を確立できていない今ことを急いては、自ら不要な対立を起こし、孤立を招くことになる」

「父上のおっしゃる通りだとしても、腐り切った権力者にすり寄るようなことはしたくありません」

「何もあの者たちと手を結べと言っているわけではない。ただ、敵対する者たちにも、一つくらい逃げ道を残してやれと言っているのだ」

追いつめられた鼠は、いつかは猫を噛む。王が何を心配しているのか、旲《ヨン》には痛いほどよくわかった。旲《ヨン》は笑顔で父に言った。

「お任せください」

「お前を信じている。だからこそ、案じずにはいられないのだ」

お前のまっすぐさを、信念の強さを知るゆえに。

「相手がどういう者たちか、お前はまだ知らない。血も涙もなく、人の心などとうの昔に捨てた者たちだ」

「………」

「旲《ヨン》、私はお前が怪我を負うのが怖いのだ。無力さゆえに息子の後ろに隠れていても父は父。己の不徳さゆえにお前を矢面に立たせておいて、今さら案じてばかりいる自分が情けない」

「心配なさらないでください、父上。人の心を持たぬ者たちが相手なら、むしろ好都合です。こちらも容赦なく戦えます」

そう言って出ていく旲《ヨン》の後ろ姿を、王は心配そうに見つめた。

息子はまだ、彼らの本当の姿を見ていない。自分の望みを叶えるためなら、どんな手でも使う、蛇蝎《だかつ》のような者たちだ。もしかしたら、表舞台から退く時期を見誤ったのではないか？　息子にはまだ、荷が重すぎたのではないかという思いが王の胸に暗い影を落としていた。

不意に、袖を引っ張られた気がして、王は振り向いた。

「永温《ヨンオン》ではないか！」

王は顔をほころばせ、身を屈ませて永温《ヨンオン》の顔をのぞき込んだ。周りを見ると、誰もいない。

「一人で来たのか？」

永温《ヨンオン》はうなずき、少し大きく目を見開いて、まじまじと父の顔を見た。

「どうした？　父の顔に何かついているか？」

永温《ヨンオン》は首を振り、人差し指で王の手の平に文字を書いた。

――顔色が優れないようです。

「そう見えるか？」

――はい。悩み事があるのではありませんか？

「永温《ヨンオン》の日はごまかせないな。そうなのだ。実は心配事があるのだ」

すると永温《ヨンオン》はまた、王の手の平に文字を書いた。それを見て王はおや、という顔をした。

「悩みを聞いてくれる人がいる？」


東宮殿《トングンジョン》の水刺間《スラッカン》で働く女官のヒャングムは、額の汗を手の甲で拭うと、周りに人気がないのを確かめて、前掛けに隠しておいた小さな餅を口の中に放り込んだ。柔らかく、もちもちとした餅の甘みがふんわりと口の中に広がり、眠気にも似た幸福感に包まれた。厳しい先生のようなユン尚宮《サングン》に見つかったら大目玉を食らうところだが、今は世子《セジャ》の朝食の時刻で、ユン尚宮《サングン》は重熙堂《チュンヒダン》にいる。戻って来るまで、まだずいぶん間があった。

一日のうちもっとも幸せで、誰にも邪魔されたくないひと時。ヒャングムは自ずと鼻歌が出た。

「美味そうだな」

ところが、後ろから突然、声をかけられて、ヒャングムは驚いて餅を飲み込んでしまった。振り向くと、見慣れた顔が近づいてきた。

「驚かさないでください！」

「いや、これは悪いことをした。驚かせるつもりはなかったのだが」

ヒャングムが尻もちまでついたので、チャン内官は申し訳なさそうに頭を掻いた。

「チャン内官様ったら」

「痛くないか？」

「いらっしゃるなら、先に声をかけてください」

「すまなかった。足音を出さずに歩くのが長年の習慣になっているもので」

「心臓が止まるかと思いました」

ヒャングムはチャン内官を睨んだ。

「そんなに？　いや、本当に悪かったな」

「何かご用ですか？」

「そうだ、大事な用事を忘れるところだった。世子《セジャ》様のおこげ湯をもらいに来たのだ」

「世子《セジャ》様のおこげ湯ですか？」

「ああ」

「それなら、チェ内官様が取りにいらっしゃるはずですが」

「今日から私がその役目を務めることになったのだ」

「あら、それなら、どうしてチェ内官様は何も言ってくださらなかったのかしら」

ヒャングムはぶつぶつ言いながら、急いで台所に引き返した。

「すぐにご用意します」

「急がなくていい。ゆっくりやってくれ」

それから少しして表に出てきたヒャングムは、チャン内官におこげ湯を乗せた小さな盆を渡した。

「お待たせしました。熱いのでお気をつけください」

「これくらい、どうってことないさ」

「このまんま、世子《セジャ》様にお届けください。世子《セジャ》様がどれほどお厳しい方か、ご存じですよね？　少しでも粗相があれば、チャン内官様はもちろん、私たち水刺間《スラッカン》の女官たちもただでは済みません」

「心配するな。私を誰だと思っているのだ？　朝鮮一の宦官も務まらないと言われる東宮殿《トングンジョン》に、五年以上も仕えるチャン内官だ。世子《セジャ》様のお墨付きの黄金の手を持つ宦官とは、私のことだ」

チャン内官は自慢げに胸を張り、不意に怪訝そうな顔をした。

「それより、顔色が悪いな。そんなに汗をかいて、熱でもあるのではないか？」

「最近、忙しくて休めなかったものですから、体が熱っぽくて」

ヒャングムが袖で額の汗を拭うのを見て、チャン内官は心配になった。

「それはいけない。そんな時に無理をしては体に毒だ。最高尚宮《チェゴサングン》に言って、何日か休ませてもらうといい」

「これくらいの熱で休んだら、最高尚宮《チェゴサングン》様に叱られてしまいます」

「何を言う。世子《セジャ》様のお食事を担う水刺間《スラッカン》の女官に何かあってはいかん。それに」

チャン内官はわずかに腰を伸ばして言った。

「健康な料理は健康な体から作られる。お前たちの体が健康であってこそ、世子《セジャ》様のお体にもいい食事を作れるというものだ」

「それは、おっしゃる通りですが……」

ヒャングムは何かに気がついたような顔をして、チャン内官に言った。

「チャン内官様、早くお持ちしませんと。世子《セジャ》様がお召し上がりになるおこげ湯は、熱過ぎても冷め過ぎてもいけないのです」

「私としたことが、つい話し込んでしまった。では、失礼する」

チャン内官は大慌てで水刺間《スラッカン》を出ていった。膳を抱え、走りにくそうに重熙堂《チュンヒダン》に向かうチャン内官の後ろ姿に、ヒャングムは大声で言った。

「そんなに慌てたら転びますよ！」

すると、チャン内官は笑顔で振り返り、片方の手をぱっと開いて見せた。

「大丈夫。私はチャン内官だ。黄金の手を持つ、チャン内官！」


その頃、重熙堂《チュンヒダン》は重々しい雰囲気に包まれていた。聞こえてくるのは毒見役を預かる気味尚宮《キミサングン》が咀嚼する音のみ。

長い毒見が終わり、ようやく旲《ヨン》の前に料理が並べられた。

「お召し上がりください」

チェ内官に促され、旲《ヨン》は仕方なく匙を手に取ったが、なかなか料理に手が伸びない。激務がたったのか、喉の奥に違和感があり、口の中がからからに乾いていた。目の前に豪華な食事を用意されても、おかしなことに少しも食欲が湧いてこなかった。

「世子《セジャ》様、お料理がお気に召しませんか？」

そんな旲《ヨン》を案じて、チェ内官が尋ねた。膳の向こうでうつむき加減で控える水刺間《スラッカン》の女官たちも心配そうにしている。

「食欲がないのだ」

「では、何か召し上がりやすいものをご用意いたしましょうか」

「今日はもうよい。下げてくれ」

「夜食の重湯も、半分も残されました。せめてひと口だけでも、お召し上がりください」

チェ内官は何とか勧めてみたが、旲《ヨン》は頑なに首を振って匙を置いてしまった。チェ内官が心配そうにそんな旲《ヨン》を見つめていると、ちょうどチャン内官が戻ってきた。

「おこげ湯をお持ちしました」

チェ内官は顔を明らめ、さっそく旲《ヨン》に差し出した。

「世子《セジャ》様、おこげ湯でございます」

自分を案じてばかりのチェ内官を安心させようと、旲《ヨン》は再び匙を手に取った。

「いかがでございますか？」

「これなら食べられそうだ」

ほかの料理には手をつけようともしなかった旲《ヨン》が、ほどよく温いおこげ湯を口に運ぶのを見て、チェ内官はほっと胸を撫で下ろした。

ところが、旲《ヨン》は突然、激しく咳をし始めた。

「世子《セジャ》様！」

「案ずるな。ただの咳だ」

だが、旲《ヨン》の咳はその後もしばらく止まらなかった。


純祖《スンジョ》三十年四月二十二日、夜。世子《セジャ》は咳をし始め、やがて多量の血を吐いた。

喉の奥が腫れ上がり、食事を飲み込むことができなくなる病に侵されていた。

四　それぞれの務め

　あちこちに花が咲き始め、山河に春の香りが漂うようになったが、東宮殿《トングンジョン》の冬は続いていた。世子《セジャ》が急な病で倒れてからというもの、東宮殿《トングンジョン》の人々は暗く不安な日々を送っていた。

「ヒャングムはどこへ行ったのだ？」

　忙しい朝の水剌間《スラッカン》に、ユン尚宮《サングン》の声が響いた。内医院《ネイウォン》の指示に従い、世子《セジャ》の朝食の支度をしている最中、清国から届いた貴重な姜黄《カンファン》を女官のヒャングムがどこかへやってしまったという。貴重な食材を一女官が断りもなく片付けてしまったことにも腹が立ったが、その張本人のヒャングムが勝手に持ち場を離れていたことが、ユン尚宮《サングン》の怒りに油を注いでいた。

　すると、ヒャングムと同じ部屋に暮らす女官のクァクが言った。

「昨日の晩から咳がひどくて、今朝は起き上がるのもつらそうでした」

「何？　ではまだ部屋で寝ていると言うのか？」

「その……はい……」

　正確には寝込んでいたのだが、忙しい朝の時間に女官の身を案じている暇はない。

「自分の体の管理を疎かにしては水剌間《スラッカン》の女官は務まらない。女官には寝込んでいる暇などないというのに」

ユン尚宮《サングン》は女官のクァクにあごで指図した。

「何をしている？　早くヒャングムを起こしてきなさい」

「はい、尚宮様《サングンさま》」

ユン尚宮《サングン》に睨まれ、クァクは急いでヒャングムのもとへ走り出した。間もなくして部屋に着くと、クァクは履物をそろえもせず倒れ込むように中に入った。

「ヒャングム、ヒャングム」

いくら呼んでも、ヒャングムは起きる気配がない。ぐっすり眠っているのか、掛け布団を頭まで被ったまま、ぴくりとも動かない。

「ひと晩中、咳をしていたものね」

かわいそうに、ようやく咳が落ち着いて眠れたのだろう。

二人は宮中に出仕したばかりの頃から親友だった。幼くして親元を離れ、宮中に頼る者もなかった二人にとって、互いの存在は家族であり、姉妹であり、宮中で唯一の心の支えでもあった。クァクとしては、このままヒャングムを寝かせてやりたかったが、ユン尚宮《サングン》に叱られることを思うと起こさないわけにはいかなかった。胸が痛んだが、クァクはヒャングムの肩を揺さぶった。ユン尚宮《サングン》が言っていたように、女官である以上、上の者のお許しがなければ風邪を引くことも許されないのだ。

「ヒャングム。ねえ、ヒャングム、起きて」

「…………」

「ユン尚宮《サングン》様がお呼びよ。朝から機嫌がよくないみたい。目なんてこんなに吊り上げちゃって。早く行かないと叱られるわ。早く起きて、支度しよう」

クァクはヒャングムの掛け布団をめくった。すると､その拍子にヒャングムの腕が枕から落ちた。まだ幼さの残る丸みを帯びた手には、白い餅が握られている。

「呆れた」

仕事には出られなくても好物の餅は食べられるのかと、思わず笑いが出た。ヒャングムの唯一の楽しみが好物の餅であることは知っていたが、あれほど体調が悪かったのに、ユン尚宮《サングン》の目を盗んでしっかり隠していたのかと思うと、おかしくてたまらなかった。きっと食欲が出るくらいに回復したということだろう。ひと晩中咳がひどく心配していたが、クァクは少し安心した。

「ヒャングム､起きて。ユン尚宮《サングン》様から呼んで来るように言われているの。逆らったらどうなるか、わかるでしょう？　今日は特に機嫌が悪くて、怒られたら知らないわよ」

クァクは先ほどよりも強くヒャングムの肩を揺らした。すると、今度はヒャングムの頭が枕から落ちた。いくら熟睡しているとはいえ、ここまでして目を覚まさないのはおかしい。クァクは違和感を覚え、ヒャングムの顔をのぞき込んだ。

「ヒャングム、ヒャング……」

クァクは悲鳴を上げた。

「ヒャングム！　ヒャングム！」

ヒャングムの口の周りは、血だらけになっていた。

「例の若い女官は餅にあれをつけてよく食べていたようです」

障子紙に映る影が静かに告げると、府院君《プウォングン》は表情を変えることなくうなずいた。利用価値のない非力な者がどうなろうと興味はなかった。女官の名を尋ねることもなく、府院君《プウォングン》は描き上げたばかりの鯉の絵を見据えた。

やはり何か足りない。何も発さなくても、渋い顔つきが絵のできを表していた。

府院君《プウォングン》は新しい紙を広げ、筆先を再び墨に浸した。

「それで、どうなったのだ?」

「発見された時には、すでに手の施しようがなかったそうです。かろうじて息はしていますが、長くはもたないでしょう」

「宮中の雰囲気がよくない。こんな時に死人を出してはならん」

「心得ております。女官は今夜、密かに運び出します」

「いいか、宮中には一切の証拠を残すな」

「ご心配には及びません」

「内医院《ネイウォン》からは何も言ってこないのか?」

「何分、若くて健康な方ですので」

「わかった。下がってよいぞ」

府院君《プウォングン》がそう言うと、影は跡形もなく消え去った。音一つしない部屋の中、府院君《プウォングン》は慣れた筆遣いで静寂を塗り潰していった。今度はやけに感触がよく、いい絵が描けそうな気がした。府院《プウォン》君《グン》は口辺に淡い笑みを浮かべた。

「府院君様《プウォングン》！」

ところが、突然の邪魔が入り、その笑みは一瞬で消えた。

「誰だ？」

聞き返したその声は、鋭く尖っていた。

「チルボクでございます」

ユンソンの世話係のチルボクが、恐る恐る顔をのぞかせた。

「何の用だ？」

「府院君《プウォングン》様、ユンソン様をお捜しください」

「ユンソンを捜せとは、どういうことだ？　何かあったのか？」

「それが、何日もお帰りになっていないのです」

府院君《プウォングン》は筆を置き、チルボクに顔を向けた。

「人を集めて、捜索した方がよいのではないでしょうか？」

「どうせ、どこぞの妓女《キニョ》のところにでもいるのだろう」

「私もそう思い、都中の妓楼《ぎろう》という妓楼《ぎろう》を虱潰《しらみつぶ》しに捜したのですが」

「いなかったのか?」

「はい。来る日も来る日も捜し回りましたが、ユンソン様はどこにもいらっしゃいませんでした。何かあったに違いありません。最近は正体をなくすほどお酒を呑まれるようになりましたが、それでも、何日もお帰りにならないことは一度もありませんでした。もしかしたら、よからぬことをお考えに……」

突然、府院君《プウォングン》が荒々しく机を叩いたので、チルボクは驚いて肩をすくめた。怒りの形相で描きかけの絵を見下ろすと、紙にしわができていた。紙がよれてしまっては、もう描き上げることはできない。

「府院君様《プウォングン》」

一度は黙ったチルボクだったが、諦め切れず食い下がった。

「どうかユンソン様をお捜しください」

「下がれ」

「府院君様《プウォングン》」

「下がるのだ。きっとどこかで酔い潰れているのだろう。余計な波風を立てず、静かに帰りを待つのだ」

「しかし」

「くどい!　下がれと言うのが聞こえないのか!」

チルボクは渋々府院君《プウォングン》の部屋を出た。逃げた洪景来《ホンギョンネ》の家族を追っていたパク・マンチュンからの連絡が途絶え、ただでさえ気が立っているところへ、ユンソンの失踪まで重なって、府院君はぶつけようのない怒りを感じていた。

「馬鹿め」

女のために天命に背いた愚か者め。十年かけて築いた塔が、卑しい女一人のためにあっけなく崩れてしまった。ユンソンのことを思えば思うほど、ラオンへの憎しみが増していく。一体どこで道を誤ったのか。

だがそれも、もうどうでもいいことだ。

恐ろしい顔つきで一点を凝視していた府院君《プウォングン》が、ふと表情を和らげた。どのみち、世子《セジャ》がいなくなればすべて元通りになる。

府院君《プウォングン》は新しい紙を敷き、再び筆を執った。墨色の鯉は荒波を掻き分けて進んでいく。

「魚は水の中に生き、動物は野に生きるもの。人間は誰しも、生まれる前から宿命を背負わされているのです。それが世の習いであり、運命というものです。世子《セジャ》様、人が人らしく暮らせる国を築きたいとおっしゃいましたか？」

白い紙の上に、一匹の鯉が現れた。波間を泳いでいた鯉は、ついに水中から飛び出した。

「自然の流れに逆らうことを言えば、それは詭弁であり、背理です。若さゆえでしょうが、心配はいりません。この祖父が、孫の過ちを正して差し上げますゆえ」

府院君《プウォングン》は笑みを浮かべた。

「もうすぐすべてが、あるべき場所に戻ります。この祖父が、戻して差し上げます」

府院君《プウォングン》は低い笑い声を漏らした。

長い一日が終わろうとしていた。亥の下刻（午後十一時）を回っても、日暮れ前から明りを灯していた東宮殿《トングンジョン》は昼間のように明るい。女官や宦官たちは急ぎ足で行き交い、湯薬を温める火は一日中、消えることがない。薬の匂いは東宮殿《トングンジョン》の外まで漂っている。

「どうだ？」

そんな中、明りを落とした昊《ヨン》の寝所では、世子嬪《セジャビン》ハヨンが朝に夕に昊《ヨン》の看病に当たっていた。ハヨンは青白くやつれた顔をして、診察を終えた御医《オイ》に昊《ヨン》の病状を尋ねた。御医《オイ》はうつむき、暗い顔をして言った。

「申し訳ございません」

「世子《セジャ》様のご容態を聞いているのだ。答えなさい。快方に向かっておられるのか？」

「それが、回復の兆しが見えません」

「そんな……これだけしているのに、なぜ回復の兆しが見えてこないのだ？」

「恐れながら、わたくしにも原因がわかりません」

「原因がわからない？　御医《オイ》のそなたにもわからないと言うのか？」

「喉の腫れを抑える処置は施しましたが……」

「言いなさい」

「症状は少しもよくなりません」

「では、一体どうすればよいのだ？　ほかに手立てはないのか？　どうすれば世子《セジャ》様は元気になられる？」

「今は待つほかに方法がありません」

「何を言う。方法がないとは、どういうことだ？」

「申し訳ございません」

「……わかった。下がってよい」

ハヨンは力なくそう言った。御医《オイ》が後ろ歩きで出ていくと、部屋の中には冷たい沈黙が流れた。ハヨンは虚ろな目で昊《ヨン》の寝顔を見つめた。

昊《ヨン》が吐血したという知らせを受けた時、心配にならなかったわけではない。すぐに昊《ヨン》のもとへ走らなかったのは、いつも元気だった昊《ヨン》を信じていたからだった。だが、その日から、昊《ヨン》は目を覚ましていない。居ても立ってもいられなくなり、思い切って昊《ヨン》のもとを訪ねると、昊《ヨン》の顔色は見たこともないほど悪くなっていた。恋しく思う気持ちも、夫婦の情も持ち合わせてはいなかったが、それでも心配になった。

形ばかりの世子嬪《セジャビン》ではあるが、夫を思う気持ちに偽りはなく、ハヨンは昊《ヨン》のそばを離れようとしなかった。考えたら、これほど近くで、これほどまじまじと夫の顔を見たことはなかった。いつもよそよそしく、一定の距離を保たれていたので、こちらからもあえて近づこうとはしなかった。昊《ヨン》の心の中にほかの人がいることを承知していたので、自分に振り向いて欲しいと望んだことはない。正室の立場を振りかざし、二人の仲を邪魔しようと思ったこともない。ただ……。

胸の中のもやもやを吐き出すように、ハヨンは溜息を吐いた。すると、後ろからチェ内官が近づいてきた。

「世子嬪様《セジャビン》」

「………」

「嬪宮殿《ビングンジョン》へお戻りください。このままでは世子嬪様《セジャビン》までお倒れになるのではと、心配でございます」

「私のことは気にするな」

「世子様《セジャ》も心配なさるはずです。目を覚まされた時に、わたくしが叱られてしまいます」

「私は世子様《セジャ》のおそばにいる」

ハヨンはチェ内官の勧めを拒んだ。

「このような時こそ、世子嬪《セジャビン》としてなすべきことをなさるべきと存じます」

だが、その言葉が胸に刺さり、ハヨンは改めてチェ内官の顔を見た。

「私のなすべきこと？」

「さようにございます」

「ならば、なおのこと世子様《セジャ》のおそばにいるべきではないか？　夫の看病をするのは、妻として当然の務めだ」

「それは普通の夫婦の場合でございます」

「どういう意味だ？」

「世子《セジャ》様はこの国の根幹をなすお方です。世子嬪《セジャビン》様は、いずれ国母となられるお方。このような時ほど大きく構えて、世子《セジャ》様の代わりを務めていただかなければなりません。それが、世子嬪《セジャビン》様がなすべきことです。そして、それが世子嬪《セジャビン》というお立場なのです」

老臣の進言に、ハヨンはしばらく言葉を発することができなかった。妻ではなく、世子嬪《セジャビン》であること。妻としているべきところではなく、世子嬪《セジャビン》として守るべき場所……。

ふと、ハヨンの口元に物悲しい笑みが浮かんだ。

私はもう、普通の女人ではない。私は、この国の世子嬪《セジャビン》なのだ。

ハヨンはチェ内官にうなずいた。

「私が未熟だった。気づかせてくれて、ありがとう」

ハヨンは眠る昊《ヨン》に一礼した。

「わたくしがご案内いたします」

いつの間に用意したのか、チェ内官は灯りを持って足元を照らし、ハヨンを嬪宮殿《ピングンジョン》まで送り届けた。


夜が更け、世子《セジャ》の寝所から宦官や女官たちが出ていくと、静まり返った部屋の中にチェ内官と二つの影だけが残った。しばらくして、チェ内官が窓の外を見上げた。悠々と夜空を遊泳していた月が、窓のちょうど真ん中に浮かんでいた。

時が来た。

チェ内官は昊《ヨン》の様子を確かめて、下を向いたまま、後ろ歩きで部屋を出た。すると、暗闇の中で二つの影が昊《ヨン》に近づいた。二つの影は一歩、また一歩と音もなく昊《ヨン》のそばまで寄ると、片方の影が身を屈め、昊《ヨン》の耳元に顔を近づけてささやいた。

「世子様《セジャ》」

だが、昊《ヨン》は石のように動かない。影は周囲に人がいないのを確かめて、もう一度、耳打ちをした。

「世子様《セジャ》」

「…………」

「チャン内官でございます」

すると、昊《ヨン》が目を開けた。

「何事だ?」

今度は二、三歩離れたところにいた影が、昊《ヨン》に近づいて平伏した。

「白雲会《ペグネ》の新たな会主《フェジュ》がまいりました」

チャン内官がそう言うと、昊《ヨン》はおもむろに起き上がった。昊《ヨン》の前に平伏していた影が顔を上げ、その顔に向かって昊《ヨン》は言った。

「何かありましたか?」

「ご報告があってまいりました、世子様《セジャ》」

そう言って、眼光の鋭い目で微笑むのは、丁若鏞《チョンヤギョン》だった。

「先生」

昊《ヨン》も丁若鏞《チョンヤギョン》の目をしっかりとした眼差しで見返した。つい先ほどまで意識を失い、青白い顔で横たわっていた昊《ヨン》が、背筋を伸ばして座った。強い意志を宿したその顔からは病の痕跡も見当たらない。深い夜、湯薬の匂いが漂う東宮殿《トングンジョン》の主、世子昊《セジャヨン》の姿に病の影はなかった。

五　どなたとおっしゃいましたか？

北村《プクチョン》にある刑曹判書《ヒョンジョパンソ》キム・イクスの屋敷に、安東金氏《アンドンキムシ》や外戚たちが密かに集まり始めた。

「昨夜、御医《オイ》が用意した薬をひと口も飲み込めなかったそうです」

「世子《セジャ》様が倒れられて、もう七日です」

「この七日の間、病状はますます悪化する一方だと聞きました。一体どうしたものか」

兵曹判書《ピョンジョパンソ》がそう言うと、刑曹判書《ヒョンジョパンソ》は声を潜めて言った。

「内医院《ネイウォン》から漏れ聞こえてきたところによると、回復の兆しはまったく見えないそうです」

「もしこのまま意識が戻らないようなことがあれば……」

「しっ！　人に聞かれたらどうするのです」

唇に人差し指を添えて、刑曹判書《ヒョンジョパンソ》キム・イクスはにやけ顔で兵曹判書《ピョンジョパンソ》に言った。心配そうな口調とは裏腹に、表情はそれを期待しているようだった。

「それより、兵曹判書《ピョンジョパンソ》。このまま手をこまねいていてもよいのですか？」

「何のことです？」

「世子《セジャ》様は明日をも知れぬ状態です。このことがもし不純な者たちの耳に入れば、何が起きるかわかりません。この国を揺るがす重大な事案になりかねないということです」

「何をおっしゃりたいのです?」

「まずは都の門を閉め、不審な者を一人残らず捕らえましょう」

左議政《チャイジョン》の意見に、刑曹判書《ヒョンジョパンソ》も同調した。すると、兵曹判書《ピョンジョパンソ》はそんな二人を代わる代わる見て、不安そうに言った。

「しかし、まだ府院君《プウォングン》様のご指示がありません」

「順次、準備を進めるようにというお達しがあった」

それを聞いて、兵曹判書《ピョンジョパンソ》は目を見張った。

「それは、まことにございますか?」

「府院君《プウォングン》様は、長年描き切れなかった絵を完成させようと考えていらっしゃいます」

「ということは、つまり……」

刑曹判書《ヒョンジョパンソ》は含みのある眼差しを向けた。

「誰にも気づかれず、迅速に動かねばなりません」

「無論、そうでしょう」

「この国はついに、李氏朝鮮から安東金氏《アンドンキムシ》の朝鮮へと生まれ変わる時を迎えたのです」

すると、部屋の片隅に黙って座っていた右議政《ウイジョン》チェ・サンヒョンは懸念を示した。

「些か急ぎすぎではありませんか?」

「何を言うのです」

水を差された気がして、刑曹判書《ヒョンジョパンソ》は右議政《ウイジョン》を睨んだ。右議政《ウイジョン》は委縮し、消え入るような声で話を続けた。

「もう少し、あちらの動きを見極めてからでも遅くはないかと」

すると、刑曹判書《ヒョンジョパンソ》は力任せに机を叩いた。

「何事にも時期というものがあるのです！　我々には、今がその時なのです。それが、どうしてわからないのですか？」

「ですが、どうも引っかかるのです」

「どういうことです？」

「昨夜、門番を務めた者が、朝早くに私を訪ねてきたのですが、その者が言うには、深夜に秘密の通路から宮中を出ていく人影を目撃したそうなのです。その影の形はまるで……」

「まるで？」

「世子《セジャ》様のようだったと」

右議政《ウイジョン》の話が終わらないうちに、刑曹判書《ヒョンジョパンソ》は舌打ちをした。

「何かと思えば、呆れてものも言えませんな。世子《セジャ》様は病状が悪化して、今も意識が戻らないのですぞ」

「わかっています。ただ、信頼の置ける者の話でしたので、もしかしたらと思いまして」

「大義を目前に控えているというのに、右議政《ウイジョン》がそんな弱気でどうするのです！」

右議政《ウイジョン》の話を小心者の戯言程度にあしらって、刑曹判書《ヒョンジョパンソ》は皆を見渡した。

「府院君《プウォングン》様も時間との勝負だとおっしゃっていました。できる限り密かに、かつ迅速に漢陽《ハニャン》を掌握しなければなりません」

「覚悟はできています」

「もうすぐ、真の我々の時代が拓かれます」

兵曹判書《ピョンジョパンソ》と左議政《チャイジョン》の言葉に、刑曹判書《ヒョンジョパンソ》は笑みを浮かべた。

「一番聞きたかった言葉を言ってくださった」

気持ちを昂らせ、互いに顔を見合わせる三人の傍《かたわ》らで、ただ一人、右議政《ウイジョン》だけは不安が拭えなかった。例えがたい不吉な予感がしてならず、そっとその場を離れたが、興奮冷めやらぬ男たちはそれにも気づかなかった。


純祖《スンジョ》三十年、皐月の五日、東宮殿《トングンジョン》の重々しい雰囲気は、いよいよ宮中を覆うようになった。宮廷を出入りする人々の顔からは表情が消え、毎日が薄氷を踏むような緊張感に包まれていた。それは小宦たちの学び舎《や》も例外ではなく、まだ幼い小宦たちが間違ってもはしゃいだり遊んだりするようなことがないよう、指導官たちはいつも以上に厳しく目を光らせていた。

「宮中はもちろん、市井の者たちも厳しい状況にあることは、お前たちもよく知っているだろう。今は一にも二にも、言動には格別な注意を払うように」

皆に言い渡すソン内官の声からも、緊迫した状況がうかがえた。小宦たちは声を出さずにうなずいた。王室に心配事がある時は、絶対に大きな声を出してはならないと教えられているためだ。

ところがそこへ、慌ただしい足音が飛び込んできた。

「ソン内官様！　ソン内官様！」

駆け込んできたのは、大殿《テジョン》のチョ内官だった。

「騒がしいぞ」

ソン内官に注意されると、チョ内官は慌てて身をわずかに屈め、いつも通り足音を出さない宦官歩きでソン内官に近寄った。

「至急、大殿《テジョン》へお越しください」

「何用だ？」

「三政丞《サムジョンスン》がお呼びです」

「私をか？」

ソン内官は頭の中で急いでそろばんを弾いた。災い転じて福となすという言葉を胸に今日まで耐え忍んできたが、世子《セジャ》様が床に伏している今は、もしかしたら千載一遇の機会なのかもしれない。

「各自、自室で待機するように」

ソン内官は小宦たちにそう指示し、チョ内官と共に大急ぎで大殿《テジョン》に向かった。

ソン内官が完全に見えなくなるのを見届けて、ト・ギはやっと深い息を吐き出して言った。

「もう少しで窒息するところだったぜ」

「まったくだ。天下のソン内官様が、俺たち小宦の教育を担当するとはおかしな話だ」

「満つれば欠ける世の習いとは、まさにソン内官様のことさ。飛ぶ鳥も落とす勢いだった、あのソン内官様が出世街道から外れるなんて誰が思ったよ。宮中では、誰につくかで人生が決まると言うが、ソン内官様を見ていると、いい人生勉強になるよ」

ト・ギの話に、サンヨルはくすりと笑った。

「それを言うなら、ソン内官様ほどの目利きはいないさ。人脈作りでは右に出る者がいないだろう。だが、そんなソン内官様でも落ちる時は落ちるのだから、人脈も当てにならないな」

「サンヨルよ、だからお前はだめなのだ」

「だめって何が?」

「今の世の中、ソン内官様のような雑な人脈作りなど誰がするか」

「雑な人脈作り?」

「今は何事も本気で取り組まなきゃならない時代だ」

「どういうことだ?」

「中途半端じゃだめだってことさ。真剣な思いは人の心を動かすと言うだろう。人脈作りも、どれほど本気で取り組んだかがものを言うのだ。この人は自分の命綱だ、自分を出世させてくれるのはこの人だけだと信じて本気で取り入ってこそ、生きた人脈が作られる」

ト・ギは手を後ろに組んで行ったり来たりしながら人付き合いの極意を説き、懐から唐突に一冊の本を取り出した。

「ここに、本気の人脈作りについてまとめた本がある」

サンヨルをはじめ、小宦一人ひとりと目を合わせながら、ト・ギは声を張った。

「このご時世、我々にとっての正しい身の振り方や、どんな人に取り入るべきかについて詳しく書いてある。お前たちには特別に友情価格で……」

「どうせ、でたらめを書いたのだろう?」

背後から野次を飛ばされ、ト・ギは頬を揺らして反論した。

「でたらめとは失敬な！　俺がうそをついているとでも言いたいのか?」

「だってそうだろう。ホン内官が女であることも知らずに、偽りの一代記を書いたのはト内官、お前じゃないか」

「その通りだ」

小宦たちは、一度は財布を取り出したが、また袖の中に戻した。

ト・ギを見る周囲の目は冷ややかだった。ラオンの件が明るみになり、内班院《ネバンウォン》は蜂の巣をつついたような騒ぎだった。少しでもラオンと接したことのある者たちは全員、義禁府《ウィグムブ》での取り調べを受けさせられた。

「もう少しでまた騙されるところだった」

「危なかったな」

小宦たちはあっという間にト・ギのもとを離れていった。残ったのはサンヨルをはじめおちこぼれの小宦仲間だけだった。サンヨルはト・ギを案じて言った。

「少しは状況を考えろ。ホン内官のことで、お前の本の評判もがた落ちなことくらい、容易に想像がつくだろう」

「ふん、人情も何もあったものではないな。ああいうやつらが我々小宦の評判を貶めているのだ」

「どういう意味だ？」

「俺の本のおかげで、あいつらがどれほど得をしたと思う？　あれほど第二のホン内官になることを夢見ていたやつらが、手の平を返したようにこれだもんな。この世の中、生きている人間が一番怖いと言うが、ここまでとは思わなかったよ」

ト・ギは嘆きながら学び舎《や》をあとにした。少し前までラオンともっとも親しくしていたト・ギのもとには、連日のように宦官たちが訪ねてきていた。おかげでずいぶんもてはやされたが、結局、最後に残ったのは内班院《ネバンウォン》の厄介者、おちこぼれの小宦仲間だけだった。

「こうしていると、なんだか昔に戻ったようだな」

ト・ギは遠い目をして后苑《フウォン》に差しかかったところにある平たい一枚岩に腰を下ろした。サンヨルやほかの小宦たちも並んで座った。

「今思えば、俺の人生であの頃ほど楽しかったことはなかった」

「それもこれも、ホン内官がいたからだ」

「そうだな」

「あのホン内官が、逆賊の子だったとは」

「あのホン内官が、まさか女だったとはな」

小宦たちは一瞬、恨めしそうな顔をしたが、すぐにかつての仲間を懐かしんだ。

「会いたいな」

「今頃、どこで何をしているのだろう」

「女で何が悪い。逆賊の子で何が悪い。ホン内官はホン内官だ」

「つらかっただろうな。あれほどの秘密を、誰にも言わずに、たった一人で抱えていたのだから」

「まったくだ。もっと早くにわかっていたら、この広い心で何もかも受け止めて……」

不意に、サンヨルは話をやめて前を向いたまま固まった。ト・ギは心配になり、サンヨルの肩を揺さぶった。

「おい、サンヨル。急にどうした？」

「いや、おかしいと思ってさ」

「何が？」

「やはり、おかしいぞ」

「だから、何がおかしいのだ？」

サンヨルの目が釘付けになっているのに気づき、ト・ギはその視線を追った。そして、ト・ギも目が釘付けになった。柔らかい黄色のレンギョウが咲き乱れる塀の下を、若い女官が下を向いて歩いていく。

「おかしいな。見慣れない女官だが……」

ト・ギが言い、サンヨルもつぶやいた。

「そうだよな。ト内官、あの女官、初めて見るよな」

「ああ。あんな女官はいない」

丸い頬を触りながら、ト・ギは何度も首を傾げた。

「だが、やけに見覚えのある顔だ」

「ト内官もか？」

「どこで見たのだろう」

サンヨルは人差し指を眉間に当てて思い出そうとしていたが、不意に両手を打ち鳴らした。

「そうだ、あの顔！　ホン内官に似て……まさか」

「サンヨル、お前もそう思うか？」

「でも、そんなはずないよな」

「いや、ないとは言い切れないぞ」

「今、宮中に戻ってくるということは、自ら火の中に飛び込むようなものだ」

「そうだよな」

「そうだよ」

二人は顔を見合わせ、再び遠い目をしてサンヨルが言った。

「ホン内官、どうしているかな」

「さあな。だが、ホン内官のことだ。今頃は王宮からうんと離れたところで、幸せに暮らしているさ」

「そうだよな」

「ああ、きっとな」

「そちらではありません。こちらです」

ト・ギや落ちこぼれの小宦たちがいたところからほど近い殿閣の塀の下でチャン内官が声を潜めて言うと、女官の出で立《い》ちをしたラオンは顔を上げてチャン内官を見た。チャン内官は飛び上がるほど驚いて、慌てて人がいないのを確かめた。

「顔を上げてはいけません！　知り合いに会いでもしたらどうするのです」

「ごめんなさい。つい……」

チャン内官に咎められ、ラオンは慌てて顔を伏せて自分の爪先を見ながら歩き出した。

チャン内官がラオンのもとを訪ねてきたのは昨晩のことだった。突然の訪問に驚き、警戒する母娘に、チャン内官は白雲会《ペグネ》の一員である証を見せ、このたび新たに会に加わったと伝えた。それも、ラオンが祖父と慕う丁若鏞《チョンヤギョン》直々の指名を受けて。世の中狭いというが、チャン内官も祖父とつながっていたのかと驚くラオンに、チャン内官は急いで宮中に戻って欲しいと言った。王室の偉い方が密かに会いたがっているという。

今、王宮に戻ることは死を意味する。本来なら断りそうなものだが、ラオンは躊躇いもせずにチャン内官のあとに続いた。昊《ヨン》に会いたいという思いがラオンを駆り立てていた。

ところが、いざ王宮に戻ってみると、昊《ヨン》のもとへ向かうどころか顔を上げることもできなかった。

人気のないところを、ただひたすらに顔を隠して歩かされるばかりだ。

それからどれくらい経っただろうか。后苑《フウォン》の奥へと向かっていると、チャン内官が振り向いてラオンに尋ねた。

「ところでホン内官、どうして漢陽《ハニャン》の目と鼻の先にあるところに隠れていたのです？」

ラオンは小さく笑った。

「本当は、うんと南の、康津《カンジン》まで行ったんです」

「そんなに遠くへ？　それなら、どうして戻って来たのです？　都に戻れば捕まってしまうかもしれないのですよ？」

「灯台下暗しと言うではありませんか。方々に追っ手を放てば、漢陽《ハニャン》やその周辺の警備は手薄になる。だから人目にさえつかなければ、ここにいた方が安全だと考えたのです」

「なるほど、官軍の動きを逆手に取ったのですね」

「言ってみれば、そんなところです」

「さすがはホン内官だ」

チャン内官は感嘆して言った。

「おかげで遠くへ行く手間が省けました」

下手をすれば、自分は康津《カンジン》まで行く羽目になっていたかもしれないと思い、チャン内官は今さらながらほっと胸を撫で下ろした。

「ところで、チャン内官様。私に会いたいとおっしゃっているのは、どなたですか？」

「それは、行けばわかります」

チャン内官は短くそう答え、再び歩みを進めた。名前を言えない人なのだろうかと、珍しくもったいぶるチャン内官の様子にラオンは不安になった。

久しぶりに訪れた王宮は、重々しい雰囲気に包まれていた。原因は自分だろうとラオンは思った。謀反者の娘が宮中で働いていたのだ。それも、宦官として。もしかしたら、この間に血の雨が降っていたかもしれない。

普段より強張った顔の女官や宦官たちを横目に、ラオンはチャン内官のあとを追った。いつの間にか西の空が赤くなり始めていて、宮中の広さを改めて思った。

歩き疲れ、足が腫れ始めた頃、ひっそりとした細い道を何度も曲がった先でチャン内官は立ち止まった。

「着きました」

「チャン内官様、ここは?」

美しい格子縞の桟に目を留めて、ラオンは尋ねた。すると、チャン内官の代わりに中から声がした。

「チャン内官か?」

響くような低い声。チャン内官は恭しく腰を曲げて告げた。

「ただいま到着いたしました」

「入りなさい」

チャン内官は無言でラオンの背中を押した。わけもわからず部屋の中に押し込まれたラオンの目に、珠簾《しゅれん》が吊るされた広い部屋が入ってきた。

「何をなさっているのです。早くご挨拶をなさい」

「だって、どなたかわかりませんもの」

ラオンは珠簾《しゅれん》の向こうにかすかに見える人影に目を凝らした。

「王様でいらっしゃいます」

「なんだ、王様でしたか。それでしたら早く言って……」

ラオンは目を見張った。珠簾《しゅれん》を見たまま、半分気を失いそうな声で聞き返した。

「お、王様?」

王様ということは、温室の花の世子《セジャ》様のお父上だ。つまり、私はこの国の王に呼ばれたということ?

六　夢を見ているのだろうか？

「王様にご挨拶をしませんと！」

頭の中が真っ白になり、呆然とするラオンに、チャン内官は声を潜めて言った。ラオンは慌てて頭を下げたものの、そのあとは何をすればいいのかわからないうえに、チャン内官まで部屋を出ていってしまい右往左往していた。目の前に、この国で一番偉い人がいるという畏怖の念と、そんな人と二人きりでいるのだという恐怖が、じわじわと首を絞めてくるようだった。

すると、薄暗い部屋の奥で人が動く気配がした。王とこちらを遮る珠簾《しゅれん》が揺れ、白い足袋が近づいてくるのが見えた。

「お前が、洪景来《ホンギョンネ》の子か？」

ラオンはいよいよ息が止まりそうになった。

王様はすべてご存じなのだ。私が誰で、父が何をした人なのか。王様は私を処罰するためにお呼びになったのだ。

「答えなさい」

ラオンはさらに深く頭を下げたが、王の質問は終わらなかった。

「洪景来《ホンギョンネ》は、わたくしの父に間違いございません」

顔も覚えていない父。謀反者の娘という業を、我が子に背負わせた父。恨む気持ちがないと言えばうそになるが、父の存在を否定したくはなかった。この体に流れる血の半分が、この肉と骨の半分が、その父から分け与えられたものであることは紛れもない事実だ。つらいことばかりの人生だったが、そんな人生でも経験できたのは父のおかげだ。生まれてこなければ、世子《セジャ》様に出会うこともなかった。それだけでも父に感謝せずにはいられない。

「名は、何と申す」

「ホン・ラオンと申します」

「ホン・ラオンか。ホン・ラオン……」

王は覚えるように小さくラオンの名前を繰り返し、再び尋ねた。

「お前は、女でありながら宦官になったそうだが、まことか？」

「はい、本当です」

「どうして？」

「はい？」

「なぜそのような重い罪を犯したのだ？」

「なぜ……」

答えられずにいるラオンに、王は言った。

「私を恨んでいるのか？」

ラオンは思わず顔を上げた。王は意外にも穏やかな眼差しをしていて、ラオンはまた慌てて顔を伏せた。

「私は、お前の父を……父を殺した張本人だ。恨んでいないはずがない。父の仇を討つために宦官になりすまし、宮中に入ったのだろう？」

するとラオンはきっぱりと否定した。

「そのようなことは、断じてございません」

「ではなぜだ？　なぜ男と偽り、命をかけてまで王宮へ来た？　何がお前をそうさせたのだ？」

「……守るためでした」

躊躇いがちに答えるラオンに、王は聞き返した。

「守るため？」

「わたくしには妹がおります。幼い頃から病弱で、ほとんど寝たきりの生活でした。たった一人の妹を救うには、大きなお金が必要だったのです」

「それは、さぞかしつらかったであろう。家族が病気で苦しむことほど、つらいことはない。だが、それならほかに方法はあったのではないか？　なぜ女人の身で宦官になろうと思ったのだ？」

「あの時のわたくしにできることは、それしかなかったのです。今すぐにもお金が必要でした。そんな時、宮中へ出仕すれば妹の治療費を工面していただけると言われ、断ることなどできませんでした」

「それが命がけの仕事になるとも知らずに、宮中へ来たと言うのか？」

「怖くないわけではありませんでした。しかしわたくしには、妹を失う方がずっと怖かったのです。

あの子の身にもしものことがあれば、わたくしは生きていく自信がありません」

「自分の命より、妹の命が大事だと？」

「あの子を亡くし、悲しむ母の姿を見る勇気はありませんでした。どうしても、妹を助けたかったのです。わたくしが生きていくために、母を守るために、妹に生きていて欲しかったのです」

「妹の病気を治すために身分を偽り、命がけの危険を犯す決断をした……まだ幼いお前が、自分一人身を立てるのも大変だっただろうに」

「大切な人を守るのに、男も女もありません。自分の家族を守るのに、歳も関係ありません。すべてはその人の心にかかっているのだと思います」

「心にかかっている？」

「王様がおっしゃるように、わたくしは女であり、また歳も若うございます。ですが、父に代わって、母と妹の盾になりたかった。母と妹が安心して頼れる大黒柱になりたかったのです」

「その思いが、お前を突き動かしたというのか」

「本当は、怖がる余裕がなかったのです。わたくしの手に負える世の中ではありませんが、避けて通ることもできません。わたくしが避ければ、今度は妹と母が世間の冷たさや厳しさにさらされることになってしまいます」

「お前は、父親代わりだったのだな」

王は鈍器で殴られたような衝撃を受け、しばらく口を開くことができなかった。この世のもっとも高いところに君臨し、自分に頭を下げる者たちを上から眺める人生を送ってきた自分と、父に代わり、命をかけて家族を守り続けてきた洪景来《ホンギョンネ》の娘。この娘の言うことは、なぜこれほど重く、胸に響くのか。

忘れかけていた、忘れなければと目を逸らしてきた思いが、王の胸に蘇った。大儀のため、父性など持つべきではないと自らに言い聞かせてきた。それが帝王たる者の務めと学んだためだ。私はそれを信じ、守ってきた。

一方で、我が子への申し訳なさから、悩み、苦しみもした。だが、子を思う愛情より己の恐怖心が勝った。忠臣と称する者たちの甘言はこの目を曇らせ、道理を説く忠言は思考を麻痺させた。

あれから三十年余りが過ぎ、心身の衰えを日増しに感じるようになった今ならわかる。自分の愚かさや無知さが、胃液のように器官を逆流して喉の奥が焼けるようだ。こうなって初めて、息子の成長に気づかされる。この愚かな父とは異なり、強く正しく育ってくれた。

私は我が子のために、どんな嵐も恐れてはならなかったのだと、荒波に揉まれて育った息子の、力強く生きる姿に教えられる。周囲の悪意ある視線には目もくれず、己が信じる道を堂々と歩んでいる姿を見ると、父親らしいことをあえてしなかったことが、むしろあの子のためになっていたのかもしれないとも思う。

王はそう考えて、自分を慰めた。だが、本当はわかっていた。息子の立派な抱負は、無能な父への反発であり、鋭い眼差しに込められているのは、父を無能なお飾りに仕立てた奸臣たちへの怒りであることを。

王の胸に、後悔の念が押し寄せた。反目し合う息子と大臣たちの間で板挟みになり、何もできずにいる自分が情けなくて惨めになる。どうして、こうなってしまったのか――。

長い思案の末に、王は自らの責任を認めた。王が王らしくいられなかったために、宮中の秩序は乱れてしまった。父として務めを果たせなかったために、他に類を見ないほど聡明な息子を窮地に追いやってしまった。何もかも、私の不徳が招いたことだ。わかっていながら見て見ぬふりを続けているうちに、いつしかわかろうともしなくなった。王になってしたことといえば、保身のため、すべてを遠ざけ、目の前のすべてを見下ろしたことだけだ。泣き、笑い、家臣を咎め、議論もしたが、最後は大臣たちの手に委ねてしまっていた。家庭の平和も国の安泰も、すべてはそれを治める者の肩にかかっているというのに。

その父の過ちを今、息子が正そうとしている。荒れ果てた庭には雑草が生い茂り、至るところに棘の蔓が伸びて沼だらけになっていた。息子は傷だらけになりながら、その中を黙々と歩み続けている。沼に足を取られ、腰まで浸かりながら。

問題を放置し、傍観することしかできなかった私を叱責する者はいない。お前のせいだと責任を問う者もいない。だが今日、この娘に会ったことで、これまで目を逸らしてきた本当の過ちに、私は気づくことができた。

「私ができなかったことを、お前はたった一人で……」

王である自分でさえなし得なかったことを、まだあどけなさの残る少女の身で果たしてきたというのか。家族を守るために、自分の命をかけてきたというのか。己が恥ずかしく、今すぐにどこかへ身を隠したい衝動に駆られる。両班《ヤンバン》の令嬢でもない娘があまりに眩しくて、眩暈《めまい》がするほどだ。

王は突然、笑い出した。ラオンは驚いて顔を上げた。丸みを帯びた額や、高く通った鼻筋、優しそうに微笑む唇。息子の旲《ヨン》より穏やかな印象を与える顔。国王の威厳をまといつつも、どこか親しみを与えるその顔に、時折、旲《ヨン》の面影がちらついて見えた。何か言いたそうにしている時の眼差しや、こちらをからかう時のちょっと意地悪な旲《ヨン》の表情が、初めて会った王の顔にも浮かんでいる。ラオンはまじまじと王の顔を見た。世子《セジャ》様が歳を取ったら、こんな感じだろうか。そう思うと、緊張が和らいで、徐々に居心地の悪さも感じなくなった。それがラオンの顔にも出ていて、王は微笑んだ。

「うわさは本当だった」

「うわさでございますか？」

「人の悩みを何でも解決してしまうそうだな」

「悩み相談のことでしたら、ひと頃、生業にしておりましたので」

「ありがとう」

「お、王様……」

状況が飲み込めず、ラオンは思わず聞き返してしまった。王に尋ねられるままに宦官になった経緯を打ち明けただけなのに、なぜ王は礼を言うのか、ラオンには理解ができなかった。

だが、王はその理由を告げることなく、代わりに笑顔のまま大きな独り言を言った。

「実に妙な巡り合わせだ」

父の代で傾いた国を建て直そうと奮闘する旲《ヨン》と、父の代わりを務めようと必死に頑張り続けてきたラオン。生まれた場所や身分こそ違うが、二人は本当によく似ている。旲《ヨン》がなぜこの娘に惹かれたのか、何となくわかる気がした。

「よろしく頼む」

「…………」

やはり王の言う意味がわからず、ラオンはぽかんとなった。王様は一体、何を頼まれたのだろうと内心で首を傾げていると、今度は王に肩を叩かれた。まるで、これまでの苦労を労《ねぎら》うようなその手に、ラオンは驚き、目を見張った。そして、茫然とするラオンを残して、王は部屋を出て行った。

ラオンはしばらくその場を動くことができなかった。王と会ったことも、優しく肩を叩かれたことも、今しがた起きたことすべてが夢の中の出来事のようだった。

「痛っ！」

試しに頬をつねってみたら、ちゃんと痛かった。


黒い空の上に、遠い過去の記憶を持つ星たちが瞬いている。そんな輝く星空を見上げていると、宝石を散りばめた花畑の中にいるような気がしてきて、ラオンはしばらくの間、春の夜の美しさに心を奪われていた。

それからどれくらい経っただろうか。不意に手を引っ張られ、ラオンは振り向きざまにうれしそうに顔を輝かせた。

「永温翁主様《ヨンオンオンジュ》！」

――父上にはお会いしたか？

「はい、お会いしました。もしかして、翁主様《オンジュ》がわたくしのことを王様に？」

永温《ヨンオン》はうなずいた。どうりで、王様がよろず相談をしていたことをご存じだったわけだ。

ラオンは腰を屈め、永温《ヨンオン》の顔をまっすぐに見て言った。

「お元気でしたか？」

――相変わらずだ。ホン内官はどうしていたのだ？

永温《ヨンオン》はいつもとは違う女官姿のラオンを不思議そうに見ている。

「おかげさまで、元気に過ごしておりました」

――女官姿もなかなか似合っているぞ。

「申し訳ございません」

不本意ながら、翁主様《オンジュ》にも、うそをつくことになってしまいました。

「実は……」

――わかっている。お前は女人なのであろう？

ラオンは目を見開いた。だが、少し恥ずかしそうに笑う永温《ヨンオン》を見て、ラオンも顔をほころばせた。

「申し訳ございませんでした」

――いいのだ。

「翁主様《オンジュ》、もしかして、わたくしを待っていらしたのですか？」

——チャン内官に急な用事ができたのだ。すぐに戻るので、それまでここで待っていて欲しいと言っていたぞ。

「そうでしたか。では、それを伝えるために、こちらに？」

——それもあるが……。

「何か、ご用がおありでしたか？」

——少し、いいか？

「もちろんです。ただ……」

人目を忍んで宮中に入ってきたことを言うわけにもいかず、ラオンは語尾を濁した。

すると、永温《ヨンオン》はいきなりラオンの手を引っ張った。

「翁主《オンジュ》様、お待ちください。今は困るのです」

ラオンは血相を変えて言ったが、永温《ヨンオン》は振り向きもせず、前へ前へと進んでいく。

「翁主《オンジュ》様、どこへ行かれるのです？」


「ここは……」

ラオンは辺りを見渡した。永温《ヨンオン》が訪れたのは東宮殿《トングンジョン》だった。しばらく来ていないが、東宮殿《トングンジョン》は少しも変わっていなかった。いつも昊《ヨン》が立っていた重熙堂《チュンヒダン》の二階を見上げると、『ラオン、こっちへ来い』と手招きする昊《ヨン》の姿が見えるようだった。わざと意地悪を言って額を小突く昊《ヨン》の憎らしさが恋しくなり、ラオンは涙目で昊《ヨン》の部屋を見た。

ぼんやり灯りが灯るあの部屋に、世子《セジャ》様はいらっしゃるのだろう。そろそろチェ内官様が棗《なつめ》の茶を淹れてお出しする頃だ。温室の花の世子《セジャ》様は、きっと本に夢中で見向きもしないだろう。心配そうにその様子をうかがうチェ内官の姿が目に浮かび、ラオンは微笑んだ。世子《セジャ》様のほんのわずかな変化も見逃さなかったチェ内官様。

だが、笑みはすぐに寂しさに変わった。戻りたかった。温室の花の世子《セジャ》様と過ごしたあの日々に。手を伸ばせば届くところに世子《セジャ》様がいたあの頃に。

ラオンは胸が締めつけられ、喉は太い棘を飲み込んだようになり、鳩尾《みぞおち》が苦しくなった。すぐにでも石段を駆け上がり、世子《セジャ》様の胸に飛び込みたい。でも、今の私は世子《セジャ》様の邪魔になるだけだ。

——入ってみるか？

そんな姿を見かねて、永温《ヨンオン》が勧めたが、ラオンはきっぱりと断った。

「いいえ、ここで十分です。世子《セジャ》様がいらっしゃる東宮殿《トングンジョン》に来られただけで、十分です」

ラオンは涙ぐみながら微笑み、昊《ヨン》の部屋を目に焼きつけた。

行こう。これ以上ここにいても、つらくなるだけだ。

未練を断つように、ラオンはその場を離れた。

ところが、その時、ちょうど勢いよく昊《ヨン》の部屋の戸が開き、中から幼い宦官が飛び出してきた。

何事かと思って見ていると、間もなくして先ほどの宦官が医官や医女《イニョ》たちを連れて戻ってきた。嫌な予感がして、ラオンは不安に瞳を震わせた。

まさか、そんな……温室の花の世子《セジャ》様、違いますよね？

悪いように考えまいと、ラオンは努めて明るい笑顔で永温《ヨンオン》に尋ねた。

「翁主《オンジュ》様、皆さんお忙しそうですが、どうしたのでしょう」

ラオンは深く息を吸い込んだ。思い過ごしだ。何もないに決まっている。

永温《ヨンオン》の穢れのない澄んだ瞳を見つめ、ラオンは意を決して聞いた。

「翁主《オンジュ》様、もしや、世子《セジャ》様に何かあったのですか？」

どうか、違うと言ってください。

ラオンは切実な眼差しで永温《ヨンオン》を見つめた。すると、永温《ヨンオン》は少し迷って、ラオンの手の平に指を乗せた。

──世子《セジャ》様が、病に倒れられたのだ。

ラオンの心の中で、何かがぷつりと音を立てた。崖から突き落とされたような衝撃に、自分が息をしているのかどうかもわからない。ラオンは茫然と昊《ヨン》の部屋を見つめた。

「世子《セジャ》様……」

何も聞こえず、何も見えず、何も考えられなかった。頭の中に昊《ヨン》の顔が思い浮かぶばかりだ。遠ざかる意識を留めるように、ラオンは無理やり目を見張ったが、体がふらついてまっすぐ立つこともできない。ラオンはふらふらと、足を引きずるようにして石段を上った。

誰に見られても構わない。このまま義禁府《ウィグムブ》に捕らえられてもいい。この先にあの人がいる。私の大切な人がいる。思い出すだけで胸が締めつけられるほど愛しいあの人がいる。私の大事な、大事なあの人が、ここにいる。

七　大丈夫、大丈夫

「ここ数日で、ずいぶんお痩せになったようです」

チョ・マニョンは娘の様子を案じた。

「何もお召し上がりにならないそうではありませんか」

「世子《セジャ》様が床に伏していらっしゃるのに、どうして食事が喉を通りましょう」

ハヨンは深い溜息を吐いた。

「世子嬪《セジャビン》様までお倒れになったらどうなさるのです」

「ご心配には及びません。それより、お母様はお元気ですか？」

「先日、ヒョク夫婦に無事、子が生まれました」

「それはおめでとうございました」

ハヨンの表情が明るくなった。

「お義姉様はお元気で？」

「母子ともに、健康でございます」

「それはようございました。本当に大きな務めを果たされましたね。これで何人目でしょう」

「五人目です」

「そうですか。本当に喜ばしいことで」

ハヨンはうれしそうに、満面の笑みを浮かべてうなずいた。

「世子嬪《セジャビン》様、ハン尚宮《サングン》でございます」

「入りなさい」

ハヨンは途端に顔色を変え、ハン尚宮《サングン》が部屋に入ってくるなり、はやる気持ちを抑え切れずに尋ねた。

「どうだった？　世子《セジャ》様は気がつかれたか？」

「世子《セジャ》様は、もう水を飲み込むこともおできにならないそうです。夜にお出ししたお薬も、一口二口含んだところで吐き出してしまわれたそうでございます」

「そんな……」

体を回復させるには薬の力が必要だが、それを飲み込めないほど病状が悪化しているということか。

ハヨンは愕然とした。そしてふと、いつもならすぐに下がるはずのハン尚宮《サングン》が、まだそこにいることに気がついた。

「まだ何かあるのか？」

ハヨンが尋ねると、ハン尚宮《サングン》はちらとチョ・マニョンに目をやった。

「お父様だ。気にせず言いなさい」

「恐れながら……」

だが、ハン尚宮《サングン》はなかなか話そうとしない。

「何だ、早く言わぬか」

ハヨンが促すと、ハン尚宮《サングン》は躊躇いがちに言った。

「恐れながら、近頃、宮中におかしなうわさが出回っております」

「おかしなうわさ？」

「はい」

ハン尚宮《サングン》が再び口ごもると、ハヨンは咎めるように言った。

「早く言わぬか」

ハン尚宮《サングン》は驚いて、とっさに頭を下げた。

「口にするのも恐ろしいお話でございます」

「構わぬ。言いなさい」

「実は、世子《セジャ》様は単なるご病気ではないという話が、宮中に広まっております」

「どういう意味だ？　単なる病気ではないのなら、何だと言うのだ？」

ハン尚宮《サングン》は、ハヨンとチョ・マニョンの顔色をうかがいながら言った。

「つい先日のことでございます。東宮殿《トングンジョン》の水刺間《スラッカン》で働いていた若い女官が、吐血して倒れたことがございました」

「何、血を吐いた？」

ハヨンは目を見張った。

「はい。その様子を見た者の話では、その女官の症状は世子《セジャ》様のご病状によく似ていたのだとか」

「馬鹿な。世子《セジャ》様は喉のご病気だ。流行り病でもあるまいし、同じ症状を見せるなどおかしいではないか。それで、その女官はどうなったのだ？」

「消えました」

「消えた？」

「はい。ある晩、忽然といなくなったそうでございます。同じ部屋に暮らす女官が発見した時は、まだ息をしていたのだそうですが、一度部屋を出て再び戻ってみると、吐血した女官は影も形もなくなっていたと」

「宮中のどこかにいるのではないのか？」

「そう思って、すぐに捜したそうなのですが、血を吐いた女官を見た者はいませんでした」

「それは妙だ」

机の上に置かれたハヨンの手が震え出した。自分たちの知らないところで、何か恐ろしいことが起きているに違いない。その嫌な予感を煽るようなハン尚宮《サングン》の話が続いた。

「何より気になったのは、消えた女官がよく口にしていたものです」

「よく口にしていたもの？」

「はい。日頃から食べることが好きだったそうで、よく小さな壺に入ったものを餅につけて食べていたそうです。ところが、女官がいなくなった日に、その壺もなくなったらしいのです」

するとチョ・マニョンが荒々しく床を叩いた。突然の大きな音に驚き、ハヨンとハン尚宮《サングン》は同時にチョ・マニョンを向いた。すると、チョ・マニョンはハン尚宮《サングン》を睨みつけて言った。

「そなた、何の真似だ？」

「何の真似とは……」

「誰に向かって、そのような下らない話をしているのかと言っているのだ」

「わたくしはただ、宮中に広まっているうわさを……」

「ええい、黙らぬか！」

ハン尚宮《サングン》は怒鳴りつけられ、慌てて頭を下げた。

「申し訳ございません」

「それ以上、世子嬪《セジャビン》様の胸中を掻き乱すようなことを言うのは許さん。今すぐ下がれ」

チョ・マニョンの剣幕に、ハン尚宮《サングン》は涙目になりながら後退りで部屋を出ていった。

「お父様、どうなさったのですか？」

ハヨンは怒りの収まらない父を怪訝に思った。もしハン尚宮《サングン》の話が事実なら、誰かが意図的に世《セ》子《ジャ》様に危害を与えた可能性がある。いや、可能性では済まない話かもしれない。ハヨンは矢も盾もたまらず、立ち上がった。

「世子嬪《セジャビン》様、どこへ行かれるのです」

「こうしてはいられません。ただのうわさ話かどうか、確かめなくては」

「世子嬪《セジャビン》様」

「中殿《チュンジョン》様にお会いします。世子《セジャ》様のお命に関わる重大事。急がなければ世子《セジャ》様のお命が」

部屋を出ていこうとするハヨンを、チョ・マニョンは引き留めた。

「なりません」

「お父様、なぜ止めるのです」

ハヨンが振り向くと、チョ・マニョンは一言一句、念を押すように言った。

「何もしてはならないと言ったのです」

「お父様……」

「騒ぎ立ててはいけません。世子嬪《セジャビン》様に余計なことをされては、ことを仕損じます」

「何をおっしゃるのです。お父様もお聞きになったではありませんか。宮中で不可解な出来事が起きたのです。同じ時期に世子《セジャ》様がお倒れになったのも、偶然ではないかもしれません。直ちに動いて、千に一つ、いえ万に一つでも、不純な思いを抱く者がいないか調べるべきです。私は今から、中殿《チュンジョン》様にこのことをお伝えします」

「おやめください、世子嬪《セジャビン》様」

「急がなければ、次はどんなことが起こるか」

「何もなさってはなりません」

頑なに引き留める父に、ハヨンは表情を強張らせた。

どうしてお父様は頑なに私を引き留めるの？　私はおかしなことをしているのだろうか。ただのうわさ話と聞き流すには、あまりに重い話だ。それなのに、なぜお父様は……。

まさか！

ハヨンは嫌な予感がした。心臓の鼓動が速くなり、呼吸が浅くなってきた。混乱する胸を抑えるように拳を握り、深く呼吸をして言った。

「お父様がいくらお止めになっても、私はまいります。これは、ほかの誰でもない、世子《セジャ》様のことです。私の夫の命がかかっているのです。お倒れになった理由が病ではないのなら、今からでも……」

「もう手遅れです。あの方が起き上がることは、二度とありません」

「そんな……お父様！」

ハヨンは瞳を震わせて父の顔を凝視した。

「お父様は、ご存じなのですか？」

「世子《セジャ》様御自ら招いたことです」

「どういうことですか？」

ハヨンは深く沈んだ声で聞き返した。これほど冷たい目で父の顔を見たことはない。

「まさか、お父様が、世子《セジャ》様に何かなさったのですか？」

「私ではありません。しかし」

「しかし何ですか！」

「私は、その者たちを止めませんでした」

「…………！」

ハヨンは裂けんばかりに大きく目を見開いた。

「ですから、世子嬪《セジャビン》様も何もなさらないでください。もう遅いのです。世子《セジャ》様は助かりません」

「それでも」

ハヨンはすがるような表情をして言った。

「手遅れだとしても、私がやると言ったら、どうなるのですか？」

「我が一族は一夜にして反逆者となり、生まれたばかりの赤子まで一人残らず殺されます」

ハヨンは恐ろしさのあまり目をかたくつぶった。

「なぜなのです？　お父様が、どうして……」

父を見つめるハヨンの目に、涙が込み上げた。名ばかりの夫婦とはいえ、一生を添い遂げることを天地に誓った人だ。恋慕の情はなくても、人と人との情と義理さえあれば、ずっと一緒に生きていけると思っていた。だが状況は変わってしまった。何もかも、変わってしまった。

「世子《セジャ》様は、私にも、私の一族にも、とてもよくしてくださいました。そのような方に、お父様はなぜ……」

「あの方は頭がよすぎたのです」

「だから邪魔になると思われたのですか？　ご自分の思い通りになる方ではないと？」

チョ・マニョンはじろりとハヨンを見た。

「その通り、世子《セジャ》様には我が一族に身に余るほどのご厚意を賜りました。しかし、今の富や栄華が、いつまで続くと思いますか？」

「…………」

「どれほど美しい花も、十日と持ちません。それに、あの世子《セジャ》様が、我が一族に偏る権力や富貴をそのままにしておくはずがありません」

「だから何だと言うのです？」

「怖かったのです」

「あの方がどれほど公明正大な方か、お父様は誰よりもよくご存じではなかったのですか」

「その公明正大さが、後々、我々の毒になるのは火を見るより明らかです。我が一族に必要なのは、無条件の厚情です。公平無私な世子《セジャ》様の日陰にいるより、自分の身内にばかり贔屓する外戚の傘の下にいる方が、我々には賢明なのです」

「月も満ちれば欠けるもの。何事もほどほどが一番なのだと私に教えてくださったのはお父様です」

「ほどほどとは、果たしてどの程度のことを言うのでしょう。安東金氏《アンドンキムシ》に許された栄華を、我が豊壌趙氏《プンヤンチョシ》がなぜ手にしてはいけないのです？　この胸に、そんな野心が芽生えてより、世子《セジャ》様は恐ろしく危険な相手となられました」

ハヨンは目を閉じた。欲に呑まれた父の姿を、これ以上見ていたくなかった。

「お引き取りください」

「すべては世子嬪《セジャビン》様のためにしたことです。我が一族の栄華のためを、お忘れなきように」

「今すぐ王宮から出ていってください。私が呼ぶまで、家の外に出てはなりません」

父の欲や野心がおぞましく、恐ろしかった。

「世子嬪《セジャビン》様」

「お帰りください」

取りつく島のない娘の姿に、チョ・マニョンはそれ以上の説得を諦め、不本意そうに立ち上がった。チョ・マニョンが部屋を出ていくまで、ハヨンは目をつぶったまま一瞥もくれなかった。ハヨンはそのまま、ずいぶん長い間、石のように固まっていた。

「世子嬪《セジャビン》様」

しばらくして、ハン尚宮《サングン》が部屋に入ってきた。そして、茫然と立ち尽くすハヨンを揺さぶると、ハヨンは崩れるようにその場にしゃがみ込んだ。

「世子嬪《セジャビン》様！　どうなさったのです！」

慌てて支えようとするハン尚宮《サングン》の手を払い、ハヨンは急に笑い出した。初めて王宮を訪れたあの日、平凡な人生など夢にも見まいと覚悟を決めた。だが、まさか父の顔を見られなくなる日が来るとは思いもしなかった。

父が犯した罪をどうしたらいいのか。どう償えばいいのか。

唇を噛むと、涙がこぼれた。


昊《ヨン》の脈を診ていた御医《オイ》の口から、深い溜息が漏れた。高齢の御医《オイ》はチェ内官に振り向いて言った。

「何とかできないものか。回復には薬の力が必要だ。このままお飲みいただけなければ……」

その先はとても口にすることができず、御医《オイ》は口をつぐんだ。

世子《セジャ》が床に伏してから、はや十三日。容体は快方に向かうどころか、煎じた薬を飲むことすらできなくなってしまった。このままでは取り返しのつかないことになるのではないかという不安が、王宮の人々を支配していた。

「私は自室に戻るので、何かあればすぐに知らせてくれ」

最後にチェ内官にそう言って、御医《オイ》は内医院《ネイウォン》の医官や医女《イニョ》を連れて東宮殿《トングンジョン》を出ていった。

東宮殿《トングンジョン》に静けさが戻ると、チェ内官はいつものように旲《ヨン》の部屋の前に控えた。そこへ、一人の女官が現れた。古代紫の裳《チマ》に空色の上衣を着た見慣れない女官だ。チェ内官は警戒した。東宮殿《トングンジョン》に仕える女官であっても、ここは気軽に近づける場所ではない。状況が状況なだけに、チェ内官はいつにも増して神経を尖らせた。

「それ以上、近づくでない！　誰の指示で来た？」

「私がやってみます」

「何？」

「お薬をお飲みになれないという声が聞こえました」

「それがどうした？」

「私にさせてください。世子《セジャ》様がお薬をお飲みになれるように、私がやってみます。ですから、中に入れてください」

「下がりなさい。ここはお前のような者が近づける場所ではない」

この女官はきっと、世子《セジャ》様のご寵愛を目論んでいるに違いない。そう思ったチェ内官は、容赦なく女官を追い払った。ところが、ふと、その顔に見覚えがある気がした。

「お前はもしや……」

チェ内官はにわかには信じられなかったが、しわだらけの上瞼《うわまぶた》を小刻みに震わせながら女官の手を取り、慌てて物陰に連れていった。

「ここで何をしているのだ？　いや、それより、どうしてここにいる？」

ラオンだと気がつくと、チェ内官はまずラオンの身を案じた。だが、今のラオンにその声が届くはずもなく、旲《ヨン》の部屋から目を離さないまま言った。

「チェ内官様、お願いでございます」

「ホン内官」

「この場で斬り捨てられても構いません。でも死ぬ前に、せめてひと目、世子《セジャ》様のお姿を見たいのです。世子《セジャ》様に会わせてくださるのなら、何でもいたします」

ラオンは目に涙を溜めて哀願した。そして、その涙がこぼれる寸前に、手の甲で拭った。旲《ヨン》が病と闘っている今、自分が泣いてはいけないと思った。世子《セジャ》様をこの世につなぎ止めなければ。このまま逝かせるわけにはいかない。

唇を噛み、泣くのを我慢しているラオンを見て、チェ内官はそっと道を空けた。

「このご恩は、一生忘れません」

「恩など考えなくていいから、人目につかないように気をつけなさい」

「ありがとうございます」

ラオンは急いで旲《ヨン》の部屋に入った。その様子を後ろから見守って、チェ内官は深い溜息を吐いた。

今夜は長い夜になりそうだ。


恐る恐る部屋に入ると、薬の匂いがした。一歩、また一歩と旲《ヨン》に近づくほどに、心臓は狂ったように鼓動を刻んだ。

「世子《セジャ》様……」

最後の方は声が震えていた。小さく呼んでみたが、旲《ヨン》は目を閉じたまま動かなかった。ラオンはもう一歩近づいて旲《ヨン》を呼んでみた。

「世子《セジャ》様、温室の花の世子《セジャ》様」

とうとう涙があふれ、ラオンは声を押し殺して旲《ヨン》の枕元に座った。旲《ヨン》のもとを離れてから、季節が二つ過ぎた。旲《ヨン》の頬はこけ落ち、顔は血の気を失っている。それが、自分のいない間の苦労を物語っているようだった。

お寂しかったでしょう。おつらかったでしょう。

あご先から滴り落ちる涙を拭い、ラオンは旲《ヨン》の寝顔をそっと撫でた。

「世子《セジャ》様」

豊かな眉毛と、男らしい彫りの深い鼻筋。雛の産毛のように柔らかい唇や、鋭いあごの輪郭。毎晩夢に見ていた愛しい顔を、やっと見ることができた。

「こんなに痩せて……きっと、ろくに寝ていらっしゃらなかったのですね。食事もお取りにならず。こんなことだろうと思いました」

「…………」

「もう、いい加減にしてください。世子《セジャ》様のせいで、わたくしはいつも心配してばかりです。一国の世子《セジャ》ともあろう方が、寝たきりでいてどうするのです。馬鹿ですね……どんなにお願いしても、聞いてくださる方でないとわかっていたのに」

あご先から再び涙が流れ落ちたが、ラオンは今度は拭おうともせず、聞く相手もいないのに嘆き続けた。

「世子《セジャ》様がこんなお姿をしていらっしゃるのに、わたくしが遠くへ行けると思いますか？　薬も飲まず、お医者様の言うことも聞かない世子《セジャ》様を置いて、どうやって安心して暮らせと言うのです？」

「そんなに心配なら、行かなければよいではないか」

「ええ、わたくしだって、できることならそうしたいです。でも、人にはそれぞれ事情というものが……」

時が止まったようだった。昊《ヨン》はラオンを見つめ、自分の顔を撫でるその手をつかんで自分の胸の中に引き寄せた。

ラオンの耳に、昊《ヨン》の心臓の音が聞こえている。懐かしい体温と、何度もかいだ肌の匂いが、息をするたびに体中に沁み渡るようだった。

「世子様《セジャ》？　本当に、世子様《セジャ》なのですか？　世子様《セジャ》、世子様《セジャ》！」

「何度も呼ぶな」

「お元気になられたのですか？」

「ああ、何ともない」

「でも御医《オイ》様が……周りの人たちだって……」

ラオンは言葉にならず、小さな声で口をぱくぱく動かしている。その唇に、柔らかい唇が重なった。

「世子様《セジャ》……」

たとえようのない、甘く胸をときめかせる唇。桃色の舌先が、泣き濡れたラオンをそっと慰めた。

時が止まり、涙も、溜息も、悲しみも、何もかもどこかへ行ってしまった。

泣くな。泣かないでくれ。僕は大丈夫だ。

大丈夫、大丈夫という昊《ヨン》の優しさが、ラオンの強張った体を包み込んだ。ラオンは胸の中に激しい何かが芽吹き、全身を巡るのを感じていた。

八　ラオンだけに許された言葉

夢は、いつも悪夢で終わる。いつからか、得体の知れない何かと戦う夢ばかり見るようになった。そして、決まって戦いの最中に目を覚ますのだ。

だが、今日は違った。目が覚める前に、枕元に人の気配を感じた。御医《オイ》か、それとも世子嬪《セジャビン》だろうか。目を閉じたまま、昊《ヨン》はその気配を探った。

その時、不意に頬を撫でられた。不快で咎めようとしたが、次の瞬間、頬に温みのあるものが落ちてきた。目を閉じていても、それが人の涙であることはすぐにわかった。

誰だ？　なぜ泣いている？

喀血《かっけつ》し、床に伏して十日と三日経つが、枕元で涙を流した者は一人もいない。宮中の者たちにとって、僕は畏敬の対象であり、心配したり同情したりする相手ではない。僕と人々の間には、いつも見えない壁が存在していたし、それは夫婦となった世子嬪《セジャビン》も同じだった。病床の僕を案じこそすれ、それ以上近づこうとはしない。いや、近づけないのだろう。それを寂しいと思ったことはなく、むしろ今のように無遠慮に近づかれる方が居心地が悪い。

誰だ？　僕が怖くないのか？

するると、声が聞こえてきた。

「世子様《セジャ》……」

頬に触れる指先。悲しみに濡れる声。可憐な野花のように、新緑の息吹をはらんだその声を聞いた途端、昊《ヨン》はうそのように優しい顔をした。

ラオン、本当にお前なのか？　お前が、ここにいるのか？

目を閉じたまま、昊《ヨン》は息を吸うのも忘れてラオンの温もりを確かめた。あまりに生々しいその感覚に、全身に鳥肌が立った。だが、すぐに思い直した。ラオンは今、漢陽《ハニャン》から南に遠く離れた康津《カンジン》にいるはずだ。ここにいるはずがないし、いてもいけない。

自分はきっと夢を見ているのだと昊《ヨン》は思った。ラオンがあまりに恋しくて、会いたい気持ちが強すぎて、夢を見せているのだと。

だが、それでもいいと思った。たとえ夢でも、そばに漂うラオンの体温に、自分のために流す涙に、冷えた心が温められていく。

十三日前、初めて血を吐いた時は、とうとう過労が祟ったかと思った。だが、すぐにそうではないことがわかった。昊《ヨン》の体は、毎日少しずつ毒に侵されていた。幸い、医術や薬草に詳しい茶山《タサン》丁若鏞《チョンヤギョン》のおかげで一命を取り留めたが、丁若鏞《チョンヤギョン》がいなければ、原因もわからないままとっくに死んでいたかもしれない。

完璧な城壁に守られた宮中にいても、昊《ヨン》は安全ではいられなかった。敵は時間をかけて、音もなく昊《ヨン》の命をむしばんでいた。それも、謀反や暗闇の中で奇襲を仕掛けるより、はるかに卑怯で確実な方法で。

昊《ヨン》はもはや、誰が敵で誰が味方かわからなくなっていた。そこで、匂いも気配もなく行われる敵の攻撃を逆手に取り、少々手荒い方法を使って、自分の命を狙う者たちの刃がどこまで入り込んでいるのかを確かめることにした。幸い、周囲に信頼できる味方がいてくれた。ラオンの秘密が露呈したことで、白雲会《ペグネ》から膿《うみ》を出すことができたのは、むしろ幸運だった。もしラオンのことがなければ、白雲会《ペグネ》は今頃、内側からむしばまれていたかもしれなかった。きっと、この計画も頓挫していたことだろう。

だが、何より力になったのは、丁若鏞《チョンヤギョン》の知識と知恵だった。丁若鏞《チョンヤギョン》は昊《ヨン》を見るなり真っ先に体内に溜まった毒を出した。盛られた毒に勝る強い薬を昊《ヨン》に含ませたのだ。おかげで昊《ヨン》の体は御医《オイ》に処方された薬を受けつけなくなり、日に日にやつれてしまったが、むしろ今の方が健康になっていた。

世子《セジャ》が倒れたという話は東宮殿《トングンジョン》の人々の口から口へと伝わり、ついには宮中の知るところとなった。ある者は天地に、またある者は海に伏して世子《セジャ》の回復を願った。その一方で、世子《セジャ》亡きあとの治政を見据える動きも見られ、外戚の屋敷を再び訪ねる者たちも現れた。

そんな中、白雲会《ペグネ》は西へ東へ奔走し、王宮の内外の出来事を昊《ヨン》に逐一、報告した。その結果、昊《ヨン》は寝所にいながらにして自分に毒を盛った者たちを割り出すことができた。黒幕はやはり外戚、それも、もっとも近いところで睨み合いを続けてきた祖父、府院君金祖淳《プウォングンキムジョスン》だった。

事実を聞かされた時は、さすがに愕然となった。府院君《プウォングン》の野望は、こちらが思うよりずっと大きかったのだ。肉親による裏切りと言えればまだいいが、裏切る以前に、外戚とは初めから進むべき道がまるで違っていた。ただ、それを踏まえても、祖父が実の孫の暗殺を謀った事実は、昊《ヨン》にたとえようのない苦しみをもたらした。そして、そんな自分に呆れて笑いが出た。権力も王座も、血の祭壇の上にあることを忘れたのか？　私利私欲を満たすためなら、たとえ血を分けた息子をも手にかけるのが権力であり、玉座だ。ましてや、息子より遠い孫となれば……。

昊《ヨン》は玉座の非情さを思い知った。弱い者は踏み潰され、強者であっても、わずかにも隙を見せれば死を招く。王座が約束された立場にある限り、誰よりも強く、完璧でいなければ生き残ることはできない。無慈悲で冷酷な政敵以上に、自分が無慈悲に、冷酷にならなければ命はなく、意志を貫くことなどできないのだ。

そこまで考えて、昊《ヨン》は一日も早く復帰しなければと思った。体中の腐った肉を抉り取り、毒を出し切る。虎視眈々と玉座を狙い、この国を食い尽くさんとする者たちがいる限り、倒れるわけにはいかない。権力が悪の手に渡らないよう、今よりもっと強くならなければ。

昊《ヨン》は自らにそう誓い、ある罠を仕掛けた。そして今、敵は昊《ヨン》の計画通りに動いている。すべてが首尾よく運んでいた。

それなのに、胸の中には虚しさが漂っている。生まれた時から過ごしてきた宮殿が急に他人の家のように感じられ、自分の居場所などどこにもない気持ちがした。倒れる前から、日増しに笑わなくなり、楽しいと思うこともなくなって、何を食べても味気なかった。

その理由が今、やっとわかった。僕は寂しかったのだ。そして、会いたかったのだ。手を伸ばせばそこにあった温もりが、僕のために泣いてくれるラオンがいなければ、この世は灰のようなものだ。だからこんな、夢か現かわからないような夢を見ているのだろう。

昊《ヨン》は自分に呆れて笑った。だが、夢でも構わないと思った。むしろ、夢なら冷めないでくれと願い、目を強くつぶった。

「こんなに痩せて……きっと、ろくに寝ていらっしゃらなかったのですね。食事もお取りにならず。こんなことだろうと思いました」

「………」

「もう、いい加減にしてください。世子様《セジャ》のせいで、わたくしはいつも心配してばかりです。一国の世子《セジャ》ともあろう方が、寝たきりでいてどうするのです。馬鹿ですね……どんなにお願いしても、聞いてくださる方でないとわかっていたのに」

耳元に響く声。再び頬に落ちる涙。夢と言うにはあまりに生々しく、恋しさが作り出した幻想と呼ぶには、その声はあまりにはっきりと耳に届いた。

昊《ヨン》は恐る恐る目を開けた。白む視界に、泣いている女人の姿がぼんやりと見える。その姿は、焦点が定まるにつれて鮮明になっていく。夢ではなかった。目の前にあるその顔は、決して夢ではなかった。

どうして、お前がここに？

心配になる一方で、熱いものが込み上げて、喉の奥をつまらせた。ここは危険すぎる。誰かに見られたらどうするのだ？　今すぐ逃げろ。人に気づかれないうちに、早く王宮を出るのだ。

本当なら、そう言うべきだということは痛いほどよくわかっていたが、昊《ヨン》にはどうしても言えなかった。

どこへも行かせたくない。

するといると、今度は湿り気のある声が聞こえてきた。

「世子様《セジャ》がこんなお姿をしていらっしゃるのに、わたくしが遠くへ行けると思いますか？　薬も飲まず、お医者様の言うことも聞かない世子様《セジャ》を置いて、どうやって安心して暮らせと言うのです？」

「そんなに心配なら、行かなければよいではないか」

「ええ、わたくしだって、できることならそうしたいです。でも、人にはそれぞれ事情というものが……」

はたと気がついて、石のように固まるラオンの手を、旲《ヨン》は思い切り引き寄せた。

泣くな、泣かないでくれ。僕は大丈夫だ。

小さな体は抗う間もなく旲《ヨン》の胸の中に包まれた。涙に濡れたラオンの瞳が旲《ヨン》の目に映る。その瞳を見ていると、うそのように息が整い、気持ちが落ち着いてくる。

これが僕の生きる理由なのだと、やっと気づいた。お前だったのだ。僕を生かし、そして殺すたった一つの理由は、ラオン、お前だったのだな。

旲《ヨン》は戸惑うラオンの唇に自分の唇を重ねた。

「世子様《セジャ》」

鼻腔をくすぐる旲《ヨン》の甘い吐息は、今ここにある命を鮮やかに感じさせてくれた。強く、激しく、優しく愛撫する唇に、どんどん意識が遠のいていく。そのまま体ごと床に吸い込まれてしまいそうで、ラオンは旲《ヨン》の服をしっかりと握った。

「どこへも行かないでください。わたくしが行かせません」

世子《セジャ》様がいなくなってしまわれると思いました。永遠に私のもとを去ってしまわれるのではないかと、怖くてたまりませんでした。

「僕はどこへも行かない。だからお前も、どこへも行かず、僕のそばにいてくれ」

「約束します。わたくしも、どこへも行きません」

背中に感じる昊《ヨン》の腕の力。自分だけをまっすぐに見つめてくれる昊《ヨン》の眼差し。

ラオンは昊《ヨン》の胸の中で、やっと笑顔になり、息を吸うことができた。これからは、一瞬たりとも世子《セジャ》様のおそばを離れない。ここが私の居場所なのだと、今なら確信できる。世子《セジャ》様がいなければ生きていけないのだと、はっきりと言える。

永遠のような時が流れ、長い長いくちづけが終わった。一つの体のように互いを抱きしめていた二人は、向かい合って座った。淡い灯りに照らし出された昊《ヨン》の顔は、青白いが眼光は少しも変わっていなかった。

「一体、どうなっているのです？　お体はもう、よろしいのですか？」

「この通り、ぴんぴんしている」

「しかし、御医《オイ》によれば薬を煎じても吐き出してしまわれると……」

「口にしてはいけないものばかりくれるのだから、飲めなくて当たり前だ」

それを聞いて、ラオンは目を丸くした。

「どういうことですか？」

「それはおいおい話すとして、それより、お前の方はどうなっているのだ？　なぜ宮中にいる？　それに……」

昊《ヨン》は女官の装いをしているラオンを舐めるように見て言った。

「その恰好は何だ？」

「これは、おいおい……」

そう言いかけて、ラオンは小さな悲鳴を上げた。昊《ヨン》がもったいぶるのでこちらも仕返しのつもりで言ったのだが、昊《ヨン》は両手で頬をつまんできた。

「世子《セジャ》様だって、話してくださらないではありませんか」

「生意気に。僕に歯向かおうというのか？」

「いつかは、わたくしたちの間に身分は関係ないとおっしゃったではありませんか。都合が悪くなると、いっつも世子《セジャ》の立場を振りかざすのですから」

「悔しかったら、次はお前が世子《セジャ》として生まれてくることだ」

「ええ、きっとそうします」

憎らしからぬ目で昊《ヨン》を睨み、ラオンは頬を膨らませた。

「生まれ変わったら世子《セジャ》になって……」

世子《セジャ》になって、何をすればいいのだろう。ラオンはその先が思い浮かばなかった。

すると、昊《ヨン》はラオンの頬をつまんでいた手を離して言った。

「世子《セジャ》になって何をするかは生まれ変わってから考えればいい。それより、説明してくれ。どうやって宮中に戻ってきたのだ？」

「そうそう！　それがですね……」

なおももったいぶるラオンを、昊《ヨン》は睨んだ。ラオンも負けじと睨み返したが、敵うはずもなく、
ラオンは観念して下を向いた。

「悩みを聞いて欲しいという方がいらしたので、戻ってきたのです」

「お前に悩みを？」

「はい」

「それで恐れ知らずにも王宮に戻ってきたというわけか。一体、どこの誰がそのような頼み事をしたのだ？」

「そういう方がいらっしゃるのです」

「誰だ？」

「これ以上は、お聞きにならないでください。そのような目で見られてもだめです」

昊《ヨン》は、ははあん、とうなずいた。

逃亡中の罪人を宮中に呼び寄せられる人といえば、王のほかに考えられない。

「父上だな」

「どうしておわかりになったのです？」

ラオンが思わず聞き返すと、昊《ヨン》はにやりと笑った。ラオンははっとなって、とっさに手で口を覆った。

「父上は、お前に何を相談なさったのだ？」

「さあ」

「さあって、お前な」

「本当にわからないのです。特にこれといったお悩みを打ち明けられたわけではありませんでした」

「それは妙だな」

「ただ、おかしなことをおっしゃいました」

「何とおっしゃったのだ？」

「ありがとうと、それから、よろしく頼むとも」

「ありがとうと、よろしく頼む？」

旲《ヨン》の顔に、笑みが広がった。ラオンが訪ねてくるほんの半刻ほど前に王が訪ねて来た。眠る息子の様子をしばらく見守っていたが、やがて独り言をつぶいた。

「旲《ヨン》よ。私はお前に、最初で最後の父親らしいことをしたいと思う。だからお前も、これからは自分がしたいようにしなさい」

初めは何を言いたいのかわからなかったが、その後、ラオンが来て何となくわかったような気がした。二人がどのような会話を交わしたのかはわからないが、いつも現実から一歩下がってばかりいた王が、ようやく覚悟を決めたに違いない。

旲《ヨン》は改めてラオンを見つめた。どんな言葉も、王の心を動かすことができなかった。息子のたっての願いにすら首を縦に振ることがなかった。そんな王の心を動かしたのかと思うと、目の前にいるラオンが実に不思議に思えてきた。

一体、どうやって父上の心を動かしたのだろう。この澄み切った瞳がそうさせたのだろうか。確かに、ラオンには一瞬で相手の心の壁を崩す才能がある。この小さな頭の中に、何が入っているのだろう。この心の中には何が?

昊《ヨン》の中に、ラオンの小さな頭も心も、自分でいっぱいにしてしまいたいという欲望が湧いてきた。自分のたった一つの望みがラオンであるように、ラオンが望むたった一人の男でありたい。

「何を考えていらっしゃるのです?」

ラオンが昊《ヨン》の目の中をのぞき込むと、昊《ヨン》は顔を近づけてきた。

「何です?」

「わかっているくせに」

「わかりません」

少しこもった声で昊《ヨン》が言うと、ラオンは大げさに首を振った。だが、本当はわかっていた。こういう表情を浮かべる時、昊《ヨン》が何を考えているのか。

瞳から思いが伝わってくる。昊《ヨン》の唇が、まるで習慣のようにラオンの唇に重ねられた。吐息は次第に激しさを増し、口の中を熱のこもった息がくすぐっていく。

危ない。

外の様子をうかがいながらラオンは言った。

「世子《セジャ》様、いけません」

理由はわからないが、世間的には世子《セジャ》は今、重い病に伏せていることになっている。もしこのような場面を見られたら、何を言われるかわからない。もしかしたら病気で弱った姿を見せたくなくて、無理をしているのだろうか？　いずれにせよ、重湯すら飲み込むことができない体のどこにこんな力が残っているのか、ラオンは不思議にさえ思えた。

「おやめください、世子《セジャ》様」

「どうして？」

離れようとしたそばから旲《ヨン》に膝をつかまれ、ラオンは泣き顔になった。

「人に見られます」

「誰も来やしない。表でチェ内官が目を光らせているだろうから、何も心配しなくていい」

「でも……」

ラオンは何か言おうとしたが、その声は旲《ヨン》の唇に掻き消されてしまった。一生懸命に旲《ヨン》の胸を押し退けようとする小さな拳は、あっけなく旲《ヨン》の手の平に捕らえられてしまった。津波のように押し寄せる力に、膝をついて座っていたラオンはそのまま後ろに倒れた。そんなラオンを、旲《ヨン》はまるで母にしがみつく子どものように抱きしめて離さなかった。

一方、部屋の外ではハン内官が首を傾げていた。

「チェ内官様」

「何だ？」

「今、世子様《セジャ》のお部屋から、妙な声が聞こえてきませんでしたか？」

チェ内官は不自然な咳をして言った。

「きっと、うなされていらっしゃるのだろう」

「そんなにおつらいのでしょうか」

ハン内官は心配そうな顔をして、中の様子をうかがおうとした。

「チェ内官様、今すぐ御医《オイ》をお呼びした方がよいのではありませんか？」

「世子様《セジャ》のご要望で、御医《オイ》にもお引き取りいただいたばかりだ」

「しかし、うなされるほどおつらいご様子。お聞きください、このうめくような声。世子様《セジャ》はよほどお悪いようです」

ハン内官はすぐにも御医《オイ》のもとへ飛んで行きたくてうずうずしている。

「世子様《セジャ》は静かに眠りたいとおっしゃっている。誰も部屋に入れるなと言われているので、ハン内官も離れていなさい」

「しかし……」

チェ内官は目をぎょろりとむいて、ハン内官を睨んだ。

「誰も部屋に入れるなという世子様《セジャ》のご命令である。騒がしくするなら、東宮殿《トングンジョン》から出ていきなさい」

「チェ内官様」

「行きなさい」

「かしこまりました」

チェ内官にきつく咎められ、ハン内官は肩をすくめて去っていった。

「お前たちも、行きなさい」

チェ内官は最後に残った至密《チミル》女官たちまで追い払った。人払いをしながらも、内心は気が気でなかった。

一体、どうしたらいいのだ。苦しそうにうめき声まで出されて、世子《セジャ》の容態はよほどお悪いらしい。ホン内官がそばいれば、少しは楽になると思ったが……。

部屋の中で起きていることなど知る由《よし》もなく、チェ内官は不安に苛まれたまま、翌朝まで一人旲《ヨン》の部屋の前を守った。


明くる日、障子紙から朝の青い光が透けて入ってきた。部屋の外では、チェ内官がそっと旲《ヨン》の部屋に近づいて、気配で別れの時を知らせようとしていた。

二人で過ごす時間はあっという間に過ぎてしまった。旲《ヨン》は後ろからラオンを抱きしめ、薄い肩に顔を埋めて別れを惜しんだ。夢にまで見たこの匂い、この温もり。いけないと思うほど、離したくない、行かせたくないという思いが強くなる。

だが、自分には、やるべきことがある。もうすぐ宮中に血の嵐が吹き荒ぶ。そんな時に自分のそばにいたら、いつ何時、どのような危険が及ぶかわからない。そんなところに、ラオンを置いておくわけにはいかないと、昊《ヨン》は燃え上がる胸を抑えてラオンに告げた。

「ラオン、ラオン」

「はい、世子《セジャ》様」

「そろそろ……」

昊《ヨン》は息を整えて、身を切る思いで言った。

「刻限だ」

すると、ラオンは悲しそうにうつむいた。

「行かなければいけませんか?」

昊《ヨン》にしがみつき、離れたくない気持ちを力一杯伝えてくるラオンの姿に、昊《ヨン》は胸が張り裂けそうになった。だが、ここで自分まで感情に流されてはいけないと、昊《ヨン》は首を振った。

「行くのだ」

「わたくしは、温室の花の世子《セジャ》様と一緒にいたいです」

この魑魅魍魎がうごめく宮中に、昊《ヨン》を一人残して行きたくはなかった。

「ラオン」

昊《ヨン》は駄々をこねる子どもに言い聞かせるように、ラオンの頭を優しく撫でて言った。

「すぐに迎えに行く。だから、待っていてくれ」

「本当に来てくださるのですか？」

「世子《セジャ》がうそをついたことがあるか？」

「ありません。いえ、もしあったとしても、わたくしはなかったことにいたします。この約束は必ず、お守りください」

「もちろんだ。だからお前は、僕を信じて待っていてくれ。綺麗にして、僕を迎えてくれ」

「わかりました。世子《セジャ》様のために、一番、綺麗な裳《チマ》を着て待っています」

もし、世子《セジャ》様がいらっしゃらなければ……その時は、私が世子《セジャ》様のもとへまいります。

昊《ヨン》の方に寝返りを打ち、ラオンは躊躇いがちに手を伸ばして昊《ヨン》の頬を撫でた。凛々しい眉毛、男らしい鼻筋、咲いたばかりの花びらのような儚い唇。目の中に、胸の中に、記憶の端々に昊《ヨン》の姿を刻みつけていった。こうすれば、寝ても覚めても世子《セジャ》様の姿をはっきりと思い浮かべることができる。ラオンは満面に笑みを浮かべ、昊《ヨン》の目を見てささやいた。

「好きです」

はにかみながら告白するラオンの姿は、昊《ヨン》の心を大きく揺さぶった。きらきらと輝く光の群れに全身をくすぐられるようだった。昊《ヨン》も穏やかな笑みを浮かべ、呪文のように口にした。

「好きだ。好きだ、好きだ、好きだ」

それは、ラオンだけに許された魔法の言葉。

「わたくしも、大好きです」

この気持ちを伝えるのに、ほかにどんな言葉があるだろう。

まるで言葉を覚え始めた子どものように、二人は互いの耳元にささやき合った。好きという幸せな響きが、二人の心を満たしていく。

純祖《スンジョ》三十年五月五日。

運命の日が明けようとしていた。

九　一日

　早朝の始業前にもかかわらず、表には女官や内官たちの姿がちらほら見られた。だが、塀にぴたりと沿って進む二人に気づく者はいなかった。

「本当に類稀なる能力をお持ちなのですね」

　人目につかないところを縫うように進んでいくチャン内官に、ラオンは驚きを通り越して尊敬の念を抱いた。人々の動線を把握し尽くしていることにただただ舌を巻く一方で、これが、鷹の目より鋭い世子《セジャ》旲《ヨン》の視界に入らず、東宮殿《トングンジョン》で長年仕え続けられている所以なのだと思った。チャン内官はそんなラオンの眼差しに気がついて、得意気に言った。

「ホン内官、いや、ホン殿も血の滲むような努力をすれば、私の真似事くらいはできますよ」

　チャン内官が努力と言ったので、ラオンは意外に思った。

「血の滲むような努力でございますか？　では、チャン内官様は、人目につかないよう努力なさっていたのですか？」

「いやいや、私には天賦の才があるので、少し練習しただけで、ちょちょいのちょいです」

「とにかく、練習はなさったのですね」

「そういうことです」

「そこまでして、なぜ人目を避けようとなさるのです？」

するとチャン内官はにこりと笑った。それは、チャン内官が初めて見せた影を含んだ笑みだった。その笑顔が消える頃、チャン内官は口を開いた。

「ホン殿が逆賊の子であることがわかり、宮中は大変な騒ぎでした。ほかにもよからぬ企みを抱いて出仕した者はいないか、来る日も来る日も厳しいお取り調べが続きました」

「私のせいで、関係のない方たちまで巻き込んでしまいました」

ラオンは詫びようのない申し訳なさに、顔をうつむかせた。

「しかしその中に、そうではない者たちが紛れていたのです」

「まさか」

「宮中に、謀《はかりごと》を巡らせていた者が、本当にいたのですよ」

「そんな……」

ラオンは信じられないと首を振ったが、チャン内官の表情が変わらないのを見て、それが事実であることを悟った。

「本当にそのような人がいたのですか？　なぜそんな……一体、誰なのです？」

思わず聞き返したが、いくらチャン内官でもこれほどの重大な情報を知るはずがないと思い直した。だが、チャン内官は思いもしないことを言った。

「それが、私なのです」

「チャン内官様が？」

それまで人に気づかれないよう声を潜めて話していたが、ラオンは思わず大きな声を出してしまった。慌てて周りを確かめると、幸い人の気配はないようだった。ラオンは気持ちを落ち着かせて、再び声を潜めて言った。

「何をおっしゃるのです。チャン内官様がそんな……そんなはずありません」

「先の反乱で、斬首刑に処せられた逆賊は数百に上ります。また、ホン殿のように一夜にして逆賊の家族となり、官軍に追われる身となった人は数知れず。そのほとんどは捕らえられ命を落としましたが、天の定めか、それともただ運がよかったのか、生き残った者も少なからずおりました」

「私のように、ですか?」

「ええ。ホン殿のように。そして、私のように」

「チャン内官様……ではもしや……」

「私の父は、ホン殿のお父上を手伝い、反乱の中心的な役割を果たしていたそうです」

「…………」

にわかには信じられない話だった。チャン内官が自分と同じ運命を背負って生きていたなんて、考えたこともなかった。いつも人がよさそうに、にこにこしていたチャン内官が、人に言えない事情を抱えていたとは想像もできない。

「平等を求め、世の中に反旗を翻すことがどうして罪になるというのでしょう。しかし世の中は、私の父を罪人にし、私と母は罪人の家族として身を隠し、逃げ続ける生活を送ることを余儀なくされました」

父親の話をする時、チャン内官は心なしか背筋を伸ばし、いつもより太く低い声になった。人が何と言おうと、父は間違ったことをしていないと信じているのだろう。正しいことをして罪を犯していないなら、下を向く必要も、胸を張れない理由もない。

チャン内官の明るい笑顔の下にそんな苦悩を隠していたのかと思うと、ラオンは目頭が熱くなった。世間は自分にばかり冷たいと思っていた。自分だけが重い運命を背負わされているような気がしていた。だが違った。チャン内官もまた、同じような境遇の中で生きてきた人だった。

「チャン内官様は、なぜ宮廷の宦官になられたのです？」

きっと自分と同じように、やむにやまれぬ事情があってのことだろうとラオンは思った。ところが、チャン内官は躊躇いもせずに言った。

「復讐のためでした」

「復讐？」

「父に逆賊の汚名を着せ、命を奪った者たちへの仇討ちがしたかったのです。それが無理なら、せめて王室の代を断つ。そう心に決めて、宮中に入りました」

王室の代を断つとはつまり、世子《セジャ》の命を取り上げるということ。ラオンは一瞬にしてチャン内官を見る目が変わり、恐ろしくなって後退りした。

「いやいや、そう警戒しないでください」

チャン内官は慌てて両手を開き、おどけて見せた。今しがた、復讐を口にした男とは別人の、いつものチャン内官の顔をしている。

「チャン内官様……」

「そのような恐ろしい気持ちは、とうの昔に捨てました」

「何年も抱えてきた復讐心を、手放すことなどできるのですか？」

ラオンはじっとチャン内官を見据えた。

「ええ。世子様《セジャ》のおかげです。この世の中を変えたいというあの方の志や、民百姓を我が身のように案ずるあの方の思いに、私の心が負けたのです」

「それは、まことですか？」

チャン内官は遠くに目を馳せて話を続けた。

「思えば、実に妙なご縁です。親の仇と思っていた人の息子が、私と同じことを考えている。私が心から願い求め続けてきたものを、その人も見つめている。それを知った時、私はすべてを手放しました」

「手放した？」

「世子様《セジャ》をおそばで見てきて、わかったのです。私の父を殺したのは、王様ではありません」

チャン内官は、淡々と話していたが、その声からなぜだか悲しみが伝わってきて、ラオンは胸の奥から激しい痛みが起こった。親の仇を前にして、どれほど苦しんだだろう。命がけで宮中に入り込むほどだから、よほどの恨みを抱えていたに違いない。そんな人が、相手を許すに至るまでどれほどもがき、葛藤したことだろう。静かに語りかけるチャン内官の声にそれが滲んでいるような気がして、ラオンは涙が出た。

「知れば知るほど、世子《セジャ》様はご立派な方です。そんな方に悪さをしたら、私はあの世に行っても、成仏できないだろうと考えるようになったのです。あの方の人柄を知りながら、復讐心を抱き続けることなど、私にはできませんでした。おや、ホン殿、どうなさいました」

ラオンが泣いているのに気がついて、チャン内官は自分の服の裾でその涙を拭いた。

「余計な話をしてしまいました。高貴な方は、下の者の前でめったに涙を見せるものではありません。いいですか。ホン殿こそ、私の復讐を果たしてくれる人の、たった一つの拠り所であることを忘れないでください」

「ごめんなさい、チャン内官様」

「どうして謝るのです？」

「知りませんでした。チャン内官様にそんなご苦労があったなんて。いつもにこにこしていた笑顔の下に、深い悲しみを抱えていたなんて、夢にも思いませんでした」

すると、チャン内官は笑顔で首を振った。

「それは私の方です。ホン殿、女人でありながら、どうしてこれほどまでに大胆なことができたのです？　私は復讐することばかり考えて人生を無駄にしてしまいましたが、ホン殿は家族を守るために、自分の身を犠牲にすることも厭わなかった。ホン殿の方が、よっぽど立派です」

チャン内官は心からそう思い、何度もうなずいた。

「ホン殿はこの世で一番です。私が知る誰よりも思いやりと優しさを持っている。そんなホン殿には、誰も敵いません。世子《セジャ》様はきっと、ホン殿のそういうところに惹かれたのでしょう。だからそばに置いて、何があっても離したがらないのです。もう泣かないでください。ホン殿に泣かれたら、私も悲しくなります」

「泣いていません。ほら、見てください」

ラオンは手の甲で涙を拭い、笑顔を見せた。すると、チャン内官も白い歯をのぞかせて笑った。

「綺麗です。その笑顔こそ、私の知るホン内官、いえ、ホン殿です」

二人はその後も、薄暗い明け方の道を人目につかないよう歩き続けた。言葉を交わさなくても、互いの歩みから気持ちが伝わるようだった。同じ境遇を生きてきたというだけで、生き別れた兄弟に会えたような喜びと安心感が、二人の間に芽生えていた。

「着きました。こちらです」

しばらくして、チャン内官は小さな木の門を指した。その門は外につながっている。チャン内官は門を恐る恐る開けて、ラオンに目配せをした。

「ホン殿、急いでください」

ラオンは後ろ髪を引かれながらその門をくぐり、最後にチャン内官に振り向いた。

「チャン内官様」

「はい」

「復讐は、本当に、もうよいのですね?」

ラオンが最後にもう一度尋ねると、チャン内官はいつもの人のいい笑顔で首を振った。

「そんなはずがありますか」

「では、先ほどのお話はうそだったのですか？　世子様《セジャ》への復讐は、諦めたのではなかったのですか？」

「もちろんです。本当の仇を見つけたのですから、世子様《セジャ》を恨む理由はありません」

「本当の仇？」

「この国をむしばむ者たちです。私の父を謀反者に仕立て上げた張本人。私はその者たちに復讐するつもりです」

「では、白雲会《ペグネ》に入られたのも、もしかして」

「いかにも。仇と戦うためです」

「仇と戦うため……」

ラオンは、朝日が注ぐ重煕堂《チュンヒダン》を見て、チャン内官に視線を戻した。いつもと同じチャン内官の笑顔の上に、父の仇を討つため、命をかけて出仕を決意した彼の半生と、強い意志が浮かんで見えた。

ラオンは何か心に決めたような目をして再び門をくぐった。

「ホン殿、どうなさいました？」

「一つ、忘れていました」

呆気に取られるチャン内官にそう言って、ラオンは今しがた来た道を引き返した。

「何を忘れていたのです？　ホン内官、いや、ホン殿、どこへ行かれるのです？」

「大事なことを思い出したのです」

「いけません。ホン殿を無事に宮中から出すように、世子様《セジャ》から言われております。ああ、そちらへ行かれては困ります。困りますったら」

チャン内官は慌ててラオンのあとを追った。足元から吹く風が冷たい寅の下刻（午前五時）、一日でもっとも忙しい宮中の朝が始まろうとしていた。


部屋の隅の方まで朝日が差し込む時刻になっても、東宮殿《トングンジョン》は夜のまま時が止まっているようだった。まるで葬式のような雰囲気の中、一人の老人が世子《セジャ》の部屋を訪れていた。丁若鏞《チョンヤギョン》だった。

「世子《セジャ》様」

丁若鏞《チョンヤギョン》の低い声に呼ばれ、旲《ヨン》は目を開けた。そして、注意深く周囲の様子をうかがって上体を起こすと、丁若鏞《チョンヤギョン》は膝歩きで旲《ヨン》のそばに寄った。

「無事に宮中を抜けられましたか？」

「チャン内官に任せてあるので、ご心配には及びません」

旲《ヨン》は安堵を噛みしめるように目を閉じ、しばらくして再び口を開いた。

「あの者たちは？」

「世子《セジャ》様のお見立て通り、連日、あるところに集まっております」

「本当は祝宴でも開きたいところでしょうが、この状況では人目が憚《はばか》られるのでしょう」

「聞いた話では、今後のことを話し合っているようです」

「そうですか」

早くも世子《セジャ》亡きあとの治政を目論む家臣たち。予想はしていたが、実際にそうなってみると昊《ヨン》は寂しい気もした。反目し合っていても我が民に変わりない。そんな昊《ヨン》の胸中を察して、丁若鏞《チョンヤギョン》は慎重に言葉を選んで言った。

「決心は、つかれましたか？」

「…………」

「世子様《セジャ》」

「昨夜、父上が訪ねてこられました」

「王様が、こちらへ？」

「父上は、こうおっしゃいました。最初で最後に父親らしいことをしたい。お前は自分の思う通りに生きなさいと。そう言われて、気づきました。物心ついた時から僕は僕ではなく、世子《セジャ》として生きてきたのだと。ただの一度も、自分のために生きたことがなかったのだと」

「世子様《セジャ》……」

丁若鏞《チョンヤギョン》は言葉につまった。

「どうなさるおつもりですか？」

「父上のおっしゃる通りにしようと思います。これからは、自分のために生きてみようと思うのです」

世子様《セジャ》は覚悟を決めた目をなさっている。その眼差しを受け止めて、丁若鏞《チョンヤギョン》は深々と平伏して問いかけた。

「ほかに、道はございませんか？」

「ここで寝ている間、ずっと考えていました。これしかありません。王宮の内外で僕の死を望んでいる者たちと戦い、この国を守り抜くには、これが最善なのです。それに」

昊《ヨン》は丁若鏞《チョンヤギョン》を見つめ、力強く言った。

「これが、僕があの人に相応しい男になれる唯一の道でもあります」

遠くから巳の上刻（午前九時）を知らせる太鼓の音が聞こえてきた。陽光がきらめき、葉についた朝露はいつの間にか見えなくなった。吹く風にも、春の気配が香っていた。


刑曹判書《ヒョンジョパンソ》キム・イクスの屋敷。そびえるような塀の向こうから、がやがやと笑い声が聞こえていた。屋敷の主の部屋には贅を尽くした料理の数々が山盛りになって並べられている。その周りでは、大殿《テジョン》にいるべき朝廷の大臣たちが、傍《かたわ》らに妓女《キニョ》を侍《はべ》らせて陽気に酒を呷《あお》っていた。上座に座るキム・イクスは、むっとした顔で盃を掲げた。

「おい、酒がないぞ」

すると、そばにいた妓女《キニョ》のエウォルは妖艶な笑みを浮かべて言った。

「もうですか？　もう少しゆっくりお呑みになりませんと、悪酔いしてしまいますよ」

「楽しい酒で悪酔いなどするものか。今なら石も食べられそうだ」

「ずいぶんうれしそうですね。そんなにいいことがあったんですか？」

「ああ、もうすぐな」

刑曹判書《ヒョンジョパンソ》は王宮のある方を向いた。

「何かしら？　私が知ってはいけないことですか？」

さりげなく刑曹判書《ヒョンジョパンソ》の肩に胸を押しつけて、エウォルは鼻にかかった声で聞いた。

「悪い女だ」

「あら、醜女よりいいのでは？」

「その通りだ」

刑曹判書《ヒョンジョパンソ》は下卑た笑い声を上げ、エウォルの細い腰に腕を回すと、いやらしい目つきで胸の中をまさぐった。

「いけません、刑曹判書《ヒョンジョパンソ》様。まだ日も暮れていませんわ」

「それがどうした」

「私は構いませんけど、刑曹判書《ヒョンジョパンソ》様はお困りになるんじゃありません？　悪いうわさでも立てられたら、どうなさるのです？」

「構うものか。もうすぐ、この世は私の足元に平伏すことになる。この私に歯向かえる者がいるなら連れて来い」

「この世が、刑曹判書《ヒョンジョパンソ》様の足元に？」

「ああ、もうすぐそうなる」

エウォルは笑い出し、したり顔の刑曹判書《ヒョンジョパンソ》に抱きついた。

「そんな高貴な方に呼んでいただけるなんて、エウォルは光栄です。心を込めておもてなしいたします。だから、この世が刑曹判書《ヒョンジョパンソ》様の足元に平伏した時には、私を思い出してくださいましね」

「さあな。最近は歳のせいか、物覚えが悪くてな」

「まあ、刑曹判書《ヒョンジョパンソ》様ったら！」

エウォルは頬を膨らませて刑曹判書《ヒョンジョパンソ》に背を向けた。その態度は、刑曹判書《ヒョンジョパンソ》の欲情を掻き立てた。

「こら、誰に向かって背を向けているのだ」

「だって、宵が明ければ忘れられてしまう女ですもの。心を込めてもてなして、何になるんです？」

「だからこそ、忘れられないように真心を込めてもてなせばよいではないか」

「そしたら、私のこと、思い出してくださいます？」

すると、そばで二人のやり取りを聞いていた兵曹判書《ピョンジョパンソ》が盃を片手に口を挟んだ。

「エウォルよ、この方の言うことを鵜呑みにしちゃいかん」

「あら、どうしてです？」

「昨日、ミグムという妓女《キニョ》にも同じことをおっしゃっていたぞ」

「それはありませんぞ、兵曹判書《ピョンジョパンソ》」

水をさされ刑曹判書《ヒョンジョパンソ》は兵曹判書《ピョンジョパンソ》を指さした。エウォルは二人の様子をうかがいながら、そっと刑《ヒョン》曹判書《ジョパンソ》の腕を引っ張った。

「英雄色を好む。エウォルは英雄のお相手ができて果報者です」

「何、英雄だと？」

刑曹判書《ヒョンジョパンソ》は上機嫌で笑い、周りの者たちも腹を響かせて笑った。

「刑曹判書《ヒョンジョパンソ》、久方ぶりに女らしい女を見ましたな」

「そう羨ましがらないでくだされ、兵曹判書《ピョンジョパンソ》」

「刑曹判書《ヒョンジョパンソ》こそ」

冗談が飛び交う中、エウォルは刑曹判書《ヒョンジョパンソ》の腕を引いて奥の部屋へ入っていった。刑曹判書《ヒョンジョパンソ》は早くもでれでれと鼻を伸ばしている。

時刻はもうすぐ酉の刻（午後五時から午後七時）になろうとしていた。西の空の端を染め始めた茜色は、あっという間に空一面に広がった。


辺りが闇に沈む頃、府院君金祖淳《プウォングンキムジョスン》の屋敷に黒い影が現れた。影は迷うことなく府院君《プウォングン》の部屋に向かった。

「府院君《プウォングン》様」

夜闇に潜む声に、東の窓がわずかに開いた。

「何かわかったか？」

「府院君《プウォングン》様のおっしゃる通りでした」

「そうか」

府院君《プウォングン》は冷酷な笑みを浮かべた。危うく世子《セジャ》の猿芝居に騙されるところだった。

「やはり、我が世子《セジャ》様だ」

「はい」

「それで、あの方は何をしているのだ?」

「密かに我々の動きを監視しておりました」

「何だと?」

連日のように宴を繰り広げる外戚たちの行く末が、目に見えるようだった。だが、問題はそれだけではなかった。

「地方から呼び寄せた兵はどこまで来ている?」

「じきに水原城《スウォンソン》を出発するそうです」

「そうか」

これで引き返すことはできなくなった。この機を逃せば、次はいつになるかわからない。府院君《プウォングン》は腹を決め、机の上の包みを手に取って窓の外に投げた。

「今度こそ、失敗するなよ」

「御意」

影は来た時と同じく、音を立てず、気配も放たずに闇の中に溶けた。

府院君《プウォングン》は何事もなかったように窓を閉め、床に広げた絵を見た。いまだ完成を見ない鯉の絵を憎々しい顔で睨み、それを荒々しく手の中で丸めると、新しい紙を広げて再び筆を握った。紙の上を流れるように動く筆先から、また新たな絵が現れた。それは池の水面から飛び上がる鯉ではなく、天にうねる龍の絵だった。

戌の下刻（午後九時）。一日を終えた者たちが家路を急ぐ頃、月が天下を望む夜の帳《とばり》の中に、悪がむっくりと顔をもたげ始めた。

十　宦官は一生

　学び舎《や》の奥にひっそりと佇む殿閣。その片隅に、落ちこぼれと後ろ指を指されるト・ギとサンヨルの部屋がある。宮中に出仕してから、周囲に見下げられてばかりだったが、そんな彼らにも人々の羨望を浴びた時期があった。ラオンが小宦たちの希望の星だった頃のことだ。だが、それも今は昔。ラオンの素性が明らかになると、一転して内侍府《ネシブ》のお荷物に戻ってしまった。

　その夜、サンヨルは目が冴えてなかなか眠りにつくことができなかった。布団の中で何度も寝返りを打っていたが、結局、部屋を出て縁側に腰かけた。

「眠れないのか？」

　すると、ト・ギも大きなあくびをしながら出てきて、サンヨルの隣に座った。

「やっぱりおかしいよ」

「何がだ？」

「今朝方、見かけた女官のことさ。あの女官、ホン内官に瓜二つだった」

「馬鹿なことを言うな」

「わかってる。だけど、だけどさ」

「考えてもみろ。父は謀反者、自分は国の法を破って女の身で宦官になりすまし、いまや追われる身だ。お前だったら、宮中に戻ろうなんて考えるか？」

「いや、絶対に戻らないだろうな」

「そうだろう？　俺だってそうさ。朝、見かけた女官がいくらホン内官にそっくりだったとしても、他人の空似だよ」

「俺もそう思うのだが……」

サンヨルはどうしても二人が別人とは思えなかった。

「ただ、ホン内官なら、そう考えてもおかしくないと思えてな」

「じゃあ何か？　お前は、ホン内官には命がいくつもあると言いたいのか？　いくら怖い者知らずでも、それだけは絶対にあり得ない」

「でも、ホン内官だったら」

「絶対に違う」

何を言っても納得しないサンヨルに、ト・ギは思わず声を荒げた。

「よくお気づきになられましたね」

「ああ、俺にはすぐにわかったさ。サンヨル、お前の勘違い……」

「ト内官……」

二人の前に、今朝の女官が現れ、ト・ギとサンヨルは腰を抜かしそうになった。

「まさか」

「本当に」

二人は声をそろえて言った。

「ホン内官？」


ト・ギとサンヨルは開いた口を閉じることができなかった。朝に見かけた女官は、やはりラオンだった。国を挙げてラオンを捜している最中、堂々と宮中にいることがとても信じられず、二人はあまりの出来事に笑い出した。

「おい、俺たち、寝ぼけているようだ」

ト・ギは両目をこすり、まばたきをして何度も確かめた。だが、ラオンに似た女官はいつまでもそこにいて、ご丁寧にお辞儀までしている。

「お元気でしたか？」

おまけに晴れやかな笑顔で挨拶までしてきた。

「本当に、ホン内官か……」

ト・ギは呆然とラオンを見て、不意に我に返るとそっぽを向いてしまった。

「お帰りください」

「ト内官様」

ト・ギに冷たくされるのは初めてで、ラオンは狼狽した。

「怒っていらっしゃるのですか?」

「当たり前です。ずっと、俺たちを騙していたのですか?」

「申し訳ございません」

命にかかわる重大な秘密ゆえに、どうしても打ち明けることができなかったのだが、ラオンの心からの謝罪にもト・ギの怒りは収まらなかった。すると、サンヨルが見かねて言った。

「ホン内官、本当に、ホン内官なのですか?」

「はい、私です」

「女というのは本当だったのですね」

「私が女に生まれたせいで、ご迷惑をおかけしてしまいました。もっと早く、お話しするべきでした」

宦官になるほかに道はなかった。それに、宦官になった以上は何が何でも隠し通すつもりだった。秘密を共有すれば、大切な仲間たちを巻き込むことになる。それだけは絶対に避けたかった。

だが、ト・ギやサンヨルたちと過ごすうちに、小宦仲間にだけは本当のことを打ち明けるべきではないかと悩むようになった。ラオンにとって、秘密を持つことが憚《はばか》られるほど身近な人たちであり、言葉では言い表せない強い絆で結ばれた仲間だった。

「無理もありません。そう易々とできる話ではありませんから」

サンヨルはラオンの立場を慮ったが、悲しいのは同じだった。晴れない顔をして、ト・ギをちらと見て、サンヨルは言った。

「ト内官のことは気にしないでください。ホン内官の顔を見て、抑えていた気持ちが出てしまったのでしょう」

「何かあったのですか？」

「ホン内官のことは、内侍府《ネシブ》でも大きな問題になりました。とばっちりを受けた宦官たちは、ホン内官と一番親しかったト内官を責め立てたのです」

それを聞いて、ラオンはいたたまれない気持ちになった。

「そんなことがあったのですね。私のせいで、大変なご迷惑をおかけしてしまいました。本当に、お詫びのしようもありません」

「俺たちなら、上の方たちの気分で一日に何度も八つ当たりされていますから、これくらいどうってことありませんよ」

ラオンを思いやって、サンヨルは優しく微笑んだ。だがそれでも、ト・ギの腹の虫は収まらなかった。

「サンヨル、お前、よく笑っていられるな」

「もういいじゃないか。過ぎたことをいつまでも言ったところで、何も変わらない」

サンヨルはト・ギを宥《なだ》め、改めてラオンに向き直った。

「ここへは、どうなさったのです？」

「皆さんに会いにきました」

それを聞いて、サンヨルはラオンを案じた。

「ここは宦官だけが出入りを許されています。もしみんなの目に留まったら……」

すると、ト・ギは突然、怒りに身を震わせてサンヨルの頭を叩いた。

「痛い！　いきなり何をするのだ！」

「人にものを言う時は、その頭でよく考えてから口にしろと何度言ったらわかる？」

「俺が何をしたと言うのだ！」

「今、ホン内官に何と言った？」

サンヨルは自分の言ったことを思い返し、泣きそうな顔になって言い返した。

「何だよ、もう宦官ではないと暗に言ったとでも？　仕方がないだろう、事実なのだから。一緒に働くこともなくなった今、用事もないのにホン内官がここを訪ねる理由はないではないか」

ト・ギはなおも憤った。

「用事がある時だけ会うのか？」

「違うのか？」

「会いたくて、顔が見たいから訪ねてくる。それが人の情というものではないのか？　それに、お前は、ホン内官はもう宦官ではないと思っているのか？」

「ああ」

「それは違うぞ、サンヨル。一度、宦官になったら、一生、宦官だ」

「ホン内官は女だ」

「それが何だ？」

「何だって」

「俺たちの中に男がいるか？　お前は男なのか？」

「いや、だが俺たちは……」

もとは男だったと言いかけて、サンヨルは黙った。ト・ギの目は、それほど真剣だった。

「俺もお前も、ホン内官もみんな同じだ。男と偽って生きてきたホン内官と、もはや男とは言えない俺たちと、何が違う？　大事なのは男か女かではなく、ホン内官が宦官であり、俺たちの仲間ということだ」

サンヨルはうつむき、申し訳なさそうに頭を掻きながらラオンに詫びた。

「申し訳ありません、ホン内官が女官の出《い》で立ちをしているので、つい……」

ラオンは慌てて首を振った。

「いいえ、私の方こそ、本当に申し訳ありませんでした」

二人は本心から自分を思ってくれている。その気持ちが何よりありがたかった。だからこそ、ラオンは申し訳ない気持ちでいっぱいになった。かつての仲間と一緒にいられるだけで喉元が熱くなる。鼻先がつんとして、目頭も熱くなってきた。

ラオンは慌てて目元を拭った。ト・ギも袖で鼻先を拭い、そんなラオンの顔をのぞき込むようにして言った。

「それはそうと、ホン内官」

「はい」

「一体、何を考えているのですか？　今、王宮に戻ってきたらどうなるか、わからないのですか？」

「どうしてもお渡ししたいものがあるのです」

「どんな用事があろうとも、とても正気とは思えません。宮中にいたらどんな目に遭うか。死ぬかもしれないのです。みんな、血眼になってホン内官を捜しているのですよ」

「わかっています。でも、今日を逃したら、ここへは二度と来られないような気がしたものですから」

ラオンは抱えていた竹かごを下ろした。

「それは？」

「薬菓《ヤックァ》です」

「薬菓《ヤックァ》？」

「はい。私が宮中で食べた中で一番美味しいと思ったのが、この薬菓《ヤックァ》でした。それで今日、一日かけて作ってみたのですが、お口に合うかどうか」

「これを渡すために……」

ト・ギは丸い頬を震わせ、赤い鼻をして袖で目元を拭った。

「菓子で済むと思ったら大間違いです。こんなことで水に流せる話じゃありません！」

いつの間に、竹かごの中の薬菓《ヤックァ》を頬張りながら、ト・ギは言った。

「わかっています。これから少しずつ、お返ししていきます」

「そこまで申し訳ないと思っているなら」

ト・ギはそう言って袖の中に手を突っ込み、数冊の本をラオンに差し出した。

「何です？」

「今度、新しく出す本です。ここに、ホン内官の手印が欲しいという者がおりまして」

「あのようなことがあったのに、まだ私の手印を欲しがる方がいらっしゃるのですか？」

「むしろこの一件で、ホン内官の人気にさらに火がついたのです。この世に、これほど大それたことをできる女人は見たことがないと、密かに慕う者たちがあとを絶ちません」

　ラオンは笑いながら細筆を手に取った。

「そういうことでしたら、いくらでも書いて差し上げます」

「おい、ト内官、それどころではないぞ」

　サンヨルは顔色を変えた。

「サンヨル、大事なことなのだ。邪魔をしないでくれ」

「そうではない。見ろ！」

　サンヨルは塀の方を指さした。その指の先を追って、ト・ギは目をむいた。

「チャ、チャン内官様！」

　暗闇の中、チャン内官は笑顔でこちらを見ていた。ト・ギとサンヨルは飛び上がり、慌てて頭を下げた。

「い、いつの間に、いらしていたのですか？」

　二人はとっさにラオンを隠すように身を寄せた。その頼もしい盾に守られて、ラオンはふと笑って言った。

「大丈夫ですよ。チャン内官様はすべてご存じですから」

「チャン内官様が？」

「はい。私を宮中に入れてくださったのも、こうして薬菓《ヤックァ》を作ってお二人を訪ねてこられたのも、チャン内官様のおかげですから」

「そうだったのですね」

二人はほっと胸を撫で下ろし、額の汗を拭った。

「用事はお済みですか？」

三人に近づいて、チャン内官はラオンに尋ねた。

「はい」

「それはようございました。では、もうまいりましょう。いつまでもここにいられては、私の心臓がもちません」

「もう一つ、行きたいところがあるのですが」

「まだあるのですか？」

「はい。会っておきたい人がいるのです。お許しいただけますか？」

「仕方がありませんね。では、こちらへ」

チャン内官は渋々承諾し、再び歩き出した。

「お二人とも、どうかお元気で」

ラオンはト・ギとサンヨルに別れを告げた。

「ホン内官も、ご無事で」

サンヨルは名残惜しそうにうなずいた。まだ手印をもらえていない本とラオンを代わる代わる見ていたが、ト・ギも諦めてその場を動けずにいるラオンの背中を押した。

「ホン内官、早く行ってください。サンヨル、俺たちは見張りをしよう。誰かに見られては大変だ」

「わかった」

二人はラオンを囲み、周囲に目を光らせた。仲間たちの協力のおかげで、ラオンは無事に学び舎《や》を抜け出すことができた。だが、ラオンが去ったあとも、ト・ギは警戒を緩めなかった。

「ト内官、もう大丈夫だ。ホン内官は無事に行ったよ」

サンヨルが肩を叩いて労《ねぎら》うと、ト・ギはその場にしゃがみ込んでしまった。

「ほっとしたら、腰が抜けてしまった」

「まったくだ。しかし、こんな時にホン内官は一体、誰に会いに行ったのだろう？」

「さあな」

「そうだな、人の心の中なんてわかるわけないよな。しかし、すごい人だ。知れば知るほど、あの人の心臓は鉄でできているのではないかと思えてならないよ」

「サンヨル、お前はホン内官のことをまだわかっていないようだな」

「もしかして、ほかにも秘密があるのか？」

「あるどころではない。お前はホン内官のことを十分の一も知らない。もうすぐ出す次回作には、ホン内官が男として生きるに至った経緯が詳細に記されている。涙なくしては読めない傑作だ」

「ト内官はどうして知っているのだ？」

「俺を誰だと思ってる？　ト内官だ。ホン内官にもっとも信頼され、心を許されたト内官」

「ホン内官が女だってことは知らなかったでは……」

「あっ！」

頬杖を突いて夜空を見上げていたト・ギが、不意に大きな声を出した。

「どうした？」

「流れ星だ」

「流れ星？」

サンヨルもト・ギが指さす夜空を見上げた。するとまた、煌々と光る星が一つ、西の空に落ちていった。

「また誰か、亡くなるのかな」

独り言のようにつぶやいて、ト・ギは両手を合わせた。

「どうか、いいところに行ってください」

それは、名前も知らない魂のための祈りだった。


その頃、刑曹判書《ヒョンジョパンソ》キム・イクスは府院君金祖淳《プウォングンキムジョスン》のもとを訪ねていた。机を挟み、向かいで平伏す刑曹判書《ヒョンジョパンソ》に、府院君《プウォングン》は焦りを滲ませた。

「どうなった？」

「それが、まだ到着していないのです」

「水原《スウォン》ではないか。どうしてこれほど時間がかかっているのだ」

「使いをやったので、もうすぐ知らせが届くかと」

「この間もそう言っておったではないか」

府院君《プウォングン》が呆れると、刑曹判書《ヒョンジョパンソ》はさらに深く伏した。手の平は汗でびっしょり濡れている。これまで公私共に順風満帆の人生を歩んできたが、ここへ来てとんだ災難に見舞われたという思いがしてならない。万端の準備を整え、あとは兵が到着すれば大業を遂げられるという段階になって、というに届いているべき知らせが届かず、二人は難渋していた。

「こんな時に、礼曹参議《イエジョチャミ》がいてくだされば……」

それが悔やまれてならなかった。今ここにキム・ユンソンがいれば、計画に狂いが生じることはなかったはずだ。柔らかい笑顔の下に鋭い刃を隠し持ち、何事にも身の毛がよだつほど緻密な男の存在が、計画の期日が迫るほどに大きく感じられる。

「尋ね人の貼り紙を出しておいた。生きているか死んでいるか、じきに知らせが届くだろう」

府院君《プウォングン》は努めて淡々と言ったが、言葉の端々にやはり苛立ちが滲んでいた。それが、刑曹判書《ヒョンジョパンソ》は恐ろしかった。蛇でも我が子は守ると言うが、自分の孫が行方不明になってずいぶん経つというのに、府院君《プウォングン》は心配はおろか不安も感じていない。あるのは自分の目的が遂げられるか否かという苛立ちだけだ。刑曹判書《ヒョンジョパンソ》は府院君金祖淳《プウォングンキムジョスン》への恐怖を改めて感じた。

「これにて失礼いたします」

刑曹判書《ヒョンジョパンソ》が平伏すと、府院君《プウォングン》は目を閉じたままうなずいた。密談が終わり、部屋には重い沈黙が流れた。しばらくして目を開き、府院君《プウォングン》は白い紙を広げた。胸騒ぎがしてならなかった。各地から秘密裏に呼び寄せた兵からはなしの礫だ。この大業に賛同していた者たちも、中心的な役割を担うはずだった者たちが突如手を引き、その後、連絡がつかなくなっている。誰よりも乗り気だった者たちが、ここへ来て翻意するとは思いもしなかった。百戦錬磨の府院君《プウォングン》も、これには堪えた。

「たわけどもめ」

府院君《プウォングン》は吐き捨てるように言った。軟弱で意気地のない者ども。待ち望んだ春がすぐそこまで来ているのに、いつまでも布団に包まって出てこようともしない。

「なあに、無能な者たちの間引きができたと思えば、むしろ好都合だ」

府院君《プウォングン》は気分を変えようと筆を握り、紙の上を滑る筆先に自らの大志を込めた。絵とは実に不思議なもので、白い紙に墨を塗り、点を打ち、線を引いていくうちに蝶になり、鳥になり、虎にも天河にもなる。どの絵も初めは小さな点から始まり、その点をどう線と結び、放つかによって名画にも拙作にもなる。始まりは同じでも、描き方によって仕上がりに天と地ほどの差が生まれる。

人の運命も同じこと。己が何を目指すかによって、天を泳ぐ龍にも地を這う虫にもなる。ならば自分は龍になろうと心に決めたまでだ。男に生まれたからには、地を這う虫ではなく、龍にならなければ意味がない。そのためなら、どれほど険しく、時に肉を抉るような痛みを伴う苦難に襲われようとも、己の決めた道を喜んで歩んでこれた。

そんなことを考えながら筆を進めているうちに、ざわめいていた胸も幾分落ち着いてきた。煩雑な考えが一つ二つと消えていき、気づけば絵に没頭していた。

「今度は龍ですか?」

不意に、頭上から声がした。そのせいで筆の流れが止まり、府院君《プウォングン》は眉間を歪ませた。一番の難点だった目も入れ終わった。野望を秘め、貫禄に満ちた眼差しが気に入った。だが、これは龍の絵。雲の間を突き抜けて天機を読むには角が肝要だ。その角を描こうとしたところで邪魔が入った。続きを描こうにも先ほどの勢いは戻らず、描きかけの絵からはすでに力が失われている。

「誰だ?」

投げるように筆を置き、声を張った府院君《プウォングン》の顔に、声の主の影が落ちた。

府院君《プウォングン》は吃驚のあまり声がかすれた。すると、昊《ヨン》は抑揚のない声で言った。

「まるで死んだ人を見るような驚きようですね」

「い、いえ、そういうわけでは」

「あるいは、もうこの世にいないとでも思っておられましたか？」

昊《ヨン》は懐から小さな包みを取り出し、府院君《プウォングン》の机の上に投げた。それを見て、府院君《プウォングン》は凍りついた。その包みは、先ほど府院君《プウォングン》が密かに宮中に届けさせたものだった。計画では、今頃は世子昊《セジャヨン》はこの世におらず、長年の悲願が遂げられるはずだった。それがなぜここにあるのか、府院君《プウォングン》は頭の中が真っ白になった。だが、次第に状況を飲み込むと、静かに目を閉じた。握りしめた拳の中で、描きかけの龍が歪んでいる。

「これを、どこで手に入れたのですか？」

風が吹けば消える灯のようなか細い声で、府院君《プウォングン》は尋ねた。

「僕の食事に盛ろうとした者からです」

府院君《プウォングン》は絶望し、何も考えられなくなった。茫然と手の中の龍を眺め、しばらくすると、突然、笑い出した。

「さすがは世子《セジャ》様です。まさかこれが私のもとへ戻ってくるとは思いもしなかった」

府院君《プウォングン》は笑いを止め、真顔になって言った。

「では、私の兵と連絡が途絶えたのも？」

「あの者たちなら、今頃、官軍に捕らえられ義禁府《ウィグムブ》に向かっているはずです」

それを聞いて、府院君《プウォングン》は気が触れたように笑い出した。

「あれほど慎重に計画を進めてきたというのに。秘密が守られていると思っていたのは、私だけだったようです。いつお知りになったのです？」

「白雲会《ペグネ》のおかげです」

「結局、白雲会《ペグネ》でしたか。いつか、あの者たちに足元をすくわれる日が来ると思っていました。だからこそ獅子身中の虫を図ったものを。あの者たちの力が、いまだここまで強くあったとは夢にも思いませんでした」

府院君《プウォングン》は旲《ヨン》を見上げた。まるで虫けらを見るような旲《ヨン》の目をしばらく見つめ返し、ふと鋭い目つきをして言った。

「いいや違う。あの者たちの力が強かったわけではない。白雲会《ペグネ》が暗躍できたのは、あの娘がいたからだ。あの娘の正体を暴いたことで、白雲会《ペグネ》に送り込んだ私の手の者たちのことも明るみになってしまった。あれが運の尽きでした。肉を差し出して骨をもらうつもりが、肉も骨も差し上げることになってしまうとは」

府院君《プウォングン》は自らを嘲笑った。ラオンの正体が露呈した時に白雲会《ペグネ》に潜り込ませた間者が判明したが、その折、大事の前の小事と特段の手を打たなかった。ところが、白雲会《ペグネ》の新たな会主《フェジュ》に丁若《チョンヤ》鏞《ギョン》が就任すると事態は一変した。

会主《フェジュ》となった丁若鏞《チョンヤギョン》は、手始めに裏切り者の一掃に取りかかった。おかげで白雲会《ペグネ》は真に昊《ヨン》の密偵組織となり、世子《セジャ》暗殺を未然に防ぐことができた。昊《ヨン》は丁若鏞《チョンヤギョン》の知恵を仰ぎながら計画を立て直し、白雲会《ペグネ》の忠臣たちは以前にも増して各々の任に励んでいる。そのきっかけをもたらしたのは、ほかの誰でもないラオンだった。府院君《プウォングン》の目に殺意が宿った。

「府院君金祖淳《プウォングンキムジョスン》が、小娘一人のために失敗したというのか。この世でもっとも価値のない卑しい小娘に、私はことごとく邪魔をされてきたというのか！」

無念がる府院君《プウォングン》に、昊《ヨン》は聞いた。

「なぜこのようなことをなさったのですか？」

「この包みを持ってここへいらしたからには、すべて承知していらっしゃるのではありませんか？この老いぼれに、わざわざ言わせるまでもないでしょう」

「お答えください。僕は本当のことを聞きたいのです」

冷めた顔で祖父を見下ろし、昊《ヨン》は問い続けた。

「王を凌駕する力をお持ちの方が、なぜすべてを失う危険を冒されたのか、そのわけを知りたいのです。歪んだ野心のためですか？　尽き果てぬ欲のためですか？」

「その両方でしょうなぁ。しかしそれは、決して歪み誤ったものではありません」

「転覆を図ろうとすることが、正しいことだとおっしゃるのですか?」

「より高みを目指すのは人間の本能です。なぜ誤りと言えるのです。惜しまれるのはただ一つ、私が夢見たその場所に、あまりに有能な世子《セジャ》様がいらっしゃったことです」

「権力を欲するのが人間の本能だとおっしゃるなら、なぜ孫を手にかけようとなさったのですか。子や孫を慈しみ守ろうとするのもまた、人間の本能ではありませんか」

「大業のためには、手放さなければならないものもあります」

「つまり、権力は大事で、人は小事に過ぎない。それが、お祖父様のお考えですか? だとしたら、お祖父様は思い違いをなさっています」

「私が思い違いをしている?」

「権力も財も、人がいて初めて存在するもの。もっとも大事なのは人です」

「奴婢と両班《ヤンバン》を隔て、もっとも高いところに座って何の苦労もなく意のままに生きられる。それが、あなた様が御座すところです。実情を知りもせず、本に書いてある道理を唱えるだけでは、正しいことなどできません」

「だから変えようと思ったのです。だから、変えることを目指したのです。いえ、変わらなければならないのです。人が人らしく暮らすことのできない国に、夢や希望が生まれるはずがないからです」

府院君《プウォングン》は嘆かわしいと言うように首を振った。

「これだから私は計画を立てたのです。これだから、己の血を引く孫にもかかわらず、世子《セジャ》様に退いていただこうと考えたのです。世子様《セジャ》のお考えは危険です。やがては脈々と受け継がれてきたこの国を崩壊させるほどの危うさをはらんでいます」

「過ちが繰り返されてきたのなら、どこかで断たなければなりません。受け継いでばかりでは、新たな道は拓《ひら》けません」

「やはり、世子様《セジャ》と私には海ほどの隔たりがありました。あまりに遠く離れているため、永遠に交わることはないでしょう。どの道、勝った者が正義となるのが世の習い。それが勝敗の道理であり、歴史は勝者によって作られる。敗けた者の言い分など、何の意味がありましょう」

何もかも諦めたような表情を浮かべ、府院君《プウォングン》は正面から昊《ヨン》を見据えた。

「さあ、私を殺してください」

「…………」

「権力を欲し続けた者の末路として、悪くない最期ではありませんか。清廉潔白な世子様《セジャ》の名に、初めて黒い傷を残すことになるのですから」

「僕に、お祖父様を殺せとおっしゃるのですか？」

「世子様《セジャ》は志を遂げられるでしょう。それだけの意志と力をお持ちです。世子様《セジャ》を阻める者は誰もいません」

「…………」

「最期に、祖父から孫に、一つ、助言してもよろしいですか？」

「どうぞ」

「人を信じてはなりません」

「………」

「私はこれまで、権力に群がる数え切れないほどの人間を見てきました。幾度となく修羅場をくぐり抜けてきた私が、そこから学んだことが何かわかりますか。人間がいかに軟弱で、傲慢な生き物かということです。権力と欲望の前では、どんな理想も崩れ去ります。世子様《セジャ》の理想がどれほど気高くとも、世子様《セジャ》に従う者たちの理想がそれに等しいとは限りません。これから世子様《セジャ》は数多《あまた》の裏切りに傷つけられ」

府院君《プウォングン》は目に力を込めた。

「そして、権力を狙うまた別の者たちの手にかかるでしょう」

「僕が、死ぬということですか？」

「その通りです。最後はそうなりましょう。今は信じられないでしょうが、いずれそうなることは火を見るより明らか」

「なぜそう思われるのです」

「王は常に、もっとも高いところに立ち、もっとも強い光を浴びる存在だからです。それだけに隠れようがありません。しかし、一方の権力を欲する者たちは、常に身を屈め、暗く人目につかないところで陰謀を企てます。天下の世子様《セジャ》も、闇に溶ける者たちを防ぎようがないのです」

ふと、府院君《プウォングン》は嘲笑いを浮かべた。

「白雲会《ペグネ》がいつまで世子様《セジャ》の味方でいると思いますか？　あの者たちとて人間である限り、未来永劫、今のままではいられません。あの者たちが世子様《セジャ》に背を向けたら、果たして防ぎ切ることができるでしょうか。だから人を信じすぎてはならないのです。これが、この祖父が世子様《セジャ》にして差し上げられる最後の助言です」

府院君《プウォングン》は身なりを整え、静かに目を閉じた。旲《ヨン》は冷めた気持ちでその姿を見た。子どもの頃は、まだ祖父を慕っている方だった。祖父の大きな背中に憧れ、豪快な笑い声が頼もしかった。自分を守り、愛情を注いでくれる祖父がいれば、何も怖くないと思えた。ところが、世の中のことに目を向け始めた時に気がついた。祖父こそがこの国を腐敗させた張本人だったのだと。王を、父を、無力な操り人形に仕立て上げたのも、ほかでもない祖父だったという事実。

祖父を愛し、信頼していただけに、裏切られたという思いは強かったが、それでも最後まで信じたかった。肉親であり、自分の体に流れる血の半分は祖父から受け継いだものだ。だが、間もなく自分の考えの甘さを思い知った。祖父は最後まで王に操り人形でいることを強いた挙句、自分に抗う孫の暗殺を謀った。

もしかしたら、この人の言う通りかもしれないと旲《ヨン》は思った。朝廷から外戚を一掃しても、いつかは必ず戻ってくるだろう。この国に権力がある限り、人間の欲がある限り、際限なく滾《たぎ》り続ける野望の沼は永遠になくなることはない。

込み上げる怒りに、体の血が冷えていくのを感じながら、旲《ヨン》は祖父の最後の言葉を胸に刻んだ。権力への欲のために、血を分けた孫を手にかけようとした非情な祖父ではあるが、最後の助言だけは自分の人生になくてはならない教訓と思えた。

昊《ヨン》は府院君《プウォングン》を見据えた。憎悪に満ちたその目を見て、府院君《プウォングン》は首を伸ばした。

「お断りください」

すべてを受け入れた府院君《プウォングン》の顔には、わずかな悔いも、未練も残っていなかった。昊《ヨン》はただ、そんな祖父の首のしわを見ていた。

それからどれくらい経っただろうか。その場に立ち尽くしていた昊《ヨン》が、おもむろに身を屈め、府《プ》院君《ウォングン》の耳元で低くささやいた。

「僕は、お祖父様を殺しません」

思いもしないその言葉に、府院君《プウォングン》は顔を上げ、昊《ヨン》を見た。

「生きていてください」

「私を、許すと言うのですか?」

「あなたには、死ぬよりつらい苦しみを味わっていただきます」

死よりもつらい苦しみ?

府院君《プウォングン》は顔を歪めた。

部屋を出る間際、昊《ヨン》は府院君《プウォングン》に言った。

「お祖父様の助言は肝に銘じておきます。でも僕は、自分の夢も理想も諦めません」

「まだおわかりにならないのですか。王がいかに高いところにいても、手の届かぬほど遠く離れているわけではありません。此度のように、いくらでも世子《セジャ》様のお命を狙うことができるのです。それでも、現実味のない夢を追い続けると言うのですか？」

声を荒げる府院君《プウォングン》に振り向いて、昊《ヨン》は一言一句に力を込めて言った。

「それが真実であっても、僕は夢を追い続けるつもりです。その夢のせいで、たとえ人生を全うできなくなったとしても、王位を継げなくても、僕は絶対に志を捨てません。そして」

昊《ヨン》は腹に力を込めた。

「あなたは、あなたが生涯、夢に見てきた空を見ることは永遠にありません。池の鯉のように、一生、この囲いの中で生きていただきます。そして、その濁り切った目で、これまであなたが積み上げてきたものが崩れ去る様を見届けるのです。僕がご覧に入れます。あなたにとって、死んだ方がましだと思うほど残酷な光景を、必ずやご覧に入れてみせます」

それだけ言うと、昊《ヨン》は府院君《プウォングン》を残して部屋を出た。

「私を……私を蟄居《ちっきょ》させるというのか？　小さな池の中で、永遠に泥の上を這う鯉として生きろと言うのか？　夢も理想も持たず、ただ虚しく小さな囲いの中に閉じ込めて、死ぬまで遠い空を見上げるだけの日々を送れと……」

府院君《プウォングン》は目の前が真っ暗になった。

戸を閉められ、外から遮られた部屋の中がやけに狭く、息苦しく感じられた。今すぐここを飛び出してしまいたかった。昊《ヨン》が言った囲いの中が、この部屋のように思えてきて、気がおかしくなりそうだった。府院君《プウォングン》は閉ざされた部屋の中で、嗚咽とも怒鳴り声ともつかない声を上げ、自分の絵を次々に破り始めた。絵が破られるたびに、生涯をかけて追い求めてきた悲願と野望が散り散りに破られていくようだった。やがて部屋の中でむせび泣く声が響いた。

「この祖父を、死ぬまでここに閉じ込めるおつもりなのですね。いいでしょう。この勝負は私の負けです。甘んじて受け入れましょう。しかし、私は負けても、私の志と計画はこれで終わりではありません。聞いていますか、世子《セジャ》様！」


その頃、世子嬪《セジャビン》の部屋には寒々とした空気が漂っていた。

「なぜそのようなことをなさったのです？」

ハヨンに責められ、チョ・マニョンは返す言葉がなかった。府院君《プウォングン》と組んで密かに進めてきた計画が失敗に終わったと告げられ、ハヨンは驚きを禁じ得なかった。父が秘密裏に動いていることは気づいていたが、まさか転覆を図っていたとは思いもしなかった。チョ・マニョンは押し黙ったまま、過ぎた夢を見たつけを考えた。今回のことで、やっと日の目を見た一族の権勢は地に落ちよう。謀反を企てた罪を問われ、一家眷属《けんぞく》の運命を断たれても仕方のない状況だ。

ハヨンは呆れ果て、父に言った。

「世子《セジャ》様の庇護の下にいれば、お父様が望む富や栄光をすべてではなくとも、このような恐怖に震えることはありませんでした」

「今さらそれを言って、何になります」

「お父様がなさったことです。責任も、お父様が取るべきです」

「そのつもりです。私の失態が招いたことですから、私が責任を取るのは当然のこと。しかし、世《セ》子嬪《ジャビン》様」

「…………」

「私一人の命なら、今この場で舌を噛むこともできます。しかし、ことはそれだけでは済みません。これは一族の存亡にかかわることなのです。世子嬪《セジャビン》様の母はもちろん、生まれたばかりの赤子まで命を落とすでしょう」

「お父様！」

ハヨンの頬を、一筋の涙が伝った。父の欲が、無体な要求が、娘の心をむしばみ、次第に暗く孤独にさせていた。だが、チョ・マニョンは娘の思いに目を向けることなく、ハヨンににじり寄った。その顔には恐怖と非情さが浮かんでいる。

世子《セジャ》のことを考えるだけで、チョ・マニョンは背筋が凍った。できることなら、今すぐにでも世《セ》子《ジャ》の足元にすがり許しを乞いたいが、あの潔癖な世子《セジャ》が許すとは思えなかった。このまま何もかも失うくらいなら、いっそ、と、チョ・マニョンは抱えてきた木箱をハヨンに差し出した。

「これは？」

箱のふたを開けると、中には見るからに上等な薬菓《ヤックァ》がぎっしりつめられていた。

「世子《セジャ》様は薬菓《ヤックァ》をよく召し上がると聞きました。これを、世子《セジャ》様にお渡しください」

「このような時に、菓子など贈って……」

瞳の奥に、波紋が起こった。父の顔には、毒蛇の毒にも勝る邪心が浮かんでいる。

「お父様、まさか」

「お選びください、世子嬪《セジャビン》様」

「何を選べと言うのです」

「世子《セジャ》様か、それとも、世子嬪《セジャビン》様を生み育てた我が一族か」

「…………！」

ハヨンの唇が、白く乾いていった。


子の上刻（午後十一時）、チェ内官は東宮殿《トングンジョン》の昊《ヨン》の部屋の前で船を漕ぎ始めた。ここ数日、ろくに寝ておらず、倒れないのが不思議なほどだった。だが、そんな心地のいい眠気は長く続かなかった。廊下に裾がすれる音がして、はっと目を開けると裾に金箔をあしらった紅い裳《チマ》が目の前を覆っていた。慌てて目をこすって見ると、ハヨンがこちらを見下ろしていた。

「世子嬪《セジャビン》様！」

チェ内官が飛び上がって頭を下げると、ハヨンは声を低くして言った。

「お取り次ぎを」

「もう夜更けですので」

「構いません」

珍しくハヨンに食い下がられ、チェ内官は思わず気圧されたが、すぐに昊《ヨン》の部屋に向かって声を張った。

「世子様《セジャ》、世子嬪様《セジャビン》がお見えです」

だが、昊《ヨン》の返事はなかった
「世子嬪様《セジャビン》、今宵はお引き取りいただき、夜が明けてから改めて……」

すると、ハヨンはチェ内官を押しのけ、自ら声を張った。

「世子様《セジャ》、わたくしでございます」

「…………」

「失礼いたします」

「お待ちください、世子嬪様《セジャビン》」

チェ内官が引き留めた時には、ハヨンはすでに昊《ヨン》の部屋の中に足を踏み入れていた。あまりに唐突な状況に、チェ内官は呆然と目をしばたかせたが、すぐに不安そうな顔つきになり、部屋の前で右往左往した。ハヨンは戸を閉めて昊《ヨン》を呼んだ。

「世子様《セジャ》」

ぼんやりと灯りの灯る部屋の中を見渡し、ハヨンは足音を立てずに昊《ヨン》に近づいた。そして、眠る昊《ヨン》のそばに包みを置いて、昊《ヨン》の耳元でささやいた。

「世子様《セジャ》、わたくしでございます」

「………」

「気がついていらっしゃることはわかっております」

ハヨンはさらに小さな声で言った。

「ご病気でないことも、存じております」


旲《ヨン》が起き上がると、ハヨンは恭しく頭を下げた。

「この夜更けに、何の用だ？」

「お渡ししたいものがあり、ご無礼を承知でまいりました」

「渡したいもの？」

ハヨンは躊躇いながら、青い絹の風呂敷包みを差し出した。

「これは？」

「いい薬菓《ヤックァ》が手に入りましたので、真っ先に世子《セジャ》様にと思い、この夜更けに届けにまいりました」

「薬菓《ヤックァ》か」

旲《ヨン》は包みを愛おしそうに見つめた。包みの上に、美味しそうに薬菓《ヤックァ》を頬張るラオンの姿が重なった。宮中に来て、薬菓《ヤックァ》が一番好きだと言ったあの顔が浮かび、旲《ヨン》は思わず笑いをこぼした。

「世子《セジャ》様？」

ハヨンに呼び止められ、昊《ヨン》は我に返った。

「ほかに、道はないのですか？」

「何のことだ？」

「わたくしには政《まつりごと》はわかりませんが、そんな私の耳にもいろいろと聞こえてまいります。世子様《セジャ》は大きな志を遂げるために、大臣たちと対立しているとか」

「僕の志のことなら、世子嬪《セジャビン》も知っているはずだ」

「世子様《セジャ》が思い描く世は、わたくしの夢でもあります。しかし、その志がどれほど貴いものであっても、血に染まった道など歩みたくありません。世子様《セジャ》、そこまで非情にならなければなりませんか？　大臣たちと和解し、共に歩むことはできないのですか？」

「それができれば、僕もこのようなことはしない」

「世子様《セジャ》」

「賽《さい》は投げられたのだ」

昊《ヨン》は容赦なく言い放った。

「そうですか」

ハヨンは寂しそうに微笑み、昊《ヨン》に薬菓《ヤックァ》を勧めた。

「お一つ、どうぞ」

昊《ヨン》は何気なく薬菓《ヤックァ》を受け取り、口に運ぼうとした。

「よろしいのですか？」

「何がだ？」

「わたくしを信じるのですか？　父が何をしたのか、わたくしも聞き及んでおります。そのような父の娘であるわたくしが差し上げる菓子でございます。わたくしを、わたくしの心を、信じられるのですか？」

昊《ヨン》は答える代わりに薬菓《ヤックァ》を口の中に放り込んだ。

「世子様《セジャ》！」

「これまで、僕が歩んできた道程が険しくなかったことはない。この先もずっと、血が乾くことはないだろう。これしきのことでびくびくしていては、先へ進むことなどできるものか」

「世子様《セジャ》」

「僕は戦う。過去のどの王よりも、全力であの者たちに立ち向かうつもりだ」

「どうやって戦うとおっしゃるのです？　敵は世子様《セジャ》が思うよりずっと恐ろしく、邪悪な者たちです。闇に潜み、虎視眈々と世子様《セジャ》のお命を狙っています」

「わかっている。ゆえに僕も、あの者たちと同じ方法で戦うのだ」

「どういう意味でございますか？」

「世子嬪《セジャビン》」

「はい」

「僕は月になる」

「月に？」

「暗闇と共にある月だ」

「世子様《セジャ》……」

ハヨンは目を見張り、口元に寂しそうな笑みを浮かべた。昊《ヨン》は薬菓《ヤックァ》をもう一つ、口に放り込んだ。

「こんなに美味い薬菓《ヤックァ》は初めてだ」

夫が菓子を頬張る姿を悲しそうに見届けて、ハヨンは窓の方へ顔を向けた。

「綺麗な月ですね」

昊《ヨン》も窓の外を見た。月が、雲間を静かに流れていく。

「まこと」

月と昊《ヨン》を見て、ハヨンはとうとう涙を流した。

「月明りの美しい夜です」


ハヨンが去ると、東宮殿《トングンジョン》は再び静寂に包まれた。それからどれくらい経っただろうか。幼い小宦が血相を変えてやって来て、チェ内官に耳打ちした。

「何？　それはまことか？」

チェ内官の差し迫った声に、幼い小宦は目元に涙を浮かべた。子の下刻（午前一時）、この世は完全に闇に沈んでいた。

「今、何と申した?」

王の声が、部屋の中に響いた。

「王様……王様……」

王の目の前で、チェ内官は肩を震わせて泣いた。王はたまらず、チェ内官に迫った。

「泣いていてはわからぬ。今、何と言ったのだ?」

「世子《セジャ》様が……世子《セジャ》様が……」

王は崩れるようにチェ内官の前にしゃがみ込み、絶望に沈んだ目で東宮殿《トングンジョン》のある方を見た。

「旲《ヨン》よ……結局こうなってしまったのか……私のせいで……」

うなだれる王の手の甲に、一粒の涙が落ちた。

十二　信じられない話

明け方に降った霧雨のせいで、一帯の景色は湿り気を帯びていた。緑は地面に浸みた雨水を吸い上げて鮮やかに香り、眠っていた山河を目覚めさせる。

朝早く、鳥の鳴き声で目を覚ましたラオンの目に、枕元で心配そうにこちらをのぞき込む母チェ氏の顔が映った。

「もう起きたの？　まだ寝ていてもいいのよ」

ラオンが宮中から家に戻ったのは、夜も更けてからのことだった。命の危険を顧みず、一心不乱に宮中へ行ってしまった娘を案じていたが、帰ってきた娘の顔色が晴れていたのを見て、母チェ氏はほっと胸を撫で下ろした。状況は依然変わらず官軍に追われているが、それでも母娘三人、命があり、一緒にいられることに感謝せずにはいられなかった。

「もう十分寝たから大丈夫。母さんこそ、こんなに早く起きてどうしたの？」

ラオンは膝歩きで母に近づいた。

「私も今起きたところよ」

ふと、母が丁寧に服を畳んでいることに気がついて、ラオンは尋ねた。

「母さん、その服は？」

ここ数日、母が夜なべをしていたことは知っていたが、誰の服を縫っているのかわからなかった。

すると、寝ぼけ眼をこすりながら、ダニが言った。

「お姉ちゃんの服よ」

「私の？」

ラオンは大事そうに畳まれた服を手に取った。袖口に小さな撫子《なでしこ》の花が刺繍された木綿の上衣と裳《チマ》。

「刺繍は私がしたの」

ダニは布団を頭から被り、母と姉に加わった。

「本当は裳《チマ》の裾にも入れたかったけど……」

言いながら、小さくあくびをするダニを、ラオンは思い切り抱きしめた。

「気に入ってくれた？」

「うん、とっても！」

「よかった」

ダニはわずかに舌を見せると、枕元にある小さな袋の中から何かを取り出した。

「それから、これも」

「何？」

「余った切れ端で作ったの」

それは生地を縫い合わせて作った匂い袋だった。ラオンは満面に笑みを浮かべた。

「素敵！」

「昨日の昼間、尚膳《サンソン》お爺さんと一緒に花をたくさん摘んできたの。色はもちろん、香りもいいと思う」

「ダニ……」

「尚膳《サンソン》お爺さんがね、これは世子《セジャ》様も好きな香りなんだって」

「そうなの？」

「世子《セジャ》様から、これからは今までできなかったおめかしもして、いつも綺麗にしているようにって言われたのでしょう？　着る服や匂い袋そのものはいいものじゃなくても、お姉ちゃんは美人だし、いい香りをまとっていれば、世子《セジャ》様もきっと喜んでくださるわ」

「服も、この匂い袋も、すごく素敵」

「本当に？」

「うん。宮中にいた時、市井では見たこともないような上等で綺麗な服をたくさん見てきたけど、こんなに愛情のこもった服は初めて」

一針一針に母と妹の気持ちが込められていて、ラオンにはこの世のどんな高貴な服や小物より大事に思えた。

「二人とも、もう寝ないなら顔を洗っていらっしゃい」

涙目になって娘たちのやり取りを聞いていた母チェ氏は、湿っぽさを払うように張りのある声で言った。

「顔を洗ったら、髪を梳かしてくれる？」

ダニは甘えるようにチェ氏に言った。

「いいわよ」

「やった！　じゃあ、この間、広通橋《クァントンギョ》で見かけた大きなお屋敷のお嬢さんみたいに、編み込みにして欲しいな」

「あの時のお嬢さんより、ずっと綺麗に編んであげる。母さん、編み込みが得意なの。知らなかったでしょう？　今日は腕によりをかけて、天女もうらやむほど綺麗にしてあげましょうね。さあ、誰が先かしら？」

「はい！　私が先！」

ダニはうれしそうにはしゃいで裏の井戸へと駆け出した。その姿はまだまだ子どものようで、ラオンとチェ氏は顔を見合わせて笑った。暮らし向きは一向に楽にならず、いつ追手が来るかわからない不安と隣り合わせの毎日だが、こうして母娘で笑い合える今が何より幸せだった。今日が終われば、明日はもっといい日になる。そんな日々の始まりを予感させる朝のひと時だった。


「どう？　ダニも見て」

着替えを済ませ、紅い紐を蝶々結びにした髪を長く垂らし、ラオンは駒のようにくるくる回って見せた。裳《チマ》がふんわりと膨らむたび、まるで少女のように瞳を輝かせている。

「よく似合ってる」

「本当に綺麗」

チェ氏とダニはラオンを見て目を細めた。女たちの声を聞いて、隣の部屋からハン・サンイクが顔をのぞかせた。

「ずいぶん賑やかだな」

「尚膳《サンソン》お爺さん」

ダニはうれしそうにハン・サンイクに駆け寄った。ダニは実の祖父のようにハン・サンイクに懐いている。

「暑いからくっつくな」

「まだ春先で肌寒いくらいなのに」

「こら、くっつくなと言うに」

口ではそう言っていても、ハン・サンイクはダニの手を振り払おうとはしなかった。

「見てください。お姉ちゃん、とても綺麗でしょう?」

すると、ハン・サンイクは目をきりりとさせて言い返した。

「当り前だ。世子《セジャ》様がどれほどお目の高い方だと思っているのだ。これくらいの器量好しでなければ、世子《セジャ》様のお眼鏡に適うわけがあるまい」

やはり口は悪いが、ラオンを見るハン・サンイクの眼差しは優しい。ハン・サンイクの目にも、ラオンは天女のように映った。この姿を世子《セジャ》様にお見せしたらどんなにか喜ばれるだろう。昗《ヨン》の喜ぶ姿を思い浮かべるだけで、しわの深い目に涙が滲んだ。ただ、それを許さないこの状況が嘆かわしく、胸が痛んだ。

「ハンよ、どこだ？　どこにいる？」

すると、今度は外から騒がしい声がした。昨晩、密かに仁徳院《インドグォン》に行っていたパク・トゥヨンが帰って来たところだった。

「おお、早かったな」

ハン・サンイクは普段と同じように旧友を迎えた。パク・トゥヨンは三日に一度、宮中の状況を探るため、宦官が集まって暮らす仁徳院《インドグォン》を訪ねていた。密告されれば命はないが、パク・トゥヨンが訪ねてくることを口外する者はいなかった。宦官同士の絆は、それだけ強いのである。

いつもは午後に戻るのだが、この日のパク・トゥヨンの帰宅はやけに早かった。

「ハン……ハンよ……一体、どうしたらよいのだ？　どうしたら……」

息を切らし、聞いたこともないような涙声で、パク・トゥヨンはハン・サンイクに言った。

「パクよ、そんなに血相を変えて、どうしたのだ？」

旧友のただならぬ様子に、ハン・サンイクの表情は強張った。かれこれ五十年の間、苦楽を共にしてきたパク・トゥヨンが、これほど取り乱す姿を見せるのは初めてだった。

「何も聞いていないのか？」

「何のことだ？」

「世子《セジャ》様が、世子《セジャ》様が……」

胸元の紐を整えていた手を止めて、ラオンはパク・トゥヨンに振り向いた。世子様《セジャ》がどうしたと言うのか。ラオンとハン・サンイクは、パク・トゥヨンの次の言葉を待った。だが、パク・トゥヨンがなかなか言おうとしないので、ハン・サンイクは痺れを切らし声を荒げた。

「言わなければわからないだろう！　世子様《セジャ》がどうしたのだ？」

「世子様《セジャ》が……」

「世子様《セジャ》に、何かあったのか？」

ハン・サンイクはパク・トゥヨンを急かした。

「気の短い人間なら、とっくに頭に血が上って死んでいるわ。パクよ、早く言わないか」

「世子様《セジャ》が、あの世子様《セジャ》が……」

深く息を吸い、パク・トゥヨンは意を決して告げた。

「崩御《ほうぎょ》なさったそうだ」

●

時が止まり、長い沈黙が流れた。皆、パク・トゥヨンを見たまま誰も動こうとしない。

「今」

ラオンは、はにかんだ笑みのまま止まっていた。

「何とおっしゃったのですか？」

聞き間違えたのだと思い、ラオンがもう一度尋ねると、パク・トゥヨンは罪人のようにうつむいた。

「世子《セジャ》様が……世子《セジャ》様が、崩御《ほうぎょ》なさっ……」

「パクよ、貴様！　貴様、耄碌《もうろく》したか！」

ハン・サンイクは足袋のまま表に出ると、パク・トゥヨンの胸倉につかみかかった。

「ふざけたことをぬかしおって！　やい、この！」

「ハンよ……」

パク・トゥヨンの目元に刻まれたしわを涙が伝った。ラオンはまさかと首を振った。

「何か、思い違いをなさっているようです。世子《セジャ》様はお元気でいらっしゃいます。昨日、お会いした私が言うのですから、間違いありません」

「…………」

「本当です。この目で確かめてきました。もう、そのような縁起でもないことをおっしゃるのは、おやめください」

「…………」

「少しやつれていましたが、お元気でした。そんな方が、一夜にして急にそんな……」

亡くなるはずがありません。

最後の言葉は口に出せなかった。縁起でもない。ラオンは次第に腹が立ってきた。荒い息をして胸を落ち着かせていたが、どうにも腹が収まらず、パク・トゥヨンを睨んだ。

「朝からご冗談が過ぎます」

そこへ、庭からビョンヨンが駆け込んできた。

「キム兄貴！」

ラオンはひと息にビョンヨンに駆け寄った。

「キム兄貴、聞いてください。パク判内侍府事《パンネシブサ》様が朝からおかしなことばかりおっしゃって。世子《セジャ》様が崩御《ほうぎょ》されたなんて、お医者様に診ていただいた方がいいですよね。そんな話、誰が信じますか。ねえ、キム兄貴？」

ラオンは同意を求めたが、ビョンヨンは目を逸らして何も答えなかった。

「キム兄貴、どうしたのです？」

「…………」

「キム兄貴！」

違うと言って欲しくて、もう一度確かめたが、ビョンヨンはやはり押し黙ったまま目を合わそうともしない。ラオンはカッとなったように言った。

「みんなどうしたのです！　朝から変なものでも口にされましたか？　そんなこと、あるはずがありません。何かの間違いに決まっています。誰がそのようなでまかせを。私が行って、確かめてきます。今から宮中に行って……」

そのまま家を出ようとするラオンを、ビョンヨンは引き留めた。

「ラオン、ホン・ラオン！　落ち着け。冷静になれ」

「できません！　みんなにおかしなことばかり言われて、どうやって冷静になれと言うのです。私が確かめてきます。世子様《セジャ》の元気なお姿をお見せします。行かせてください」

ラオンは庭に飛び降りた。

「ラオン！」

ビョンヨンは堪らずラオンを抱き寄せた。

「さっき、白雲会《ペグネ》の緊急会合があって、そこで……」

「うそです！」

言わないで！　私は何も聞かない。信じない！

ビョンヨンの胸の中で、ラオンは激しく頭を振り、しまいにはビョンヨンを突き飛ばした。

「すぐに戻ります。世子様《セジャ》の……世子様《セジャ》のお顔を見たら、すぐに帰ってきます。ですから、放して……」

消え入るような声でビョンヨンにそう告げて、ラオンは王宮へ駆け出した。このまま一目散に世《セ》子《ジャ》様のもとへ飛んでいきたい。

ところが、思うように体が動かなかった。すべてがゆっくり流れた。足から力が抜け、目が回り、息が苦しくなってきた。


「上位復《サンイボク》」

熙政堂《ヒジョンダン》の屋根の上から、世子《セジャ》の霊魂に呼びかける声が響き渡った。その声は大空に虚しくこだますばかりだ。

「上位復《サンイボク》」

一体どこへ逝くと言うのか。今はまだ逝くべき時ではないと、君主が帰ることを願う声。

「上位復《サンイボク》」

主を失った黒い袞龍《コンリョン》袍《ポ》が蒼空にはためく。天高く翻るその様は、冬を越せずに散った儚い花のようだった。

「世子《セジャ》様！」

「世子《セジャ》様、世子《セジャ》様……」

人々の慟哭は、野焼きの火のように広がった。だが、その声が聞き届けられることなく、世子《セジャ》の魂は遠い北の空に昇っていった。


純祖《スンジョ》三十年五月六日。世子《セジャ》の突然のご崩御《ほうぎょ》により、国中が深い悲しみに包まれた。

「キム兄貴、みんな、どうなさったのです？」

敦化門《トンファムン》の前、王宮の塀の下に儒生たちが押し寄せて、声を上げて泣いている。初めて目の当たりにするその光景に、ラオンは今朝の話は本当だったのかと愕然とした。だが、すぐに打ち消した。きっと、何か大きな誤解が生じているに違いない。昨晩のうちに何があったのか、どうして世子様《セジャ》が崩御《ほうぎょ》されたなどという話が出回っているのか、一刻も早く確かめよう。世子様《セジャ》の前で斬り捨てられてもいい。今すぐに事実を確かめなければ、私の息が止まりそうだ。

「ラオン」

王宮の中へ入ろうとするラオンの肩をビョンヨンが押さえた。

「やめるんだ」

「何をやめるのです。キム兄貴は、この状況を信じるのですか?」

「俺が行く。俺が行って、確かめてくる」

「嫌です。誰の言葉も信じません。私が自分で確かめます。この目で見たことだけを信じます。世子《セジャ》様のお言葉だけを信じます。退いてください」

「ラオン!」

「行かせてください。私が、私が……」

世子様《セジャ》、違うと言ってください。どうか、違うと!

「私が行かないといけないのです」

「中は危険だ。今行けば、殺されるかもしれないのだぞ」

「構いません。この体がどうなろうと、どうでもいいことです。どうなったって構うものですか!」

ビョンヨンは荒々しくラオンの手をつかみ、いつになく険しい目でラオンを見据えた。

「誰が言った?」

「誰って」

「お前などどうなっても構わないと、誰が言った!」

「…………」

「自分を粗末にするな。もしまたそんなことを言ったら、俺が許さない」

ビョンヨンはラオンから目を逸らし、さらに言った。

「俺には、誰より大事な人だ。お前は」

「キム兄貴……」

「だから、お前には髪の毛一本、傷ついて欲しくない」

「…………」

ビョンヨンを見つめるラオンの目に、みるみる涙が溜まった。自分を大切に思ってくれるビョンヨンの気持ちが、胸に沁みた。だが今は、行かずにはいられなかった。旲《ヨン》のもとへ、今すぐに飛んでいきたかった。その思いは口の中でこだますばかりで、声にならなかった。

すると、突然、目の前が真っ白になり、意識が朦朧としてきた。

「ラオン、ラオン!」

気を失い、倒れ込むラオンを、ビョンヨンはしっかと抱き留めた。意識を失ってもなお、ラオンは涙を流していた。その涙を胸が潰れる思いで見届けて、ビョンヨンはそびえ立つ王宮の塀を見上げた。

「世子《セジャ》様、達者でいるのだろうな?」

俺たちを置いて、本当に逝ってしまったのか?

昊《ヨン》の顔、友の笑顔が、ラオンの顔の上に重なった。

「もしそうなら、俺はお前を許さない。こいつを置いて逝ってしまったのなら、俺は、絶対に世子《セジャ》様を許さない」

どうか、偽りであってくれ。

ビョンヨンはすがるような思いで王宮の塀に飛び上がった。

十三　縁

それから何日経ったか覚えていない。寝て起きて、また眠るだけの日々。

そんなある日、ラオンは朝早くに目を覚ました。

「起きたの？」

寝ぼけ眼でぼんやり部屋の中を見ていると、ちょうど部屋に入ってきた母チェ氏が気がついて、微笑みながら近づいてきた。

「母さん」

「おはよう。お腹空いたでしょう」

「ううん、大丈夫」

それから少しの間、ぎこちない沈黙が流れた。

「ずいぶん静かだけど、みんなは？」

「ダニは買いたい物があると言って、川の渡しに行ったわ」

「ほかの方たちは？」

「パク様とハン様、それからキム兄貴という人も、あの日、出ていったきり。まだ戻ってきていないの」

「あの日？」

「うん」

娘の気持ちを思うと、世子様《セジャ》が亡くなった日、とはとても言えなかった。そんな母の顔を、やはり虚ろな目で見返して、ラオンは起き上がった。布団を出るのは久しぶりで、起きると軽い眩暈《めまい》がした。

「どうした？　何か要る？」

「先に顔を洗ってくる」

「じゃあ、母さん、朝餉《あさげ》の支度をしておくわね」

「ありがとう」

ラオンは力なく微笑んで、家の裏手にある井戸へ向かった。外に出ると、初夏の香りがした。いつもと同じ朝、いつもと同じ景色。何も変わっていないのに世子様《セジャ》だけがいない。


その日、ラオンは正午過ぎに家を出た。病み上がりのような体でどこへ行くのかと母チェ氏は案じたが、あの日以来、わずかだが初めて食事を口にし、髪を結いたいと言う娘を見て、いつまでも家の中にいるよりはと黙って娘を送り出した。

ラオンが向かったのは雲従街《ウンジョンガ》だった。あてもなく街を歩き続けているうちに、気がつけばク爺さんの煙草屋に来ていた。

「そうそう、ここにあったんだ」

何もかも、ここから始まった。あの方との出会いも、貴人に宮中に召し出されたのも。あれからいろいろなことがあったが、すべてはここが始まりだった。つらいことも、幸せな思い出も、全部ここにつまってる。

ダニが匂い袋を売っていた店の様子もそのままだ。礼曹参議《イェジョチャミ》様とキム兄貴、それに世子《セジャ》様まで競うようにダニの匂い袋を売ってくれたっけ。

ふと、昊《ヨン》が微笑んで匂い袋を差し出した。ラオンは手を伸ばし、それを受け取ろうとしたが、どれほど手を伸ばしても匂い袋に届かない。すると、昊《ヨン》は優しく微笑んで、ラオン、ラオン、と名前を呼んで、元気にしているのかと声をかけてきた。その笑顔はどこか色褪せていて、ラオンは怖くて身動きが取れなかった。

その時、店先の小さな縁側に腰かけて煙管《キセル》をくゆらせていたク爺さんが声をかけてきた。女人の姿で頬かむりをしているので、サムノムに気づいていない。

「何か用ですか？　煙草を買いに来たわけではなさそうだが」

白い煙を吐き出しながら、ク爺さんは膝を叩いた。

「そうか、お嬢さん、悩み相談に来たんですね」

「……………」

「いやね、サムノムのうわさを聞いて、今も訪ねてくる人がいるんですが、お気の毒だが、サムノムはもうここにはいないんです」

「どうしてです？」

「もうこの店に戻ることはないでしょうなぁ。王宮でうまいものを腹いっぱい食べて、元気にやっているとばかり思っていたんですが」

クク爺さんは地面に届きそうなほど長く煙を吐いて、ラオンの顔を凝視した。

「お客さんはまだ若いようだが、一体、どんなお悩みで？」

「……………」

「まあ、歳を取っていようがいまいが、生きていれば誰にでも悩みはあるものです。よかったら、あたしに話してくれませんか。サムノムほどじゃなくても、少しはお客さんの気が晴れるかもしれない。お代はいらないから、どうです？」

思いがけず優しい言葉をかけられて、ラオンは無意識のうちに胸の内を打ち明けていた。虚ろな瞳に、青く澄んだ空を映して。

「私は、大切なものを失くしてしまったようです」

「それはいけない。どこで失くしたので？」

「わかりません。どこで失くしたのか、どこへ行ったのか。わからないのです」

「お嬢さんには、よほど大事なものだったようだ」

「はい。自分の命よりもずっと」

大事な人でした。

「そんなに大事なものなら、しっかりつかんで、放さなければよかったのに」

「本当ですね。もっと強く……。離れなければよかった」

そのせいで死ぬことになっていたとしても、あの時、世子《セジャ》様の手を放さなければ、こんなにつらい思いをすることも、後悔することもなかったかもしれない。ラオンは嗚咽が込み上げてくるのを必死に堪えた。

「大事な人が、遠くへ行ってしまったんですね」

「はい」

「帰らぬ人を待ち続けるほど、つらいことはないからね」

ク爺さんはラオンの気持ちに寄り添い、何度もうなずいた。

「さぞ、つらいでしょう」

そこからは涙があふれて、言葉にならなかった。

二人はそれからしばらく何も言わなかった。黙って煙管《キセル》を吹かしていたク爺さんが再び口を開いたのは、ずいぶん経ってのことだった。

「恋しい気持ちが募るばかりで、忘れることができないのなら、その人との思い出を辿ってみてはいかがです？」

「思い出を辿る？」

「人にも物にも、縁があると言いましてね。お嬢さんと本物の縁を持つ人なら、きっとまた会えるはずです。死んだうちの婆さんが言っていたんですけどね、よく物を失くす人だったんですが、最初から縁のない物のことは失くしたことさえ気づかない。ところが、その人にとって本当に必要な物は、失くしても必ず戻ってくるんだそうです」

「本当に、そうでしょうか」

「年寄りの言うことは聞いてみるものだ。この爺さんに騙されたと思って、やってみなさい」

「ありがとうございます」

ラオンはク爺さんに礼を言い、店をあとにした。立ち去るラオンの後ろ姿に、ク爺さんはぽつりとつぶやいた。

「礼を言うのはあたしの方だよ、サムノム」


ク爺さんと別れ、ラオンは最初に悪口婆さんの店を訪れた。旲《ヨン》と初めて会った日、そして天灯《てんとう》を飛ばした祭りの日の夜に一緒に来た場所だ。懐かしそうに店の中を見ていると、婆さんが近づいてきた。

「そんな青白い顔して、どうしたんだい」

婆さんは雑炊《クッパ》が乗った小さな膳をラオンの前に置いた。

「食べな」

「いえ、結構です」

ラオンが席を立とうとすると、婆さんは無理やり座らせて言った。

「げっそり痩せて。そんなにふらふらな体でどこへ行く気だい？」

「お婆さん……」

「しっかり食べなよ。こんな顔を見たら、あの方も安心して逝けないだろう」

婆さんは、かつて昊《ヨン》と一緒に店を訪れたラオンのことを覚えていた。婆さんが目に涙を溜めているのを見て、ラオンは堪らず顔を逸らした。もし本当に逝けなくなるのなら、もう何も食べない。それで引き留められるなら、このまま骨と皮だけになってもいい。

「すみません。また来ます」

ラオンは婆さんの優しさを振り切るように店を出た。その後ろ姿を見送りながら、婆さんは涙を拭った。

「畜生め。こんな時に、なんて綺麗な夕日なんだい」

そして、恨めしそうに空を睨み、婆さんはまた台所に戻っていった。


野山を茜色に染めた夕日が沈み、東の空が暗くなり始める頃。人々が家路を急ぐ中、ラオンはどこかへ向かっていた。しばらくして王宮の前で立ち止まると、小さな潜り戸を叩いた。戸はすぐに開き、中から肉付きのいい宦官が姿を現した。

「ホン内官」

「ト内官様」

「知らせを受けて驚きました。どうして王宮に？」

「どうしても行きたいところがあるのです。このようなお願いばかりして、すみません」

ラオンが詫びると、ト・ギは慌てて首を振った。

「そんな水臭いことを言わないでください。俺たちは仲間じゃありませんか」

ト・ギは周囲を警戒しながら、急いでラオンを中に入れ、懐から頬かむりを取り出した。

「頬かむりなら持っています」

「それでは……余計に目立つかと」

ラオンは珍しく華やかに着飾っていて、ト・ギは苦笑いした。気になって、ラオンが周りを見てみると、宮中の人々は皆、白い服を着ていた。喪中であることを示す色だ。その白が、昊《ヨン》の死を突きつけているようで、ラオンは思わず目をつぶった。

「ホン内官」

ト・ギに促され、ラオンは白い頬かむりを頭から被った。

暗闇に乗じて二人が向かったのは資善堂《チャソンダン》だった。

「中に入るのですか？　本当に？」

資善堂《チャソンダン》の門前に立ち尽くし、ト・ギはもう一度、聞いた。

「はい」

「できれば、ここは避けた方がいいと思いますが……」

ト・ギはそこで、ラオンに耳打ちをした。

「ここだけの話ですが、実はホン内官が王宮を去ってから、資善堂《チャソンダン》で幽霊を見たといううわさが絶えないのです。中には世子《セジャ》様の霊を見たという者もいて……」

そこまで言って、ト・ギは慌てて手で自分の口をふさいだ。

「とにかく、ここは入らないでおきましょう」

「いいえ、いいのです。入れてください」

「そこまで言うなら、引き留めませんが……」

ラオンの目元が湿っているのを見て、ト・ギはそれ以上は何も言わなかった。

「ありがとうございます、ト内官様」

「礼などやめてください。仲間同士、水臭い」

ト・ギの温かい笑顔に見送られ、ラオンは久しぶりに資善堂《チャソンダン》の中に入った。ラオンが去ってから、資善堂《チャソンダン》は以前の見捨てられた殿閣に戻ってしまった。手入れをする者はなく、庭には雑草が伸び放題で、廊下にも部屋の中にも、白い埃が積もっている。

埃だらけの部屋の床に座って天井を見上げると、いつもビョンヨンが寝ていた梁《はり》があって、ラオンは初めてビョンヨンと会った日のことを思い出した。

『悪霊、退散！』

ビョンヨンを妖《あやかし》と勘違いしたことで、涙が出るほど痛い拳骨を食らった。

『いつまで人を幽霊扱いするつもりだ』

『い、生きてる？』

『俺のどこが幽霊に見えるのだ？』

まるで昨日のことのようにあの日のことが思い出され、ラオンは笑いを吹き出した。口では世話が焼けるやつだと言いながら、いつも見守ってくれていた。あんなふうに人に優しくされたことがなかったから、あの頃はただ、いつもそばに誰かがいてくれることがうれしくて、心強かった。今思えば、あれはキム兄貴の深い情だったのだ。

「ありがとうございます、キム兄貴」

ラオンは梁《はり》の上に向かって礼を言った。そして部屋を出る時、ふと後ろからビョンヨンの声が聞こえた気がした。

『東の楼閣には近づくな』

『どうしてです？』

『妙なやつが出るからだ』

ラオンはまた思い出し笑いをした。東の楼閣の妙なやつとは、幽霊のことだと思っていたが、まさかそれがこの国の世子《セジャ》だったとは夢にも思わなかった。当時を懐かしみながら、ラオンは先に進んだ。見上げると、空には月が浮かんでいた。その月明りを頼りに楼閣を目指して茂みの中を歩いていると、先ほどのト・ギの話が思い出された。

『ホン内官が王宮を去ってから、資善堂《チャソンダン》で幽霊を見たといううわさが絶えないのです。中には世子《セジャ》様の霊を見たという者もいて……』

そのうわさが本当だったらいいのに。幽霊でも構わない。もう一度会えるなら、ひと目顔を見られるなら、今ここで死んでも思い残すことはない。

ラオンは茂みに佇み、昊《ヨン》が現れるのを待った。だが、どれほど待っても昊《ヨン》は現れなかった。

「うそつき」

ラオンはぶつけようのない思いを吐き出した。

「ずっと一緒にいると約束したではありませんか。必ず迎えに行くと言ってくださったから、世子《セジャ》様に見せてあげたくて、こんなにおめかしして来てくださるのを待っています。なのに、どうしていらっしゃらないのです？　綺麗に髪を結って、世子《セジャ》様が喜ぶような服も着ているのに、どうして迎えに来てくださらないのです。待っているではありませんか……。迎えに来てくださるというお言葉を信じて、待っているではありませんか」

堪えていた涙が堰を切ったようにあふれ、ラオンは泣き崩れた。

昊《ヨン》の訃報を受け、あまりのことに気を失いもしたが、それ以来、涙を流したことはなかった。泣くことができなかった。泣いてしまったら、昊《ヨン》の死を認めることになってしまう。認めてしまったら、これからの人生をどう生きればいいかわからなくなる。だから昊《ヨン》の言葉を信じて、今日まで待ち続けてきた。だが、昊《ヨン》はついに現れなかった。

「世子《セジャ》様はうそつきです」

偉そうなことばかり言って、これほどあっけなく逝ってしまわれるなんて。こうなることをわかっていたら、世子《セジャ》様の手を放しませんでした。世子《セジャ》様の腕の中で、帰りたくない、一緒にいると最後まで駄々をこねて、聞き分けのいいふりなどしませんでした。

「嫌です」

ラオンは月を見上げて言った。

「戻ってきて、私を置いて行かないでください。ここにいてくださるなら、何でもいたします。世《セ》子《ジャ》様が喜ぶような女になって、何でも言う通りにいたします。世子《セジャ》様だけを見て、世子《セジャ》様の言うことだけ信じます。だから行かないで……ここにいて……私のそばにいてください」

私はもう、あなたなしには生きていけないのです。あなたのいない世界に、私を残して行かないでください。胸が苦しくて、息が吸えません。一日千秋の思いで生きています。こんなに早く逝ってしまわれるなら、どうして私と出会われたのです。どうして知らぬふりをしてくださらなかったのです。どうして手を差し伸べて、私を抱きしめてくださったのです。私はこれから、何を頼りに生きればいいのです。こんなに簡単にいなくなるなら……私だけ残して行ってしまわれるなら……。

あなたの笑顔、私の名前を呼ぶあなたの声。世子《セジャ》様と出会ってから、人生はつらいことばかりではないと知りました。生まれてきてよかったと心から思いました。こんな幸せがあることを知ってしまった私を、世子《セジャ》様がいないと何もできなくなってしまった私を、今になって一人にしてしまわれるなんて、あんまりです。

「世子《セジャ》様お一人では行かせません」

あご先の涙を拭い、ラオンは再び歩き出した。楼閣の上に上ると、月明りが一層明るく感じられ、まるで旲《ヨン》に抱かれているようだった。

「手をつないだあの日から、世子様《セジャ》は私の運命の人でした。世子様《セジャ》は私のものです。私を置いて行こうなんて、そんな勝手は許しません」

放すものですか。世子様《セジャ》が嫌だとおっしゃっても、私は絶対に離れません。

ラオンは月を浮かべる池を見下ろした。風が吹くたびに水面が波立ち、自分の姿が歪んだ。まるで生ける屍のような姿をしている。きっと、世子様《セジャ》がこの世を去った時に、私の魂も抜けて空に行ってしまったのだろう。

これまで、どんなにつらくても自分の運命を恨んだことはなかった。貧しさも、貧しさゆえの苦労も、力のない民としてこの国に生まれた者の定めであって、皆、少しましか、少しつらいかの違いだと思っていた。だが今は、初めて天を恨んでいる。旲《ヨン》が生きているうちに伴侶としてそばにいることも、最期を看取ることも許されなかった我が身が嫌で、嫌でたまらない。

深い悲しみと絶望が、ラオンの胸の中をむしばんでいた。目が眩み、唇の乾きが喉を伝い、胸まで干上がっていくようだ。心臓が焼かれて、頭の中には真っ白な灰しか残っていない。どこを見ても涙があふれ、目を閉じれば後悔ばかりが込み上げてくる。眠っているのか、祈っているのかわからない夜を過ごし、また新たな朝を恨む日々。今、自分が生きているのか死んでいるのかもわからない。希望を失った心は張り裂け、砕かれ、粉々になって、跡形もなく黒く波打つ池に吸い込まれていく。空っぽの体。あるのは胸が潰れるような痛みだけだ。

ラオンは、氷の板のように打ち砕かれた体を、昊《ヨン》との思い出の場所を辿りながら撒いて歩いていた。最後に残った魂の欠片を資善堂《チャソンダン》に埋めた今、ラオンにはもう何も残っていなかった。

それなのに、苦しみと涙だけはあとからあとから込み上げてきて、もはや立っているのもつらくなった。ふらつく体で、水面に浮かぶ自分の顔を見ると、そこにあるのは悲しみではなく、恐怖だった。自分は悲しみを通り越して恐怖を抱いていたのだ。世子《セジャ》様のいない世界に一人残されたという孤独が恐ろしくて不安で仕方がないのだ。

これまで、自分のために何かをしようと考えたことはなかった。でも今度ばかりは自分の思う通りにしよう。

ラオンは水面に映る自分の顔を見ながらそう心に決め、月に向かって頭を下げた。この楼閣に漂い続ける誰かの魂にも。

一回、二回と悲しみの深さを表すように深々と二礼し、恋しい想いを込めてもう半礼。それが終わると、遠い空に浮かぶ月を静かに見つめ、心の中で語りかけた。

あまり遠くへ行かないでください。もうすぐ、世子《セジャ》様のもとへまいります。だから、私が追いつけないほど遠くへ行かないでくださいね。

「ご存じでしたか、世子《セジャ》様」

ラオンは月に話しかけた。

「本当は私の方が我慢していました。世子《セジャ》様と手をつなぎたくても、くちづけをしたくても、いつも我慢していました」

昊《ヨン》を亡くしてから、ラオンは初めて微笑んだ。

「大好きです」

聞き届ける相手のいない告白。こんなことなら、もっと早くに伝えておけばよかった。もっとたくさん、伝えておけばよかった。

「私の方がずっと、世子《セジャ》様をお慕いしておりました」

ラオンは楼閣を下り始めた。一歩一歩、池に近づいて、つま先が濡れるところまで進むと、ラオンは夜空を映す両目をそっと閉じた。

「ラオン」

その時、風の中に荒い息をしながら自分を呼ぶ声が聞こえた。きっと幻聴だろう。ラオンは振り向きもせずに最後の一歩を踏み出そうとした。

「ホン・ラオン！」

ところが、幻聴と言うにはあまりにはっきりと声が聞こえた。一瞬、息が止まった。耳の中で風が吹いているような感じがして、動悸がした。ゆっくりと振り向くと、乳白色の月明りが降り注ぐ楼閣の端に、人影があった。

何度も自分の姿を映した瞳、筆で描いたような鼻筋、そして、紅花色に似た唇。

青白く死人のようだったラオンの顔に生気が戻り、濡れた瞳が大きく見開いた。背の高いその影は、まっすぐラオンに向かってくる。やがて温かい息が頬にかかった。それは確かに生きている人の体温だった。出会った頃と同じ瞳でラオンを見つめている。

「世子《セジャ》様……」

ラオンの目に、涙があふれた。

十四　烘雲托月《こううんたくげつ》

心臓の鼓動で何も聞こえない。誰かが耳元で思い切り太鼓を打ち鳴らしているようだ。突然、目の前に旲《ヨン》が現れて、あらゆる感覚が遠のいていった。自分は夢を見ているのだろうか？　それとも幻？　少しでも目を逸らせば消えてしまいそうで、ラオンは瞬《まじろ》ぎもせず旲《ヨン》を見つめた。

「世子《セジャ》様……」

目の前で見ていても信じられなかった。体温の温かさは感じるが、触れようとすれば陽炎のように消えてしまうかもしれない。そう思うと、手を伸ばすのも怖くなって、ラオンはただ旲《ヨン》を見つめることしかできなかった。そんなラオンの瞳を身を屈めてのぞき込むように見て、旲《ヨン》は微笑んだ。

「ラオン」

「世子《セジャ》様……本当に、温室の花の世子《セジャ》様なのですね？」

ラオンの目に、みるみる涙が溜まった。あまりに大切で、口に出すこともできなかった名前。目の前にいても、触れることさえできない大事な人。

なおも信じられず、ただ茫然と涙を流すラオンに、旲《ヨン》は手を差し伸べた。

「ラオン」

懐かしい声で優しくラオンの名を呼んで、旲《ヨン》は両腕を広げた。ラオンには、その姿は自分を守り、温かく包み込んでくれる巣のように見えた。

本当に、生きていらっしゃるのですね？

ラオンは唇を震わせた。

「ラオン」

抗う理由などなかった。聞きたくて聞きたくて仕方なかったその声に導かれるように、ラオンはゆっくりと動き出した。

「世子《セジャ》様……世子《セジャ》様……」

ラオンはその言葉しか知らない人のように、何度も旲《ヨン》を呼んだ。そしてついに旲《ヨン》の広い胸に抱かれた。背中に回された腕や、短く弾む心臓の鼓動、頭にかかる息遣いまで、旲《ヨン》のすべてが感じられる。

生きている。本当に生きている。夢や幻なんかじゃない。私を抱きしめているこの人は、今、確かに、ここに生きている。

「世子《セジャ》様が……生きてる……世子《セジャ》様が、生きていらっしゃいました」

私の大切な人。この世に私が存在する、ただ一つの理由。

ラオンの中にたとえようのない安堵が広がり、急に呼吸が楽になった。灰色だった景色が、一瞬にして色を取り戻し、止まっていた時が再び動き出した。

堪えていた涙は、あとからあとからあふれて止まらなかった。泣きじゃくるラオンを、昊《ヨン》はしっかと抱きしめて、詫びるように背中をさすった。こんな思いをさせるなら、先に伝えておけばよかったという罪悪感で胸が潰れるようだった。すると、それに気づいたように、ラオンは昊《ヨン》の胸から顔を離して言った。

「どうして何も言ってくださらなかったのですか」

「すまない。僕は悪い男だ。お前をこんなに泣かせてしまって」

聞く耳が多ければ、それだけ口も増えるもの。ましてや方々から監視されている状況では、味方さえ欺かなければならない時がある。昊《ヨン》としても、やむにやまれぬ決断だったが、そのせいでラオンにつらい思いをさせることになり、昊《ヨン》は詫びても詫び切れない思いだった。

ふと、ラオンが怪訝な顔をして言った。

「おかしいです」

「何がだ？」

「どこかお悪いのではありませんか？　本当は、まだ回復していらっしゃらないとか」

「そんなことはない」

「だって、変です。いつもなら、どうして何も言ってくれなかったのかとうかがっただけで、世子《セジャ》に向かって口答えをするのかと、お怒りになるのに」

「何を言うのかと思ったら」

この状況で思いもしないことを言われ、昊《ヨン》は笑い出してしまった。

相変わらず突拍子もないことを言うが、ラオンらしいと思った。そしてラオンがいいと思った。思い浮かべるだけで気持ちが明るくなる。たとえ世子《セジャ》の座を失うことになっても、僕は何度でも、迷わずラオンを選ぶだろう。

旲《ヨン》はラオンの小さな体を一層強く抱きしめた。ラオンは旲《ヨン》に抱きしめられたまま言った。

「世子《セジャ》様のことで、今、国中が大騒ぎです」

「わかっている」

「何があったのです？　まさか、世子《セジャ》様が計画なさったのですか？」

「ああ、僕が計画したことだ」

「では、世子《セジャ》様が、死んだふりをして、みんなを騙そうと考えられたのですか？」

「そうだ」

「このような大それたことを、どうやって……」

世子《セジャ》を取り囲むあの大勢の人を欺き通すのは容易ではなかったはずだ。

「先生のお力をお借りしたのだ」

「お祖父様の？」

「薬草に精通した茶山《タサン》先生のお力がなければ、陰謀を食い止めることはできなかっただろう。おかげで完全に敵を欺くことができた。あの者たちは今頃、僕の暗殺に成功したと思っているだろう」

ラオンは驚いて、旲《ヨン》の胸から離れようとした。だが旲《ヨン》はさらに強く抱きしめて、まるで生まれたばかりの雛を抱く母鳥のようにラオンを離さなかった。

「世子様《セジャ》」

「何だ？」

「ここまでする必要があるのでしょうか。世子様《セジャ》はいずれ王となり、この国を治めていくべき方です。それなのに、どうして、このような無謀なことをなさったのです」

すると、昊《ヨン》はラオンの細い肩に頭を預けて言った。

「生きるために死んだのだ」

「生きるため？」

ラオンにはその意味がわからなかった。

「この国は、古くから両班《ヤンバン》の男たちの国だった。そして、王はいつしか朝廷の大臣たちの意のままに動くだけの飾りと化した。この国の権力がカのある両班《ヤンバン》の手に渡って久しい」

「世子様《セジャ》は、その力を取り戻そうと、あれほど奮闘していらっしゃいました。何日も夜を徹して歌を作り、踊りを考えて宴の準備をなさったのも、悪習を改め外戚の横暴に歯止めをかけようとなさったのも、すべてこの国を立て直すためではなかったのですか？」

「お前の言う通り、僕はできる限りの手を尽くした。だがな、ラオン。僕は気づいたのだ。権力というものが、いかに人間を狂わすのかを思い知ったのだ」

自分の血を分けた孫の殺害をも厭わなくなるほど、権力は人の欲を掻き立てる。

昊《ヨン》は淡々と話していたが、その裏にどれほどの苦悩があったのかを、ラオンは感じ取っていた。

「王や世子《セジャ》という立場は常に、もっとも陽の当たるところにある。だが、一方の敵は闇に身を潜め虎視眈々と僕の命を狙っている。欲しいものを手に入れるためなら何でもする者たちだ。僕がこの立場にある限り、彼らの標的にされ続けなければならない」

どれほど気をつけていても、雨が降れば必ず体のどこかに雨露はつく。今回は何とか未然に防ぐことができたが、次はどうなるかわからない。自分が倒れることになれば、これまでの努力が無駄になることを旲《ヨン》は悟っていた。

「世子様《セジャ》……」

次代を担う世子《セジャ》という立場は、それほど重いものだったのかと、ラオンは言葉を失った。そして、旲《ヨン》がそれほどまでに危険な者たちと戦っていたということに驚いた。旲《ヨン》の両肩にのしかかる責任を軽いと思ったことはなかったが、それでも、自分の背負った業ほど惨いものではないとどこかで思っていた。

だが、そうではなかった。これまで見聞きしてきたものは、旲《ヨン》が背負う責任のほんの一部に過ぎなかった。旲《ヨン》が王になれば、万人の父として民の運命まで背負わなければならない。それは、人々の想像を絶する過酷な道になるだろう。

「だからお辞めになるのですか?」

「そうではない」

「では?」

「戦い方を変えるのだ」

「どういうことです?」

「あの者たちと戦うために法を改め、監視も強化した。だが、それではとても足りなかった。僕一人に対して、敵は何百、何千といる。いかに高く塀で囲ったところで、防ぎようがない」

初めは、国の根本を正せばすべてが正しい方向へ進むと思っていた。実際にそれなりの成果もあった。だが、いざ敵と対峙してみると、権力への欲望は昊《ヨン》の想像をはるかに超えて根が深く、執拗なものだった。

富める者たちは、その富がどこから生じたものかを考えることもなく、一度手にした富を守ることに心血を注ぐのみ。何度も説き聞かせ、時に力で押さえようとしたが、決してその富を分け与えようとはしなかった。一人を罰すれば、その一つの座を巡って十人が奪い合う。その繰り返しだった。

「長い間、考えた末に決めたことだ。高いところから見渡しているだけでは、この国を立て直すことはできない」

王は天に向かって伸びる長い竿の先に立つ。そこにあるたった一つの椅子が玉座であり、自分は長い間、そこからの景色を見ていただけだった。玉座は地上からあまりに遠く離れていて、万遍なく天下を見渡しているつもりでいても、実際には風景を眺めているだけで何も見えていなかった。

民はそんな王を見上げるが、助けを求め、望みを伝えるには王はあまりに遠い存在だった。

「祖父の府院君《プウォングン》が言うには、僕が王になる者ゆえに、敵から逃れられないそうだ。太陽のように、強い光を放つ存在ゆえに……だから僕は、月になることにした」

「月？」

「ああ。空を守るのは太陽だけではない。一日のうちの半分、夜を守るのは月だ。これから僕は、僕を暗殺しようとした者たちより、もっと暗いところからあの者たちを見続ける。そして、目に物を見せてやるつもりだ」

そのために、もっとも高いところにある立場を捨て、もっとも低い場所を選ぶのだ。これからは、相手より低く、暗いところから敵の動きに目を光らせる。陰に隠れて虎視眈々と命を狙っていた者たちを、今度は僕が監視するのだ。陰謀を巡らせ、王室と民を脅かしてきた者たちは、逆に恐怖することになる。

「…………」

昊《ヨン》の考えを知り、ラオンは胸を痛めた。この人は、誰もが羨む地位を躊躇いもなく捨てた。もともと死を恐れない人だった。正義を貫くためなら命を落とすことを厭わない人。そうでなければ、何もかもを捨て、国のために身を捧げる道を選ぶことなどできないだろう。安住を選べる人なら、自ら目を覆い、民の苦しみから背を向けていたに違いない。

これまでも、どれほど横やりを入れられても決して諦めなかった。そして今、その立場では限界があると知り、自ら民のもとへ降りて志を貫こうとしている。すべてを捨て、欲深い者たちが生涯をかけて追い求める玉座さえも。

ラオンには、昊《ヨン》の気持ちが痛いほどよくわかった。これからはきっと、これまで以上に険しい道程になるだろう。世子《セジャ》様を思えばこそつらくもなるが、この人の手を、力一杯、握りたいと思う。

「どうした？」

「心配なのです」

「何が？」

「温室育ちの世子《セジャ》様が、自ら世子《セジャ》の地位を捨てて飛び出してしまわれたのですから、これからどうやって食べていけばいいのか、不安でなりません」

「僕を見くびるのか？」

ラオンの冗談に、旲《ヨン》はいくらか心が晴れて、二人は顔を見合わせて笑った。

「世子《セジャ》様の思うようになさってください。世子《セジャ》様が月になるのなら、わたくしは……わたくしは、世子《セジャ》様のおそばに漂う雲になります」

「雲に？」

「烘雲托月《こううんたくげつ》という言葉をご存じですか？　本当に美しい月明りは、月ではなく雲が作り出すそうです。わたくしは、世子《セジャ》様を輝かせる雲になります。世子《セジャ》様を優しく包む、そんな雲になりたいのです。いつまでも、いつまでも、世子《セジャ》様がいらないとおっしゃるまで、おそばを離れません」

「よくぞ言ってくれた。僕が月で、お前は雲か。実にいい組み合わせだ」

「いつから、何から始めましょうか。私は何をすればいいですか？」

「そうだな。まずは……」

旲《ヨン》はラオンの肩に顔を乗せ、目を閉じて、夏の花のようなラオンの匂いを胸いっぱいに吸い込んだ。

「まずは、気が済むまでこうしていよう」

「世子《セジャ》様、これから、この国はどうなるのです？」

「その前に、ひと息つかせてくれ。お前と離れている間、生きた心地がしなかった」

「しかし、今は国葬の最中です。国がこのような時に、これでは……」

「話が違うではないか。お前は、うそをついたのか？」

「何のことです？」

「何でもするのではなかったのか？　何でも言うことを聞くと言っていたではないか」

「もしかして、聞いていらしたのですか？」

昊《ヨン》が死んだと思って言ったことだったが、まさか、全部聞いていたのだろうか。

「一言一句逃さず、すべて覚えているぞ」

「あれこれ考えるべきことがたくさんある方が、そんなことまで、よく覚えていられますね」

「当り前だ。僕には何より大事なことだからな。さあ、どうする？　その口で言ったことを守るか、それとも、うそつきになるか」

ラオンは昊《ヨン》を睨み、そして、やれやれと首を振った。

「わかりました。おっしゃる通りにいたします。好きなだけ、くっついていてください。でも、くっついて、どうするのです？」

「今すぐに、したいことがあるのだ」

「ですから、それを教えてください」

「当ててみろ」

「おっしゃっていただかなければ、わかりません」

「僕が帰ってきたら、口答えしないのではなかったのか？」

「…………」

「なぜ何も言わない？」

「口答えしないと誓ったので」

「こいつ」

昊《ヨン》は指でラオンの鼻を軽く挟んだ。

「痛い！」

赤くなった鼻先を手の甲でこすり、ラオンは憎らしからぬ顔で昊《ヨン》を睨んだ。目を合わせると、昊《ヨン》への愛しさがあふれてしまう。見つめ合う瞳から思いが伝わり、二人の間にもはや言葉はいらなかった。

瞳を潤ませて、ラオンは不意に背伸びをした。思いがけないくちづけ。ラオンは我に返ったように頬を赤らめ、恥ずかしそうに顔を逸らした。

「今、何をした？」

「何がしたいか、当ててみろとおっしゃったので」

「僕がしたいことが、それだと思ったのか？」

「違うのですか？」

赤くなった顔をさらに赤くして、ラオンは聞き返した。

「半分は当たっているが、半分は違う」

動揺するラオンの顔を両手で包み、旲《ヨン》はおもむろに顔を近づけた。

「僕がしたいのは……」

産毛をくすぐるようにささやいて、旲《ヨン》はラオンにくちづけをした。唇に触れる柔らかな感触と熱っぽい吐息。旲《ヨン》の命の証が、つらかった過去が、ラオンの唇の中でふんわりと融けて混ざり合う。旲《ヨン》の苦しみ、孤独、悲しみが、ラオンと出会い少しずつ癒えていったように、ラオンもまた、背負ってきた重荷が旲《ヨン》によって癒されつつあった。触れ合い、吐息を交わしながら、二人は互いを慈しみ、励まし合った。

「ラオン、ラオン」

好きだ。お前が好きだ。

「世子様《セジャ》……」

好きです。世子様《セジャ》が大好きです。

吐息に、旲《ヨン》への思いがあふれ出す。唇が触れるたび、全身に痺れが走った。意識が朦朧としてきて、体の中が熱くなった。このまま、どこかへ飛んでいってしまいそうで、ラオンは旲《ヨン》の首の後ろに手を回し、離れてしまわないよう必死にしがみついた。

そんなラオンの腰を、旲《ヨン》は力一杯、抱き寄せた。一つの体のように互いを抱き合う二人の頭上に、淡い月明りが優しく降り注ぐ。

唇を離すと、まだ余韻の冷めない顔をして、ラオンは言った。

「このあとは、何をなさりたいですか?」

「次は……」

昊《ヨン》の目つきが変わり、ラオンはどきりとなった。慌てて辺りを見渡すと、ちょうど風が吹いて草むらが波打った。心地よく響く草虫の鳴き声と、降り注ぐ月明り。二人のほかには誰もいない。まずい。ラオンは急に緊張してきた。

その時、不意に腹時計が鳴った。昊《ヨン》はラオンの腹をちらと見て、小さく笑いを吹き出した。ラオンは耳まで赤くしてうつむいている。その顔を両手で持ち上げて、昊《ヨン》は大きく笑って言った。

「行こう」

「どこへです？」

ラオンはとても昊《ヨン》の顔を見ることができず、目を逸らしたまま聞いた。

「まずは腹ごしらえだ」

「わ、わたくしは大丈夫です！」

「僕がだめなのだ」

「え？」

「ずっと寝ていたから、ろくに食べていないのだ。このままでは倒れそうだ。本当に死んでしまうかもしれない」

「お食事をなさらなかったのですか？」

「世子《セジャ》はうそをつかない」

昊《ヨン》はいたずらっ子のように笑い、ラオンの手を取って歩き出した。

「召し上がりたいものはありますか？」

「言ったら、作ってくれるか？」

「わたくしにできるものでしたら、腕によりをかけてお作りします」

「それなら……」

昊《ヨン》はあごを撫でながら、しばらく考えた。

「そうだ、薬菓《ヤックァ》がいい」

「薬菓《ヤックァ》でございますか？」

「ああ。前に、お前が作ってくれた薬菓《ヤックァ》が食べたい」

あの味を思い出して早くも唇を舐める昊《ヨン》に、ラオンは首を傾げた。

「わたくしの薬菓《ヤックァ》を、世子《セジャ》様が？」

いつ食べたのだろう？


「世子嬪《セジャビン》様、それは何でございますか？」

ハヨンが小さな木箱をじっと見ていると、嬪宮殿《ピングンジョン》で至密尚宮《チミルサングン》を務めるホ尚宮《サングン》が尋ねた。

「もしや、前に訪ねてきた見習いの女官が差し上げたものではございませんか？」

ハヨンは首を振った。

「あれとは違うものだ」

木箱はラオンが届けたものだったが、中にはハヨンの実家から届けられた薬菓《ヤックァ》が入っている。箱の中をのぞき、ハヨンは悲しそうに微笑んだ。

妙な縁があるものだと思った。父のチョ・マニョンがこの恐ろしいものを置いて帰って間もなく、まるで示し合わせたようにラオンが訪ねてきた。驚くことに、ラオンも薬菓《ヤックァ》を持っていた。

あの夜、ラオンは一族を取るか夫を取るかで思い悩んでいたハヨンとはあまりに対照的な姿をしていた。つらい気持ちを胸にしまい、澄んだ笑顔で菓子を置いて一言、

「あの方を、お願いいたします」

と言った。ひどくやつれたその顔は、まるで長年連れ添った伴侶を亡くした人のようだった。そんな姿で、恋敵であるはずのハヨンに甘い薬菓《ヤックァ》を届けにきたのだ。愛しい人を頼むという、その一言を伝えるために。我が身の危険も顧みず。

ハヨンは悟った。自分と旲《ヨン》は人が結んだ縁だが、ラオンと世子《セジャ》の縁は天が定めた縁なのだと。何よりも強い絆で二人は結ばれている。そう思うと嫉妬すら覚えた。だが、人の都合で結ばれた縁が、天が結んだ縁に勝るはずがない。それぞれの利害によって結ばれた関係が、死をも恐れぬ愛に敵うはずがなかった。

ハヨンは静かに自分の気持ちに折り合いをつけ、快くラオンの薬菓《ヤックァ》を受け取った。そして、父が持参した薬菓《ヤックァ》を取り出し、その中にラオンの菓子を入れた。不恰好な形からも、悲しいほど真心が伝わってくる。ハヨンには、ほかのどんな貴重な菓子より尊く感じられた。

ハヨンは昊《ヨン》のもとへ向かった。心のどこかに、本当に天の縁というものがあるのなら、試したいという気持ちもあった。

だが昊《ヨン》はその邪心を嘲笑うかのように、少しの躊躇いもなく薬菓《ヤックァ》を口に放り込んだ。毒見もしていない薬菓《ヤックァ》を疑いもせず、まるで菓子に込められた想いを受け取るように。ハヨンは確信した。この二人は目に見えない糸でつながれていて、互いの存在を常に感じ合っている。

「ホ尚宮《サングン》」

「はい、世子嬪《セジャビン》様」

「これは燃やしてくれ」

「この箱をでございますか？」

「今すぐに燃やして欲しい」

「かしこまりました」

ハヨンに命じられ、ホ尚宮《サングン》は木箱を抱え、後ろ歩きで部屋を出た。一人部屋に残ったハヨンは、窓辺にもたれ、外を眺めた。いつにも増して月明りの美しい、明るい夜だった。

「世子《セジャ》様は、幸せですか？」

世子《セジャ》様が自由に翼を広げられますように。厳しいしきたりや決まりごとで凝り固まった王宮という鳥かごを出て、大空を心赴くままに飛べますように。そして、これからの世は、この国の民が生きる世は、今よりも生きやすく、人々が平等で、理不尽な思いをする人を少しでも減らせる世であることを願っております。

ふと、ハヨンの脳裏に　最後の日の晩のことが浮かんだ。

『最後にお願いがございます』

『何だ？』

『この宮中で生きる理由をいただきたいのです』

『…………！』

『世子《セジャ》様がいらっしゃらなければ、わたくしが宮中にいる理由がなくなります。わたくしには、宮中に残る大義名分が必要なのです』

無理やり結ばれた縁でも構わない。自分にも、これからの長い月日を耐え抜く力が必要だと、ハヨンは訴えた。この宮中を生き抜く力が、生きる理由が欲しい。

窓から入る風に、耳にかかる後れ毛が揺れ、ハヨンは我に返った。深く息を吸うと、肺の中に夜の空気が広がり、ハヨンは夜空を見上げて微笑んだ。その微笑みは、この夜の月明りほど美しい笑みだった。

丸い月が星の花畑に浮かんでいるようだった。どこからか集まった雲の群れが、月と共にその花畑の中をゆっくりと流れていく。昊《ヨン》と肩を並べ、資善堂《チャソンダン》の草むらを掻き分け歩きながらラオンは言った。

「世子《セジャ》様、わたくしの薬菓《ヤックァ》はいかがでしたか?」

昊《ヨン》はにこりと笑って言った。

「うまかった。実にうまい薬菓《ヤックァ》だった」

雲間から注ぐ穏やかな月明りが、二人を優しく照らしていた。草虫の鳴き声、風の吹く音、淡く白い月明り。麗らかな春の夜は、静かに更けていった。

十五　永遠《とわ》に共に

さらさらと流れる水が足の裏をくすぐる。陽光に照らされた水面は鱗のように輝き、底が見えるほど透き通った川の中には、名も知らない魚が群れをなして気持ちよさそうに泳いでいる。

「うわあ」

ラオンは思わず溜息が出て、魚に触れようと手を伸ばした。だが、色とりどりの魚は、扇のように広げたラオンの指の間をするりとすり抜けてしまった。ラオンはしばらく夢中で魚を追いかけたが、きらきらと宝石のように輝く水が掬《すく》えるだけ、それもすぐに手の平からこぼれ落ちてしまう。

それでも、気分はよかった。頬を撫でる風も、肩をじんわり温める日差しも、川の流れる音も、どれも心地よく、久方ぶりの休日に顔がほころんだ。

「世子《セジャ》様もいらっしゃればよかったのに」

ラオンは川辺にしゃがみ、額の汗を拭った。そして、そよ風に当たろうと顔を上げ、不意に目を見張った。何気なく見上げた青空に、太陽と月が並んで浮かんでいた。太陽はもちろんだが、大きく丸い月が白む様は恍惚とするほど美しく、ラオンは無意識に手を伸ばした。ところが、次の瞬間、ラオンは大きな叫び声を上げた。空に浮かぶ太陽と月が、凄まじい勢いでラオンの胸元に落ちてきたのだ。

一体、何が起こったの？

ラオンは悲鳴と共に飛び起きた。


晩春の花壇に花が咲き乱れ、明け方から降り始めた雨は、駆け足で通り過ぎようとする季節を惜しむように次第に強くなった。入り込む隙間風に震えながら、ラオンは目を覚ました。

「寒い」

寝ている間に掛け布団を蹴ってしまったのか、肩が冷えてぞくぞくするほど寒い。昨晩から寒気を感じていたが、そのせいかわずかな風にも鳥肌が立つ。

とてもいい夢を見た気がするが、体が重く、頭の中は霧がかかったようにぼんやりしている。眠りから覚めてもなお、夢の中を彷徨っているようだ。これまでの疲れが出てしまったのか、一日中、横になっていたいと思うほど体がだるく、何もする気が起きない。

こんなことは初めてだった。起き上がる気力もなく、体がどんどん床にめり込んでいくようだ。質《たち》の悪い病気にかかったのだろうか。最近は胸のむかむかが続き、昨晩はとうとう母が作ってくれた重湯さえ戻してしまった。

ラオンは不安になった。急に幸せになったのがいけなかったのだろうか。うれしいことが重なりすぎて、罰が当たったのだろうか。

「ラオン」

するとと、母チェ氏がちょうど部屋に入ってきて、ラオンの青白い顔を見て言った。

「顔色がすぐれないわ。まだ具合がよくないのね」

「ううん、ちょっと疲れが出ただけ。少し休めば大丈夫よ」

母に心配をかけないよう、ラオンは精一杯笑って見せたものの、チェ氏の心配は晴れなかった。

「やっぱりおかしいわ。お医者様を呼んでこよう」

チェ氏は急いで医者を呼んでこようとした。

「ホンさんのお宅ですか?」

そこへ、表から聞き慣れない声がした。チェ氏が窓を開けて見てみると、庭の端の方に見覚えのない老婆が立っていた。

「どちら様ですか?」

チェ氏が尋ねると、老婆は返事をする代わりに、ラオンの顔が見えるところまで近づいてきた。

「ホンさんですか?」

ラオンはきょとんとした顔でうなずいた。

「はい、私ですが」

一体、誰だろう?

ラオンの家に見知らぬ老婆が訪ねてきたちょうどその時刻、旲《ヨン》は丁若鏞《チョンヤギョン》と一緒にいた。

「新しいお住まいが決まりました。日にちが決まり次第、移っていただきます」

「わかりました」

それとなく旲《ヨン》の様子をうかがいながら、丁若鏞《チョンヤギョン》は話を続けた。

「永安府院君《ヨンアンプウォングン》様は官職を離れ、帰郷なさいました」

永安府院君《ヨンアンプウォングン》こと祖父金祖淳《キムジョスン》の近況を聞いて、旲《ヨン》は表情を曇らせた。

「大きな決断をなさいましたね」

「そうなさるほかなかったのでしょう。府院君《プウォングン》様について調べたところ、表に出せない不正が山ほど出てまいりました」

「それは、先の反乱を煽った書信のことですか？」

「さようにございます」

「よく見つけてくださいました」

「書信を届けた者を見つけられたのが幸いでした」

「生きていたのですか？」

「あの騒乱の中を、生き延びておりました」

「お祖父様のお立場は、ますます悪くなられたでしょう」

「安東金氏《アンドンキムシ》一族が権力を握るきっかけになった出来事です。悪くなるどころか、権力の基盤そのものを揺るがす一大事。いえ、今ある権力を根こそぎ奪われかねない重大な事案であることを、安東《アンドン》金氏《キムシ》側もわかっているのでしょう」

旲《ヨン》の口元に、苦い笑みが浮かんで消えた。世子《セジャ》亡きあと、永安府院君金祖淳《ヨンアンプウォングンキムジョスン》はすべての職を辞して朝廷を離れた。対外的には自ら退いたことになっているが、実情はまったく異なっていた。府《プ》院君《ウォングン》は闇の組織、白雲会《ペグネ》に脅されていたのだ。

これまで、府院君《プウォングン》が背後で王とこの国を操ってきたように、白雲会《ペグネ》もまた、府院君《プウォングン》をはじめとする安東金氏《アンドンキムシ》一族に陰から目を光らせていた。その働きにより、府院君《プウォングン》は今後二度と朝廷に戻ってくることができなくなった。権力から遠ざかった府院君《プウォングン》を訪ねる者も、これでいなくなった。屋敷という窓格子のない監獄に囚われたまま、残りの人生を終えることになる。それが、旲《ヨン》が府《プ》院君《ウォングン》に下した罰だった。

因果応報だが、見えない監視の目の中で孤独な囚人として送る余生は死ぬよりもつらいかもしれない。その間に自らを省み、罪を悔いて涙の一つも流せばいいが、あの御仁のことだ、反省するくらいならこちらを呪い殺そうとするだろう。そして、いつか権力の中枢に返り咲く日を夢見て爪を研いでいるはずだ。狭苦しい池に放たれた鯉は、最後の瞬間まで雲上の龍を夢見続けるに違いない。それが見果てぬ夢であるとも気づかずに。

「豊壌趙氏《プンヤンチョシ》の方はどうです?」

「あちらも同様に、かつての勢いを失っております」

「傾いていた錘《おもり》が、ようやく正しい位置に戻ったようです」

「はい。勢いを失った安東金氏《アンドンキムシ》や豊壌趙氏《プンヤンチョシ》一族、そして、世子《セジャ》様が選んだ者たちを均衡よく官職に就かせられたことで、朝廷も少しずつですが落ち着いてまいりました」

安東金氏《アンドンキムシ》と豊壌趙氏《プンヤンチョシ》、さらに科挙試験で新たに選出された官僚たちを遍く官職に就かせることは、旲《ヨン》の長年の夢だった。わずかな間だったが摂政を預かっていた頃、昼夜を問わず邁進した苦労がようやく実り始めていた。

「ところで、世子《セジャ》様」

「何でしょう」

「安東金氏《アンドンキムシ》と豊壌趙氏《プンヤンチョシ》の者たちを、なぜ朝廷に残したのですか?」

するとで、旲《ヨン》はふと笑って答えた。

「先生もご存じの通り、あの者たちは官職を掌握し多くの弊害を生みましたが、中には優秀で任に励む者もおり、また全員を追い出したとしても、濁った水を入れ替えるには一朝一夕とはいきません。僕がすべきことは、断たれた水路をつなぎ、水の流れを作ることです」

「まこと、正しいお考えです」

丁若鏞《チョンヤギョン》は改めて旲《ヨン》の聡明さに感服した。とかく、改革を掲げる者はすべてを一新しようとするものだが、それでは本当の意味での改革にならない。過去を省み、過ちを正す一方で均衡を整えることこそが真の改革と言える。旲《ヨン》の判断力と物事を見極める力は、丁若鏞《チョンヤギョン》の豊富な経験をもってしても驚かされることが多かった。

「それはそうと、チョ・マニョン殿が体調を崩されていると聞きました」

「そのことでしたら、変なものを口にしたことが原因のようです」

「食あたりだったのですか？」

「何でも、日頃から薬菓《ヤックァ》に目がないそうで、どうやら傷んだものを食べてしまったようです。血便が止まらず、厠《かわや》から出てこられないそうです」

旲《ヨン》はくすりと笑った。

「よりによって薬菓《ヤックァ》とは。まさかとは思いますが、この件に先生は関わっていらっしゃいませんよね？」

丁若鏞《チョンヤギョン》は否定した。

「そんなはずはございません」

「そうですか。しかし妙ですね。先日、白雲会《ペグネ》の者が、先生の使いで薬菓《ヤックァ》をひと箱、チョ・マニョン殿の屋敷に届けたと聞きましたが」

丁若鏞《チョンヤギョン》は咳払いをして、観念して言った。

「ささやかなお返しです。かの者が世子《セジャ》様にしようとしたことに比べれば、子どものいたずらにもなりません」

「そのいたずらというのが、ひどい腹下しとは、これほど恐ろしいことはありません」

旲《ヨン》は笑った。

「腹を下すくらいで人間は死にませんので」

丁若鏞《チョンヤギョン》は平然と言ってのけた。

「まだまだ序の口です。一生をかけてじっくり苦しんでもらいます。恐れ多くも先の国王であらせられる世子様《セジャ》のお命を狙った罪は、そう簡単に許されるものではありません。あの者たちが死ぬその日まで、身も心も、魂まで粉砕するつもりです。死んだ方がましだと思うくらいにしてやるつもりです」

「先生を敵に回したら、一生、安心して眠れませんね」

「ご安心ください。私はいつまでも世子様《セジャ》の味方でございます」

「ラオンが僕のそばにいますからね」

丁若鏞《チョンヤギョン》は否定しなかった。昊《ヨン》との縁が深まったのも、ラオンのおかげだ。

「ラオンに感謝すべきことが、また一つ増えました」

「またラオンの話ですか。世子様《セジャ》はいつも、最後はラオンの話をなさる」

丁若鏞《チョンヤギョン》は軽く冗談を言い、声を上げて笑った。ところが、昊《ヨン》はわずかに微笑んだだけで、笑い声を上げることはなかった。しきりに窓の外を見やっているのを見ると、気もそぞろなようだった。

その様子に気がついて、丁若鏞《チョンヤギョン》は昊《ヨン》に尋ねた。

「どうかなさいましたか?」

「それが……」

少し躊躇って、昊《ヨン》が何か言おうとした時だった。

「世子様《セジャ》」

窓の外から声が聞こえ、昊《ヨン》は顔色を変えた。

「入ってくれ」

するると、小綺麗な身なりをした老婆が腰を屈めて部屋に入ってきた。

「どうだった？」

いつもは冷静な昊《ヨン》が、珍しく返事を急かすので、丁若鏞《チョンヤギョン》は昊《ヨン》と老婆の顔を代わる代わる見た。昊《ヨン》と老婆は一切の言葉を交わさず、老婆が無言でうなずくと、昊《ヨン》は飛び上がるように席を立った。その妙なやり取りに、丁若鏞《チョンヤギョン》は目を丸くした。

「世子《セジャ》様、どうかなさったのですか？」

「先生、今日はこれにて失礼いたします」

昊《ヨン》はそう言うと、何か言おうとする丁若鏞《チョンヤギョン》を置いて部屋を飛び出し、踏み石の上に置かれた履物をつっかけて走り出した。

今すぐラオンに会いたかった。早く顔を見なければ、頭がおかしくなりそうだった。気持ちを抑えきれず、一目散に走ったが、ふと立ち止まり、昊《ヨン》は王宮のある方を見た。


『最後にお願いがございます』

『何だ？』

『この宮中で生きる理由をいただきたいのです。世子《セジャ》様がいらっしゃらなければ、わたくしが宮中にいる理由がなくなります。わたくしには、宮中に残る大義名分が必要なのです』

『どうして欲しい？』

ハヨンは昊《ヨン》のそばにより、耳元でささやいた。昊《ヨン》は思わず目を見張った。だが次第に表情が消え、冷ややかに言った。

『それはできない』

『……そうおっしゃると思いました。しかし、わたくしも、ここは引けません』


それが、ハヨンとの最後のやり取りだった。頭上には夕焼けが広がり始めていた。空の果てを映す瞳に、昊《ヨン》は不意に力を込めた。

「薄情と言われても仕方がない。僕には、守るべきものがあるのだ」

短いが強い決意の言葉が風に乗り、宮中に届くことを願いながら、昊《ヨン》は再び走り出した。ただ一人、自分だけを見つめる愛しいラオンのもとへ、昊《ヨン》はひたすらに走った。


「まだ夕方ですよ?」

夕飯を運んできたパンシムの声に、ラオンは目を覚ました。十六になったパンシムは、この隠れ家の台所仕事を手伝いに来ている娘だ。

「最近は、ちょっと目を離すとすぐ寝てしまわれるんですから」

「本当ね」

「どこかお悪いのですか？　皆さんも心配していらっしゃいましたよ」

「すぐによくなると思う」

「私の母は、こんな時はご飯が薬だと言っていました。さあ、食べてください。しっかり食べれば、力が湧いてきますよ」

「ありがとう。いただきます」

ラオンは箸を取った。膳の上には、こんがり焼けた魚と、香りのいい春野菜が並んでいる。いつもならすぐにお腹が鳴るのだが、体調のせいか、今は吐き気がする。

「気持ちが悪いのですか？　下げましょうか？」

「お願い」

「もう、これで何度目ですか」

「よかったら食べて」

ラオンはパンシムに膳を勧めた。

「いりません」

いつもなら喜んで食べるパンシムが、珍しく食べないと言う。

「どうしたの、珍しい」

すると、パンシムは膝歩きでラオンに近寄った。

「実は……」

パンシムは今にも泣きそうな顔になり、ラオンに事情を打ち明けた。しばらくして半べそ交じりの話が終わると、ラオンはうなずいた。

「つまり、何日か前の夜、チョムドルがパンシムの手を握ってきて接吻までしたのに、その後は何事もなかったような態度を取っているのね」

「それだけじゃないんです」

「まだ何かあったの?」

「今度、天安《チョナン》のおばさんが連れて来たソンイという女の子」

「おばさんの遠い親戚だっていう、あの子?」

「はい。お母さんが全羅道《チョルラド》で有名な妓女《キニョ》だそうですが、その母親に似たのか、ソンイも綺麗な子で、チョムドルのやつ、鼻の下を伸ばしちゃって、暇さえあればソンイの周りをうろちょろしてるんですよ。腹が立ったらありません」

「それはチョムドルがよくない。パンシムは何も言わなかったの?」

「もちろん言いましたよ。私の手を握って接吻までしておいて、どういうつもりなのかって。ソンイに目移りしたんじゃないかって、問いつめたんです」

「そしたら、チョムドルは何て?」

「私とのことは何も覚えていないって言われました。もう、私のことなんてどうでもいいんでしょうね」

パンシムは時折涙ぐみながら話していたが、それを言うと、とうとう泣き出してしまった。

「チョムドルのやつ、もう許せない」

ラオンも腹を立て、パンシムに耳打ちをした。

「本当に、それで変わりますか？」

「男の嫉妬は女の嫉妬より怖いの。私が言った通りにやってみて。チョムドルはきっと、後悔するはずだから」

パンシムは今すぐに試してみたくなった。

「善は急げ。早く行って」

「でも、お嬢さんのお食事がまだ……」

「これくらい、自分で片付けられるから」

「本当にいいんですか？」

「大丈夫。ほら、行って」

ラオンはパンシムの背中を押した。

「でも、天安《チョナン》のおばさんが知ったら叱られます」

「もたもたしていたら、ソンイにチョムドルを取られるかもしれないわ」

その一言に、パンシムは大慌てで部屋を飛び出していった。そんなパンシムの後ろ姿を、ラオンは微笑ましく見送った。

「ちゃんと食べているのか？」

「世子《セジャ》様！」

パンシムと入れ替わりで炅《ヨン》が現れると、ラオンの顔には花が咲いた。

「いついらしたのです？」

「ついさっきだ」

昊《ヨン》は今しがたまで座っていた縁側を指さした。そこからパンシムとラオンのやり取りを見守っていたのだ。

「いらしたなら言ってくだされぱいいのに」

「どうせ話の邪魔をするなと言うくせに」

ラオンはばつが悪そうに舌先をのぞかせた。悩みを聞く時は、相手の悩みが解決するまでその人に寄り添うのがラオンのやり方だ。

「パンシムの悩みは解決したのか？」

「大したことではありませんでした。チョムドルがパンシムの気を引くために、いろいろやっているようです」

「それで、お前はどう助言したのだ？」

「無視するように言いました」

「何？」

「年頃の娘の手を握ったうえに接吻までしておいて、何もなかったように振る舞われているのですから、こちらも何事もなかったように過ごすほかないではありませんか」

「そんなことをして、チョムドルの気持ちが離れてしまったらどうする？」

「心配はいりません。そのようなことには絶対になりませんから」

「どうしてそう言い切れる？」

ラオンは手で口を隠して笑った。

「だって、この間はチョムドルが訪ねてきて、どうすればパンシムと仲良くなれるか教えてくれと聞かれたんですもの」

「そうだったのか」

「ですからわたくしは、やきもちを焼かせるように言いました。ソンイという娘に気があるふりをしているのは、そのせいです」

「しかし、そうしているうちにソンイという娘に気持ちが移ったらどうする？」

「世子様《セジャ》、両想いになるために一番大事なことは何だと思いますか？」

「そんなの、気持ちに決まっているではないか」

「その通りです。では、次に大事になるのは？」

「次に？　何だ？」

「やきもちです。互いの心をぴたりと合わせるには、時を味方につける必要があります。今は関心のないふりをして、相手の具合を見極めた方がいい時なのです。いずれ痺れを切らしてチョムドルがここへ来たら、その時はびしっと決めるように言うつもりです」

なるほど、と、旲《ヨン》はうなずいた。

「しかしだな、男というのは目の前のものに心を奪われやすい。隙は与えないに越したことはないぞ」

「世子《セジャ》様もそうなのですか?」

「何が?」

「目の前にいなかったら、すぐに目移りしてしまわれるのですか?」

「さあ、どう思う?」

ラオンは少し考えて、にこりと笑った。

「笑ってないで答えろ。どうだ、僕はどう見える?」

「言いません」

「何?」

「世子《セジャ》様のお気持ちを、どうしてわたくしに聞くのです? 世子《セジャ》様のお気持ちなのですから、世子《セジャ》様がお答えください」

ラオンがいつになくきっぱりと言うので、旲《ヨン》は少し驚いた。だが、すぐに真剣な面持ちで言った。

「この三つだけは、はっきり言える。お前と出会ってから、僕はよそ見をしたことがない。ほかの女人に触れたこともない。そしてこれからも、そんなことは絶対にしない」

「人のことは誰にもわかりません。世子《セジャ》様のお気持ちだって、この先どうなるか誰にもわからないのに、言い切ってしまわれるのですか?」

「僕のことが信じられないのか?」

「さあ、どうでしょう」

ラオンがそっぽを向くと、旲《ヨン》はいたずらっ子のように笑った。

「そうか。お前がそういう態度を取るなら仕方がない」

「仕方がないとは、どういう意味です？」

「本当は大事な話があったのだが、もういいということだ」

「そうですか」

売り言葉に買い言葉のつもりだったが、どうも昊《ヨン》の様子がおかしかった。ラオンは申し訳ない気持ちになり、昊《ヨン》のそばに寄った。

「真面目なお話ですか？」

「そうだ」

「本当に？」

「世子《セジャ》はうそをつかない」

死んだふりをしておいて、という言葉を飲み込んで、ラオンは昊《ヨン》の目を見て聞いた。

「どういうお話ですか？」

「言わない」

「気になります。おっしゃってください」

「嫌だ。教えるものか」

「そうおっしゃらずに」

「嫌だと言って……」

不意に、ラオンが昊《ヨン》の唇を奪った。薄く開いた唇の間から、吐息が漏れる。体を溶かすような温もりが、肌の匂いと共に鼻腔に広がり、今のやり取りなどどうでもよくなって、昊《ヨン》はラオンが欲しくなった。このまま、肌の甘い匂いに吸い込まれ、いっそラオンの体の一部になってしまいたいとさえ思った。

「さ、これで話していただけますね」

ラオンは昊《ヨン》から離れて、意地悪をするような目で昊《ヨン》を見て笑った。昊《ヨン》も声を出して笑った。純粋で可愛い少女のようだとばかり思っていたが、いつの間に逞しくなったものだと思った。どうだと言わんばかりの自信に満ちていて、昊《ヨン》は、それなら自分も、と胸を張った。

「仕方がない。今日だけ特別に教えてやる」

もったいぶる昊《ヨン》の目を、ラオンは一層強く見つめた。すると、昊《ヨン》はラオンの耳元に耳打ちをした。

「え?」

ラオンは思わず声が裏返った。

「懐妊って、どういうことです?」

私が、懐妊?

混乱するラオンの耳元で、昊《ヨン》が再びささやいた。

「ありがとう」

ラオンはきょとんとした顔をしている。だが、昊《ヨン》の心からの感謝の言葉を聞いて、自分の腹に視線を移した。

私が妊娠した。今、このお腹の中に、新しい命が宿っている。

最近、体が重かったのは、そのためだったのか。鈍くてなかなか気づかない母親に、子どもの方が伝えていたのだ。自分がここにいることを。

ラオンは鼻の先がつんとなり、目頭が熱くなった。

「どうだ？」

「どうって？」

「母親になる気分だよ」

「世子《セジャ》様はどうなのです？　父親になるって……どんな気分ですか？」

すると、旲《ヨン》は少しも躊躇うことなく言った。

「うれしい」

「どれくらい、うれしいですか？」

「この世のすべてを手に入れても、この喜びには勝るまい」

そう言って、心から喜ぶ男の顔を、ラオンはじっと見つめた。私が恋した人。世界にたった一人の、私の夫。

この人を、私は自分のすべてで愛した。そして、一人の男の愛に触れ、この上ない幸せを知った。生きていると、時に不幸に見舞われ、孤独で、立ち直れないほどつらい日もある。でも、ある日、ある時、偶然の出会いによって思わぬ幸せが訪れることもある。

ラオンは自分の腹にそっと手を当てた。

「わたくしも、うれしいです。この世のすべてを手に入れるより、もっと、ずっとうれしいです」

胸の高鳴りが聞こえてくるようだった。人生には、思わぬところに思いもしない幸せが隠れているらしい。二度と戻らない、今日というかけがえのない日。つらいことも、悲しいことも、この瞬間が積み重なって、私の人生は紡がれていくのだろう。

だから今日は、昨日より幸せでいよう。そうすればきっと、明日はもっといい日になる。

笑顔で見つめ合う昊《ヨン》とラオンの顔は、月明りのように明るかった。

月明り雲に覆われて
浅き眠りの寂しさよ
生きるともなく生きる運命《さだめ》と
君への愛を胸に隠して

暗き夢 頬泣き濡れて
目覚めれば悲しい月夜
去るともなく去らざる運命《さだめ》と
君への恋しさ胸に忍ばせ

月明り雲に描かれて
頬を撫でるは麗らかな春の風

愛し愛され
恋い 恋われ
我ら共に 永遠《とわ》に生きたし

十六　月の国（上）

水原城《スウォンソン》から馬で東南に一時ほど走ったところに槐《えんじゅ》の森がある。ひと抱えもあろう古木が茂るその森の中を進んでいくと大きな湖に出るのだが、湖のちょうど中央に人が作ったような島がある。そこには見る者の溜息を誘う美しい一軒の屋敷があり、その屋敷には舟で行くか、湖にかかる雲の橋を渡るしかない。

夏の初め、各人各様の出《い》で立ちをした者たちが雲の橋を渡って屋敷に向かった。年齢も性別もまちまちのその一行は、それぞれの分野では右に出る者がいない白雲会の腕利きたちだ。島に到着すると、皆ぞろぞろと大きな門をくぐって屋敷の中に入っていった。

今日は月に一度の白雲会《ペグネ》の会合の日だ。屋敷に着くと、人々は『紅雲《ホンウン》』と書かれた額の下を通って奥の間に進んだ。紅雲《ホンウン》とは王宮のまたの名でもあり、皆、緊張した面持ちで各々いつもの席に着くと、しばらく無言で挨拶を交わし合った。

全員がそろって間もなく、二回ほど手を叩く音がして、十一間の広い部屋の戸が開いた。重々しい雰囲気の中、皆は立ち上がって天翼《チョルリク》をまとった旲《ヨン》を迎えた。澄んだ眼差しや端正な顔立ちは宮中にいた頃のままだが、気高く繊細な美しさを兼ね備えた旲《ヨン》の姿は、まるで天人の化身のようだった。旲《ヨン》が一歩踏み出すごとに両脇の人々が頭を下げ、旲《ヨン》はその間を通って上座に向かった。

「座ってくれ」

昊《ヨン》が椅子に深く腰掛けると、手前にいる者から順に座っていった。すると、昊《ヨン》の一番近くに座る丁若鏞《チョンヤギョン》が前に進み出て、開口一番に言った。

「江原道《カンウォンド》の北部では、この春から続く日照りのせいで、飢饉にあえぐ民があとを絶たないそうです」

「その話なら、先月から聞き及んでいます。飢える民には配給を行い、収穫の時期が来たらその分を納めるよう朝廷もいち早くお達しを出していましたが」

「そのことですが、現地の官衙《クァナ》では、それが守られておりません」

「では、民に配給が届いていないということですか？」

昊《ヨン》は怒りを露わにした。

「江原道《カンウォンド》に直ちに白雲会《ペグネ》の人を送り、各官衙《クァナ》で行われている不正を明らかにし、責任者の名簿を作ってください。飢餓にあえぐ民の苦しみがどれほどのものか、思い知らさなければなりません」

「かしこまりました」

丁若鏞《チョンヤギョン》は一安心した。目には目を、歯には歯を。これで、民を見殺しにする官吏を懲らしめ、民を飢えから救うことができる。

「次は？」

今度は若い男が進み出て昊《ヨン》に報告をした。

「咸鏡道《ハムギョンド》の観察使《クァンチャルサ》キム・イクスの所業が目に余ります」

「キム・イクスは確か……」

「はい、府院君金祖淳《プウォングンキムジョスン》様の下で刑曹判書《ヒョンジョパンソ》を務めた者ですが、府院君《プウォングン》様が朝廷を退かれてからは咸《ハム》鏡《ギョン》道《ド》に左遷されておりました」

「懲りない男だ」

昊《ヨン》は丁若鏞《チョンヤギョン》に言った。

「誰か、行ける人は？」

「咸鏡道《ハムギョンド》でしたら、ちょうど前任の会主《フェジュ》がかの地におりますので、すぐに知らせを出しましょう」

「ビョンヨンが、咸鏡道《ハムギョンド》にいるのですか？」

「さようにございます、世子《セジャ》様」

「しばらく顔を見せないので、どうしているのかと思っていましたが」

昊《ヨン》が顔を曇らせたので、丁若鏞《チョンヤギョン》は心配になった。

「どうかなさいましたか？　ほかにお託があれば申し伝えますが」

「いいえ、何も」

特に用事があるわけではなかったが、帰りがあまりに遅いのが気がかりだった。世子《セジャ》亡きあと、ビョンヨンは白雲会《ペグネ》の会合で民の窮状が報告されるたびに各地へ飛び、貪官汚吏《たんかんおり》に懲罰を与える役目を担っていた。それは昊《ヨン》も承知していたことだが、今回はひと月が過ぎても戻ってきていない。

昊《ヨン》が友の身を案じているのを察して、丁若鏞《チョンヤギョン》は冗談を言った。

「ところで世子《セジャ》様、近頃、前の会主《フェジュ》に妙なあだ名ができたそうですが、ご存じですか？」

「ビョンヨンに、あだ名が？」

「はい。いつも笠を被っているので、苗字のキムに笠をつけて、金笠《キムサッカ》と呼ばれているそうでございます」

「金笠《キムサッカ》？」

昊《ヨン》は大笑いした。

「それはいい。あいつが知ったらどんな顔をするか、見ものだな」

「それだけではありません。周囲に気づかれないよう酔ったふりをしたり、お代の代わりにと詩を残したりしているそうです。そのせいで、今では風流詩人と言われているとか」

「風流とは程遠いあいつが？」

一同から笑いが起こった。その後も報告は続き、そのたびに机の上に書類が増えていった。ひと通り報告が終わると、今度はまた別の書類の山が運ばれてきた。金の刺繍糸がついているのは、王の直筆であることを意味する。昊《ヨン》はさっそく書類を広げ、一つ一つに丁寧に書き込み始めた。

しばらくして昊《ヨン》がようやく最後の書類を見終えると、一人の宦官が近づいて書類をまとめ始めた。チャン内官だ。相変わらず明るい笑顔を湛えるチャン内官に、昊《ヨン》は目で挨拶をして言った。

「父上はお変わりないか？」

「お元気にしていらっしゃいます」

世子《セジャ》の死の知らせを受け、王はこの世の終わりのような絶望に打ちひしがれた。ところが数日後、チャン内官から内々に手渡された文《ふみ》を受け取ると、突然、笑い出した。

「何という親不孝者よ」

笑いながら涙を流す王の姿を見た者たちは、我が子に先立たれた悲しみで気が触れてしまったのだろうとうわさしたが、王はそんな周囲の様子にも気づかないほど我が子の無事を喜んだ。それからというもの、白雲会《ペグネ》の会合が近づくと、王は国事について書状をまとめ、それをチャン内官に託して旲《ヨン》の意見を求めている。旲《ヨン》は自分と父の仲介役を担うチャン内官を労《ねぎら》った。

「チャン内官にも、苦労をかけるな」

「およしくださいませ。これはわたくしの務めにございます」

「大変なことはないか?」

「そのようなことはございません。わたくしばかりご指名なさる明温公主様《ミヨンオンコンジユ》と、今度のことで、わたくしの真の力に気がつかれた王様の厚い信頼を一身に受ける身としては体が二つ欲しいところですが、仕方ありません。すべてはこの黄金の手を持って生まれたわたくしの運命《さだめ》でございます」

チャン内官が誇らしそうに両手を広げて見せるので、旲《ヨン》は思わず笑ってしまった。

「男は女次第と言うが」

白雲会《ペグネ》の会合が行われている部屋の外では、白い官服姿の男たちが控えていた。その中にはもちろん、ト・ギとサンヨルの姿もある。旲《ヨン》が見たこともない顔で笑っているのを見て、ト・ギは信じられない思いで首を振った。そんなト・ギに、サンヨルが言った。

「恋をすると、みんなああなるものさ」

「ずいぶんわかったようなことを言うじゃないか。好きな女でもできたのか？」

「馬鹿を言うな。いるわけないだろう」

サンヨルはむきになってト・ギを睨んだ。

「怒るなよ。言ってみただけだ。それよりサンヨル、俺の新作はもう読んだか？」

「そうだ、そのことでト内官に聞こうと思っていたのだ。今度の本のことだが」

サンヨルは周りを確かめて、ト・ギに耳打ちをした。

「あれは誰の話だ？」

「誰の話でもいいではないか。面白ければ何でもいいのよ」

「そうは言っても、気になってな。まるで世子《セジャ》様とホン殿のことのようだ」

「しっ！　人に聞かれる！」

ト・ギは丸みのある手で慌ててサンヨルの口をふさいだ。

「まさかとは思ったが、やっぱりそうだったのか？　一体どういうつもりであのような本を書いたのだ？」

中の様子をうかがいながら、サンヨルは怯えた顔で言った。

「ホン殿のおかげで世子《セジャ》様の覚えも明るく、おかげでいい思いもさせてもらった。だが、宦官は宦官だ。あの本のことが、もしあの方たちの耳に入ったら……」

世子《セジャ》のこととなると人が変わる前の判内侍府事《パンネシブサ》パク・トゥヨンと、前の尚膳《サンソン》ハン・サンイクの姿が浮かび、サンヨルは身震いした。

「大丈夫だよ。お前が言わなければ、誰にもばれることは……」

「ト内官様！」

ト・ギの話を遮ってひょっこり現れた白い顔に、ト・ギとサンヨルは驚いて首をすくめた。

「ホン殿！」

「驚かさないでください！」

ほっと胸を撫で下ろす二人に、ラオンは言った。

「そんなに驚いて、どうなさったのです？」

「いや、別に何があるわけでは……」

ト・ギはもごもごと苦笑いを浮かべた。

「しかしホン殿、しばらく見ないうちに、ますますお美しくなられましたね」

それを聞いて、ラオンは改めて自分の装いを見た。布をふんだんに使い、裾に金箔の模様をあしらった裳《チマ》がふわりと広がった。梅の花を刺繍した上衣に、丁寧に編んだ髪を金箔の模様入りの紐で結んで花の簪《かんざし》を差した姿は、名家の令嬢と見紛うほど美しく品がある。

「この服も髪飾りも素敵で、私にはもったいないくらいです」

すると、ト・ギはぶるぶると頬を揺らして言った。

「いやいや、装いのことを言ったのではありません。服はもちろんですが、ホン殿ご自身がお美しいと言ったのです」

「そうですか？」

「ええ、そうですとも。なあ、サンヨル」

ト・ギが顔を向けると、サンヨルも聞くまでもないと言わんばかりに力強くうなずいた。官服を着ていた時も端正な顔立ちが際立っていたが、女の姿をしたラオンは見違えるほど美しい。旧友の二人に褒められて、ラオンは赤くなった。

そんなラオンを遠慮がちに見ながら、ト・ギが言った。

「ところで、ホン殿。何か用事があったのではありませんか？　世子《セジャ》様にご用なら……」

「そうだ、すっかり忘れるところでした。ト内官様にうかがいたいことがあって来たのです」

「俺にですか？」

「ト内官様の新しい本ですが、あれはまさか、私と世子《セジャ》様のお話ではありませんよね？」

ラオンは本をト・ギに見せながら言った。

「あ、いや、それは……」

ト・ギはとぼけたように笑って言った。

「ばれましたか」

「最初の数枚を読んだだけで、すぐわかりました」

これはごまかせないとわかると、ト・ギは青くなった。

「今すぐ全部回収して、火をつけて燃やしますので、今度だけは大目に……」

「とても面白かったです。特にここ、二人が出会うくだりには私も笑いました」

その思いも寄らない一言に、ト・ギは一転、喜色を浮かべた。

「わかっていただけましたか！　そうなのです。そこが一番、難儀でした。ちなみに、このくだりもかなり力を入れたのですが、もう読まれましたか？」

気をよくしたト・ギは、うきうきしながら本の中身を説明し始めた。ところが、最後の一枚を残したところで、それまで楽しそうにト・ギの話を聞いていたラオンが、不意に顔を曇らせた。

「ト内官様、この最後の場面ですが、ここだけは好きになれません」

「なぜです？」

「悲劇で終わらせてどうするのです。最後は、死んだと思っていた男が実は生きていて、恋人のもとへ戻り、二人は末永く幸せに暮らした設定にしていただかないと」

「ホン殿は何もわかっていらっしゃらない。胸が苦しくなるほど切ない涙があってこその芸術ではありませんか」

「いいえ。愛の結末は幸せであって欲しいです」

「先に逝ってしまった恋人を、生涯、思い続けて生きるのも幸せだと思いますけどね。その人はいなくても、その人との思い出は永遠に生き続けるのですから」

「そのような理屈はいりません。最後の場面は書き直してください」

「そうはいきません。ホン殿は芸術が何たるかをわかっていないから、そのようなことを言うのです」

「ここで何をしているのです？」

そこへ、聞き覚えのある声が聞こえてきた。ラオンはぎくりとなり、おもむろに振り向くと、案の定、そこには前尚膳《サンソン》ハン・サンイクと前判内侍府事《パンネシブサ》パク・トゥヨンがいた。二人並んでこちらを睨む姿は、さながら死に神のようだとラオンは思った。

「お、お二人もいらっしゃったのですか？」

笑顔を引きつらせるラオンに、パク・トゥヨンはさっそく小言を言った。

「今日は早くおいでくださるようにと、あれほど念を押したではありませんか」

「早く行こうと思ったのですが、出る間際に急な用事ができてしまって……」

「おや、これは？」

ハン・サンイクはラオンの手から奪うように本を取った。

「千年の恋？」

ハン・サンイクの目がますます鋭くなった。

「昔から子を宿した女人は、横にならず、まっすぐ座り、片足で立たず、食べ慣れない食べ物を控えるように言われています。落ち着きのない色は避け、悪い話は耳に入れず、お腹の子にいいものだけを目にすべき時なのです。それなのに、このような俗っぽい本など」

ラオンの懐妊がわかってから、老人たちは胎教に熱心になっている。

「これは私が預かります」

ハン・サンイクは本を懐《ふところ》にしまい、ついて来いというようにラオンに目配せをした。

今日も長い一日になりそう……。ラオンは肩を落とした。

「わかりました。行きます」

ラオンは最後にト・ギに念を押した。

「ト内官様、最後のところは書き直してくださいね。約束ですよ」

「いやしかし、芸術を芸術たらしめるのは……」

「書き直してくださるなら、手印をして差し上げます」

ト・ギは途端に顔色をよくした。

「書き直しましょう。あの結末はどうもしっくりこなかったのです。今すぐ書き換えます」

ト・ギの変わり身の早さに、サンヨルは呆れて溜息を吐いた。

「おい、サンヨル、どうしてそんな目で見るのだ」

「聞くまでもないだろう」

「いいや、わからん」

「なら一生わからないままいろよ」

背後で新たな言い合いが始まる中、ラオンは老人たちのあとを追った。


母屋から一番近い離れに、ラオンは暮らしている。庭には人の歩幅に合わせて石が並べられていた。妊婦の歩き方を覚えるようにと、幾日か前にパク・トゥヨンが置いたものだ。置き石の先に立つ老人たちに見守られる中、ラオンは置き石の上を歩き始めた。いつか王宮の后苑《フウォン》にある砭愚榭《ピョムサ》でも置き石の上を歩いたことがあった。士大夫《サデブ》の上に立つ者として歩き方にも威厳がなければならないと、世子旲《セジャヨン》の歩き方の練習のために用意された置き石。その石の上を歩き、歩幅が合わずに転びそうになった時、旲《ヨン》が支えてくれた。あの時はまだ、楽に歩けたのに……。

当時を懐かしんでいると、パク・トゥヨンの咳払いが聞こえてきた。胎教に集中するように目で言いつけて、老人たちは離れの中に入っていった。二人とも、今日はやけに急かしてくるなと思いながらラオンも中に入ると、見慣れない女人たちが頭を下げて出迎えた。

「この方たちは？」

ラオンが尋ねると、ハン・サンイクとパク・トゥヨンの代わりに、一番前にいた女人が答えた。

「開城《ケソン》で女だけの商団を束ねております、行首《ヘンス》のイ・ジョンヨンと申します」

自らを行首《ヘンス》と名乗ったその女人は、女人とは思えないほど低くかすれた声をしていて、口調や佇まいから、豪快で肝の据わった男勝りという印象を受ける。

「ホン・ラオンと申します。ここへは、どういうご用件で？」

戸惑うラオンをよそに、パク・トゥヨンは行首《ヘンス》の女に言った。

「頼んだものは用意できたか？」

「はい、パク様。お申し付け通り、最上の品をそろえてございます」

女はパク・トゥヨンに軽く頭を下げて、後ろの女人たちに目配せをした。すると、女たちは一度表に出て、それぞれに大小様々な包みを抱えて再び中に入ってきた。

「こちらは昨夜、清国から仕入れたばかりの絹でございます」

「俄羅斯《おろしゃ》の有名な職人が作った香料でございます」

「昨日、仕上げたばかりの指輪と胸飾り、それに簪《かんざし》でございます」

「ちょ、ちょっと待ってください。一体、何なんですか？」

何の前触れもなく高価な品々を見せられて、ラオンは当惑した。すると、パク・トゥヨンは目を三日月のように細めて言った。

「今日からしばらく、胎教の授業はお休みにします」

「本当に、いいのですか？」

やっと解放される。ラオンは喜色を浮かべた。

「その代わり、今日からほかの準備に取りかかっていただきます」

「ほかの準備？」

今度は何をさせるつもり？　張り切る老人たちに、ラオンは眩暈《めまい》がしそうだった。


長い一日が終わり、昊《ヨン》はラオンのいる離れに向かった。一日中、会いたい気持ちを抑えて任務をこなしていたので、やっと会えると思うと自ずと足も速くなった。

「ラオン、ラオン」

昊《ヨン》は中に入るまで待ちきれず、離れの庭に入るなりラオンを呼んだ。いつもなら部屋の中から顔を出して出迎えてくれるのだが、今日は返事もしない。寝ているのかと思いながら、表まで灯りの漏れる部屋の中へと急いだ。

離れの中に入って見ると、ラオンは昊《ヨン》が帰ったことに気づかないほど針仕事に没頭していた。

「返事がないから寝ているのかと思ったら」

「あ、おかえりなさい、世子様《セジャ》」

ようやく昊《ヨン》に気づき、ラオンは立ち上がった。

「この夜更けに、何をしているのだ？」

「これが終わらなくて」

ラオンはそう言って、まだ途中の刺繍を昊《ヨン》に見せた。

「明日、明るいうちにやればいいではないか」

「明日は明日の分があるものですから」

「明日も？」

昊《ヨン》はがっかりした。夜はゆっくりラオンと過ごせると楽しみにしていたが、ラオンはまた刺繍に集中してしまい、こちらには目もくれない。

「ラオン」

「はい、世子様《セジャ》」

返事をする声は優しいが、目は手元の刺繍を見たままだ。

「ラオン」

「はい」

「いつから刺繍などするようになったのだ?」

寂しさから、つい口調が強くなった。

「どうなさったのです?」

「せっかく帰ってきたのに、僕を見向きもしないではないか。もういい、自分の部屋に行く」

「………」

「いいのか?」

「わたくしも、世子《セジャ》様とゆっくりお話がしたいです。でも、できないのです。明日までにやらなければいけないことが山ほどあって。夜のうちに刺繍を終わらせておかないと、明日は産着作りが待っていますので」

「ならばその次の日に作ればいいではないか」

「明後日は布団作り、その次の日は……」

やるべきことを指折り数えて、ラオンは溜息を吐いた。

「大変です」

「何が?」

「母親になるって、想像以上に大変なことでした」

「誰がお前に刺繍をしろと言った? 布団だって、人に頼めばいいではないか」

「生まれてくる我が子が最初に着る服です。布団も、親が愛情を込めて作ったものを使えば、子が丈夫に育つのだそうです」

「そうなのか」

今度は昊《ヨン》が溜息を吐く番だった。ラオンは再び針仕事に取りかかり、昊《ヨン》は動き続ける針をじっと見ていた。だが、見ているうちに、それがラオンを苦しめる仇のように見えてきて、昊《ヨン》は堪らずラオンから針を取り上げた。

「貸してみろ」

「世子《セジャ》様」

「これくらいなら、僕にもできそうだ」

「手先を使う仕事です。このような繊細な作業は、男の人には無理です」

「繊細か。それなら心配はいらない。僕は楽器も奏でるのだから、これくらい朝飯前だ。お前が無理をしたら、お腹の子に障る。僕がやるから、少し休むといい」

「でも」

「世子《セジャ》の言うことが聞けないのか?」

昊《ヨン》に言われ、ラオンは仕方なく針仕事を任せることにした。

「お前は楽に座って、胎教にいいという童蒙先習でも読んだらどうだ。お腹の子に聞かせてやるのだから、しっかり読むのだぞ」

「はい、しっかり読み聞かせます」

二人は同志のように見つめ合い、それぞれやるべきことに取りかかった。

「天地之間、萬物之衆、惟人最貴、所貴乎人者、以其有五倫也。天と地の間に存在するあらゆるものの中で、人はもっとも貴く……」

「あっ！」

「……人が貴い所以は五つの倫を持つためである」

「痛っ！」

「世子《セジャ》様！　血が出ています」

「大丈夫だ。針に慣れていないだけだから、心配するな」

「本当におできになりますか？」

「見くびられては困る。この手で玄琴《コムンゴ》も弾いてきたのだ。あの繊細な弦に比べれば、この小さな針など何でもない。それより、本の続きはどうした」

「孟子曰、父子有親、君臣有義、夫婦有別……」

「ああっ！」

「世子《セジャ》様、それでは指が穴だらけになってしまいます」

「いいから、僕を信じろ」

人も草木も寝静まる頃、障子紙に映る二つの影を、白い月明りが優しく照らしていた。

十七　月の国（中）

咸鏡道《ハムギョンド》は端川《タンチョン》のとある村の官衙《クァナ》の前に、人だかりができていた。

「どうにかならないのか」

「あれじゃ死んじまうよ」

「お父さん、オンニョンのお父さん、死んじゃだめだよ。誰か助けてやって」

すすり泣く者や助けを求める者たちの声が飛び交い、一帯は騒然としていた。その声は官衙《クァナ》の中まで聞こえるほどで、使道《サト》は塀の外を不快そうに睨んだ。

「騒がしいぞ！」

官衙《クァナ》の広い板の間から使道《サト》は声を荒げ、目の前で板に縛りつけられた罪人の男に再び視線を戻した。

「卑しい虫けらめ」

使道《サト》は吐き捨てるようにそう言って、下役の男たちに命じた。

「手加減するな。刑を始めよ！」

「刑を始めよ！」

上役に命じられた吏房《イバン》がさらに下の者に命じると、罪人の尻に大きな平たい棒が振り下ろされた。

男は激しい痛みに悶絶しながらも、使道《サト》に必死に許しを乞うた。

「お許しください、使道様《サト》。痛くて死にそうです」

「許せだと？　だったらなぜ税を納めない？」

「納めなかったのではなく、納められなかったのです」

「黙れ！　誰に向かって口答えをする気だ。国が厳しく定める税を納めず、無事で済むと思ったか？」

「使道様《サト》もご存じの通り、去年からの日照り続きで、私のような貧しい小作は税はおろか、家族で食べることすらままなりません。どうか、今回だけお許しください。お許しいただければ、秋には二倍に、いえ、三倍にして納めます」

「貴様はまだ己の罪がわかっていないようだな。何をしている！　こやつを打ちのめせ」

再び刑が執行され、男は肉が裂けるような痛みに悲鳴を上げたが、無情にも刑が中断されることはなかった。

「待て！」

途中、使道《サト》は刑を止めて改めて男に尋ねた。

「どうだ、税を納める気になったか？」

「だ、出せるものなら……百回でも出しました……。本当に、一文もないのです。家財も……金になるものは全部売ってしまって……もう何も……何も残っていないのです……使道様《サト》、何も……」

息も絶え絶えに訴える男に、使道《サト》は下卑た笑いを浮かべて言った。

「まだあるではないか」

「まだ……？」

「お前には年頃の娘がおるそうではないか。ちょうど官衙《クァナ》では人手が足りておらん。どうだ、娘をここへ寄こすと言うなら、見逃してやってもいいぞ」

「使道《サト》様！」

それを聞いて、男はようやく気がついた。最近急に使道《サト》からの嫌がらせが始まったのも、この罰も、長女のオンニョンが目当てだったのだ。男は気が触れたように訴えた。

「使道《サト》様、それだけはご勘弁ください！　オンニョンは十四になったばかりでございます。まだ子どもでございます」

「十四なら、もう立派な大人の女ではないか」

「お願いでございます。娘だけはお見逃しを……」

「話のわからんやつだ」

使道《サト》は鬼のような形相になり、再び吏房《イバン》らに命じた。

「打て！　容赦はするな！」

その日、男は女房に背負われて帰っていった。その様を見守っていた人々は、男が再び歩けるようになるまで、少なくとも三月はかかるだろうと涙ぐんだ。

「あの小作も、これでわかったでしょう。もう数日もすれば、向こうから娘を差し出してくるはずです」

官衙《クァナ》の奥の一室。使道《サト》がそう告げると、咸鏡道《ハムギョンド》観察使《クァンチャルサ》キム・イクスは本に目を留めたままうなずき、金の入った包みを投げた。

「大義であった。これで下の者たちを労《ねぎら》ってやれ」

「そんな、このようなお気遣いをされては……」

口ではそう言いながら、使道《サト》はするすると金の包みを引き寄せて袖の中にしまった。

「下がってよいぞ」

「それでは、私はこれで」

使道《サト》が出ていくと、キム・イクスは本を閉じて忌々しそうに一点を見つめた。

「これだから馬鹿は嫌なのだ。世の中のことがまるでわかっていない」

小作の男を思い浮かべるだけで、キム・イクスは吐き気がした。

「小作で一生を終える所以よ」

あれほど嫌がらせをすれば普通なら気がつくものだが、それができないから痛い目に遭うのだ。

「しかしあの娘、生娘にしてはなかなかだった」

村で偶然見かけたオンニョンの姿を思い出し、キム・イクスは思わず舌舐めずりをした。あと数日もすれば、あの娘を好きにできる。娘の白い肌を想像するだけで下腹部が熱くなってきた。今夜はもう寝よう。

その時、ふと誰かに見られているような気がした。このところ朝起きると決まって枕元に書置きがされている。書置きには、これまでのキム・イクスの悪事の数々がびっしりと記されていた。初めは誰かのいたずらだろうと思っていたが、翌日も同じことが続くとさすがに腹が立った。だが、それが三日、四日と続いてひと月近くになると、今度は得体の知れない相手への不安と恐怖に夜ごと苦しむようになった。

「よく見張っておけよ」

キム・イクスは外の見張りにきつく言いつけて布団に入った。見張りの数を増やしたおかげで、今夜は安心して眠れそうだった。横になって枕に頭を乗せると、すぐに睡魔が襲ってきた。

ところが、キム・イクスが眠って間もなく、部屋の中にどさっと重みのあるものが落ちる音がした。飛び起きて目を凝らすと、すぐそばに大きな白い包みがあった。

「何だ、これは？」

袋の中で、何かがうごめいている。キム・イクスは、腰を抜かしそうになりながらも、恐る恐る包みを開いた。すると、中から縄で縛られた使道《サト》が出てきた。

「使道《サト》ではないか。どうしたのだ？」

使道《サト》は腫れ上がった唇をやっと動かして言った。

「この部屋を出てすぐに、何者かに襲われました」

「襲われた？」

官衙《クァナ》の中で使道《サト》を襲うという、そんな大それたことができるのは一人しかいない。毎晩、枕元に書置きをして行く得体の知れない相手。

「この私を愚弄するとは、いい度胸だ」

キム・イクスは怒りに震えた。

「どこのどいつかは知らんが、見つけたらひねり潰してくれるわ」

その声に応えるように、笠をかぶった長身の男が部屋に入ってきた。

「何やつ!」

男は答える代わりに、体を縛られた使道《サト》をあごで指した。

「き、貴様……」

とっさに人を呼ぼうとして、キム・イクスは凍りついた。首元に感じるひんやりとした感触。男はいつの間にか、キム・イクスの首に剣を突きつけていた。顔を見ると、男は口の前で人差し指を立てて声を出すなと無言で警告してきた。男の目はぞっとするほど冷たく、まるで虫けらのような目でキム・イクスを見ている。キム・イクスは思わず顔を背けた。部屋の外では数を増やしたばかりの守衛たちが倒れていたが、キム・イクスは知る由《よし》もなかった。

「望みは何だ?」

「自分が犯した悪行の数々を悔い改め、自ら職を辞すのだ。お前の財産はすべてこの村の人々に分け与え、田舎に戻って静かに暮らせ。お前が助かる道は、それしかない」

キム・イクスはとっさに首を振った。府院君《プウォングン》の突然の辞任で拠り所を失い、ついにはこんなど田舎にまで左遷されてしまった。それだけでもはらわたが煮えくり返る思いをしているというのに、やっと集めた財産を村人になど分け与えてたまるか。

キム・イクスは悔しそうに男の顔を睨んだ。自分の人生が一夜にして崩れようとしているのを感じた。不正に手を染めた人間は星の数ほどいるのに、どうして自分ばかりこんな目に遭うのか、悔しくてならなかった。

このままでは何もかも失うことになると考えたキム・イクスは、男に取引を持ちかけた。

「誰の差し金だ？　いや、それより、いくらもらった？　言えばその十倍出そう。お前は私の金を受け取り、お前を差し向けた者を殺すのだ」

すると、笠の男はさらに冷えた目で言った。

「どこまでも救いようのない男だ」

その声を聞いたのを最後に、キム・イクスは意識を失った。

●

目を覚ますと、キム・イクスはあられもない姿で村の入口にある太い木に縛りつけられていた。

「な、何だ、これは！」

いくら動いても縄は少しも緩まない。ちょうどそこへ、子どもを負ぶった若い女が通りかかったので、キム・イクスは助けを求めた。

「おい、そこの女」

役人の威厳を感じさせる貫禄のある声で呼んでみたが、女は唾を吐いて去っていった。

「無礼者！　私を誰だと心得る！」

官衙《クァナ》に戻ったら、まずはあの女からこっぴどく罰してやる。

昼間になると人通りも増え、村人が絶え間なく行き交ったが、キム・イクスに振り向く者は誰一人いなかった。朝から晩まで喉が枯れるほど助けを求めたが、見向きもされない。皆、キム・イクスなど見えていないかのように素通りしていった。

結局、キム・イクスが官衙《クァナ》に戻ったのは、それから三日後のことだった。夜更けに隣村からやって来た塩辛売りが助けてくれなければ、干からびて死んでいたかもしれない。自分をこんな目に遭わせた笠の男も、自分を見捨てた村の者たちも、全員、手打ちにしてくれる。

復讐心を燃やしながら官衙《クァナ》に戻ると、いつもは罪人が座らされている場所に、縛られうなだれる使道《サト》と官吏たちの姿が目に飛び込んできた。いつも自分が座っている席には、目深に笠を被った男が座っている。

「貴様、何者だ？」

キム・イクスが聞くと、笠の男は無言で何かを見せてきた。

「その札は……！」

暗行御史《アメンオサ》の証。キム・イクスの額に、嫌な汗が浮かんだ。

「咸鏡道《ハムギョンド》観察使《クァンチャルサ》キム・イクス、その方には今日をもって罷免を申し渡す。また、その方の財産はすべて咸鏡道《ハムギョンド》の民に等しく分け与え、所有するすべての田畑は国に帰属するものとする。なお、民の暮らしを困窮させ、身勝手に年貢高を定めて国の秩序を乱した罪については、追って沙汰を申し渡す。罪人を引っ立てよ」

笠の男が言うと、官衙《クァナ》の門前に控えていた捕り方が駆け寄り、キム・イクスに縄をかけた。

「や、やめろ！　一体、どういうことだ！」

抵抗するキム・イクスに、笠の男はほかの者には聞こえないほど小さな声でささやいた。

「言う通りにしておけば、命だけは助けてやったのに」

「ま、まさか、あの時の……！　貴様、一体……」

「俺か？　世間では、金笠《キムサッカ》と呼ばれている」

ビョンヨンは笠をわずかに持ち上げて、にこりと笑った。死に神のような恐ろしさとは似つかない美しい笑顔。

「うそだ。こんなのうそだ。私は夢を見ているのだ！」

キム・イクスは引きずられるように連行されながら、最後まで悪あがきを続けた。悪事を繰り返してきた官吏の末路を見て、村人たちは後ろ指をさしたり、暴言を吐いたりした。

事態が落ち着くと、一人の下役がやって来た。下役は懐から帳面を取り出して何やら書き込むと、ビョンヨンに言った。

「次の場所に向かう準備をいたしましょうか？」

ビョンヨンに尋ねはしたが、出立の準備はすでに整えてある。あとはビョンヨンの命令を待つのみだった。

「まだいい」

「まだ？」

ビョンヨンの思わぬ返事に、男は思わず聞き返してしまった。

「ちょっと用事があってな。数日で戻るから、お前たちはここで休んでいろ」

「一体、どちらへ……」

行き先を尋ねようとしたが、すでにビョンヨンの姿はなかった。


「できた！」

玉止めをして余った糸を切り、ラオンはできたばかりの産着をうれしそうに眺めた。夜なべをした甲斐あって、予想より早くできた。

ラオンは衽《おくみ》に刺繍した菫の花を愛おしそうに指先で撫でた。針仕事などしたことのない旲《ヨン》が、指先を赤く腫らしながら刺繍をしていた姿が重なり、ラオンはくすりと微笑んだ。

満ち足りた日々。こんなに幸せでいいのだろうかと怖くなるが、そんな不安に負けていては先へは進めない。ラオンは勇気を持って幸せを受け入れ、毎日心から笑っていた。

生まれてくる我が子が初めて着る産着を丁寧に畳み、ラオンは窓枠に頬杖をついてぼんやり外を眺めた。いつの間に暗くなった空に、星が瞬き始めている。

「今日も遅いのかな」

ラオンがつぶやいた時、外で人の気配がした。

「世子様《セジャ》？」

待ちきれず戸の方まで行ったが、そこにいたのは昊《ヨン》ではなかった。

「俺で悪かったな」

不機嫌そうな顔と、ぶっきら棒な言い方。

「キム兄貴！」

ラオンは喜色を浮かべた。

「いつお帰りになったのです？　今度はどこへ行っておられたのですか？」

「気忙しいやつだ。質問は一つずつにしてくれ」

「お腹は空いていませんか？　ご飯はどうなさってたのです？」

ラオンはビョンヨンを中に招き、二人は向かい合って座った。

「お怪我はありませんか？」

「ああ」

「どこへ行っていらしたのです？　お役目は終わったのですか？　これからはもう、こちらにいらっしゃるのですね？」

「…………」

「キム兄貴？」

息継ぎもせずに質問を投げかけるラオンを、ビョンヨンは黙って見つめ、ふと尋ねた。

「今、幸せか？」

唐突な一言に、ビョンヨンの深い情を感じ、ラオンは素直にうなずいた。

「ホン・ラオン、今、幸せなのか？」

ビョンヨンはもう一度、尋ねた。

ラオンはうつむき、申し訳なさそうに消え入るような声で、

「幸せです」

と答えた。だから、心苦しいのです。

すると、ビョンヨンはラオンの額を軽く突いて言った。

「痛い！　急に何ですか！」

「見損なったぞ、ホン・ラオン」

「どうしてです？」

「少し前まで、世子《セジャ》様に会えないと死にそうな顔をしていたくせに。幸せになったのなら、もっと素直に喜べ。暗い顔などするな」

「だって……」

口ごもるラオンを、ビョンヨンは優しく見守るような眼差しで見て言った。

「お前が言っていたではないか。人にも物にも、守るべき礼儀があるのだろう？」

「キム兄貴……」

「幸せになれ。それが、俺に対する礼儀だ」

「……」

ラオンの手に、一粒の涙が落ちた。

「母親が泣き虫だと、お腹の子も泣き虫になるらしいぞ」

「ご存じだったのですか？」

「ああ、とっくにな。お前に余計な心配をかけるなと、世子《セジャ》様からそれはもうきつくきつく言われている。だから、泣くな」

「はい。泣きません。もう泣きません」

だが、泣くまいとしても、涙は次々にあふれ出てくる。

「世話が焼けるやつだ」

ビョンヨンはラオンから目を逸らし、遠い夜空に目をやった。静かにラオンの頬を伝う涙は、互いを思いやる気持ちを伝えているようだった。沈黙に、様々な感情が入り混じる。

「そうだ」

ビョンヨンは重い雰囲気を変えようと、懐から絹の袋を取り出した。

「これを」

「何です？」

「贈り物だ」

「贈り物？」

袋の中を見ると、中には紅水晶の腕飾りが入っていた。

「これは……」

「綺麗な色を見ながら子どもに語りかけると、美しい子が生まれるそうだ。紅い色は邪気も払ってくれるそうだから、いつも身に着けておくといい」

「キム兄貴……」

「貸してみろ」

ラオンは左手を差し出した。

「そっちじゃない。反対側だ」

「でも右手には……」

躊躇うラオンの右手を取ると、手首にはいつかの月下老人の腕飾りがつけてあった。運命の人との縁を結んでくれるという腕飾り。それはもう、今生では叶わぬ夢となった。

この笑顔を守るために、俺は身を引くと決心した……。

ビョンヨンは月下老人の腕飾りを断った。一緒に、ラオンへの気持ちも。そして、そこに紅水晶の腕飾りをつけた。

「ありがとうございます」

礼を言うラオンを見届けて、ビョンヨンは立ち上がった。

「キム兄貴？」

「もう行かないと」

「いらしたばかりではありませんか。どこへ行かれると言うのです」

「仕事が山積みでな」

「キム兄貴……」

ラオンはビョンヨンのあとを追った。

「出てくるな。風が冷たい」

ビョンヨンはそう言って去っていった。

「キム兄貴、どこにいても、ちゃんと食べなくてはだめですよ。ここはキム兄貴の家なのですから、いつでもいらしてください。待っていますから」

ラオンは闇に向かって声を張った。

「世話が焼けるやつだ」

その声を暗闇の中で受け止めて、ビョンヨンは思った。心から愛したから、思い残すことはなかった。無事に守り抜けたから、もう心残りもない。ただ、ほんの少し、胸が痛むだけだ。

それに、今生がだめでも来世がある。来世でも結ばれなければ、その次を待てばいい。だから、ラオン、お前は幸せになれ。

「思い切り幸せになれ、ホン・ラオン」

ふと寂しそうに微笑むと、足元に冷たい風が吹きつけた。向かい風の中を進むその背中に、星たちはそっと瞬いた。

紅雲《ホンウン》の母屋の庭に大きな日よけが設置された。赤い布がかけられた壇上には、料理人たちが腕を振るった料理が次々に運ばれてくる。

緑陰深まる夏の初め。賑やかな宴の始まりを告げる軽快な調べが響く中、天地風雲、この世のすべてに昊《ヨン》とラオンが夫婦となったことを知らせる婚礼の儀が執り行われた。この日、紅雲《ホンウン》には二人の門出を祝う客たちが、朝からひっきりなしに訪れていた。

空からの日差しが強くなり始める頃、支度を整えた昊《ヨン》は口元がにやけてくるのをしきりに引き締めた。好事魔多しと言われるだけに、言動には細心の注意を払いたいところだが、待ちに待った喜ばしい日を迎え、昊《ヨン》の心は浮き立って、目はついついラオンがいる離れに向いてしまう。

「もう少しの辛抱でございます。すぐにお会いになれますから」

落ち着かない様子の主君に、パク・トゥヨンは袖口で口元を隠して笑ってしまった。

「そうだな」

わかっていても、待ち遠しくてたまらない。そのせいか、今日に限ってやけに時の流れが遅く感じる。時よ、早く過ぎろ。昊《ヨン》は胸の中で呪文のように唱えた。すると、その思いが通じたのか、部屋の外がにわかに騒がしくなった。花嫁の支度が整ったということだろう。昊《ヨン》は深呼吸をして背筋を伸ばした。ハン・サンイクが表から顔を見せると、旲《ヨン》はいよいよかと立ち上がったが、ハン・サンイクは思わぬことを告げた。

「大変でございます」

「何かあったのか？」

待ちに待った婚礼の日。旲《ヨン》は胸騒ぎを覚えた。

「この婚儀は承服しかねる」

――私も賛成できない。

明温《ミョンオン》に続いて、永温《ヨンオン》までラオンの手の平にそう書いて伝えてきた。

「公主様《コンジュ》、翁主様《オンジュ》」

ラオンは困り果て、二人の顔を代わる代わる見るばかりだ。

半刻ほど前、支度をしていたラオンのもとに思いもしない客が訪れた。明温《ミョンオン》と永温《ヨンオン》だ。二人がここへ来たのは、チャン内官がきっかけだった。

明温《ミョンオン》のお世話係となったチャン内官は、世子《セジャ》がみまかられたというのに普段と変わらずにこにこしていた。世子《セジャ》のこととあらば我がことのように喜び、悲しんでいたあのチャン内官がと、その様子を訝しく思った明温《ミョンオン》は、密かにチャン内官の動向に目を光らせた。

明温《ミョンオン》に見られていることなど知る由《よし》もなく、チャン内官はその後もいつも通り、頻繁に宮中と外を行き来していた。

この日も昊《ヨン》とラオンの婚儀に参列するため、病気を理由に早めに仕事を切り上げたのだが、チャン内官が宮中を出ていくその足取りは殊《こと》のほか軽く、明温《ミョンオン》はチャン内官が仮病を使ったのだと確信した。ちょうどその場に居合わせた永温《ヨンオン》にも事情を伝え、二人してチャン内官のあとをつけるうちに、ここへ辿り着いたのだった。二人とも、兄とラオンに裏切られた思いでいっぱいで、明温《ミョンオン》に至っては目に涙まで溜めている。

「どうして言ってくれなかったのだ?」

死んだとばかり思っていた兄が実は生きていて、身分違いの恋を貫いて祝言を挙げようとしている。それも、ラオンが女人であることを知った衝撃が冷めやらぬ中で。

「事情はどうあれ、私はこの結婚には反対だ。死んでも喜べぬ」

容易には怒りが収まりそうにない明温《ミョンオン》に、ラオンは苦笑いした。

「公主様《コンジュ》」

どうしたらお許しいただけるだろう。

「お気持ちは察するに余りあります」

「お前は、私を三度も騙した」

「…………」

ラオンは返す言葉がなかった。

「最初は恋文の代書をして私を騙し、次は男のふりをして騙した。それだけでは飽き足らず、今度は兄が亡くなったと騙して祝言を挙げようとしている。お前は、私に本心で接したことがない」

「その通りです。わたくしは、一度も明温公主《ミョンオンコンジュ》様に正直ではありませんでした」

「やっぱり……」

違うと言って欲しかった明温《ミョンオン》は、寂しそうな顔をした。

「私はキム様のふりをして公主《コンジュ》様に文《ふみ》を送ったばかりか、男のふりもいたしました。そのうえ、今日はこの世にいないはずの世子《セジャ》様と祝言を挙げます。ですが、公主《コンジュ》様」

「………」

「もしあの時に戻れるとしても、わたくしは同じことをすると思います」

「何だと？　お前は、私を馬鹿にしているのか？」

「そうではありません」

「ではどういうつもりだ？」

「すべては公主《コンジュ》様から始まったことにございます」

「私から？」

「キム様に頼まれ代書をしたおかげで世子《セジャ》様に出会えました。男のふりをして生きてきたおかげで、王宮に召し抱えられ、再び世子《セジャ》様にお会いすることができました。もう一度、あの時に戻れるとしても、わたくしは同じことをいたします」

「お前にとって、私は兄上に引き合わせるための橋渡し役でしかないということか」

「わたくしたち二人の縁をつないでくださる、大切な鵲《かささぎ》の橋です」

「私は、お前が好きだ」

「わたくしも公主《コンジュ》様をお慕いしております。以前にも申し上げましたが、わたくしは公主《コンジュ》様に本当の姿をお見せすることはできませんでした。しかし、公主《コンジュ》様を思う心だけは本物でした。どうか、その心までは、否定なさらないでくださいませ」

「………」

「一つだけ、うかがいたいことがございます」

「何だ？」

「公主《コンジュ》様にとって、わたくしは何だったのでございましょう」

「どういう意味だ？」

「文《ふみ》をやり取りする間、わたくしは心の通う友に出会えたような気がしておりました。男女としてではなく、人と人として互いへの理解が深まるにつれ、友情が育まれていくようでうれしゅうございました。公主《コンジュ》様のお考えを知り、文《ふみ》に込められた公主《コンジュ》様のお心に、どんどん惹かれていきました」

「私とて同じだ。お前の物事の捉え方が好きだった。文《ふみ》から伝わるお前の人柄や意志の強さ、そのまっすぐな心根が好きだった」

「でしたら、好きなままでいていただくわけにはまいりませんか？　男ではなく、女である本当のわたくしの姿を、ありのままのわたくしの姿を、好きになってはいただけませんか？」

「何を馬鹿なことを」

明温《ミョンオン》は心外に思った。

「お前が男だから好きになったのではない。お前を好きになったのだ。ホン・ラオンであるお前を慕っていたのだ」

「それは、まことにございますか？」

「喜ぶにはまだ早い」

「どうしてです？」

「この婚礼を認めたわけではないからだ」

「この兄が死ぬと言ってもか？」

「世子《セジャ》様！」

「兄上！」

そこへ昊《ヨン》が現れて、明温《ミョンオン》の額を優しく弾いた。

「兄上……」

明温《ミョンオン》の目に、みるみる涙が溜まっていく。

「式の直前に花嫁を捕まえて、僕に寿命の縮む思いをさせたことへの罰だ。それからこれは」

昊《ヨン》は涙を浮かべる妹を抱きしめた。

「驚かせてすまなかった。よく来てくれた」

「兄上……」

肩を優しくさすられて、明温《ミョンオン》は堪えていた涙をあふれさせた。

「あんまりです。どうして言ってくださらなかったのですか？　私がどんなに……どんなに悲しかったか……憎んでも憎み切れません」

明温《ミョンオン》は、しばらく兄の胸の中で泣き続けた。

「公主《コンジュ》様、これでは日が暮れてしまいます」

ハン・サンイクとパク・トゥヨンに言われ、明温《ミョンオン》は涙を拭って顔を上げた。

「それでも、この婚礼には反対です」

「僕が死んでしまうとしてもか？」

「そのような恐ろしいことを言って、私を脅すおつもりですか？」

「この人がいなければ、僕は生きていけないのだ。この人のいない人生なら、死んだ方がましだ。だから、明温《ミョンオン》」

「何をおっしゃられても……」

明温《ミョンオン》は紅色の花嫁衣装と、チョットリと呼ばれる被り物を頭に乗せたラオンの姿を舐めるように見て言った。

「こんな恰好で婚儀など、絶対にさせられません」

明温《ミョンオン》はハン・サンイクとパク・トゥヨンに言った。

「そなたたち、兄上をどなたと心得る。この国の世子《セジャ》であらせられるのだぞ。その伴侶となるこの方は、世子嬪《セジャビン》だ。そのような方に、このような貧相な恰好をさせるなど、許せぬ」

「恰好とおっしゃいますと……」

「案内しろ」

明温《ミョンオン》は老人たちをひと睨みしてそう言うと、永温《ヨンオン》の手を取って歩き始めた。そして、呆然と立ち尽くすラオンに振り向いて、

「早く、まいりますよ」

と言った。

「わ、わたくしですか?」

「一緒にお越しください」

急に丁寧な言葉遣いで言われ、ラオンは耳を疑った。わけがわからないままあとに続いたが、なぜだか嫌な予感がしてならなかった。それから二時《ふたとき》後、その予感は現実のものとなった。


鳳凰の刺繍と金色の模様が入った青い裳《チマ》に、やはり金色の模様が入った紅い裳《チマ》を重ね、上には円衫《ウォンサム》を羽織って帯を締めると、ラオンは深呼吸をして鏡の前に立った。真珠の白粉をして紅い花から色を出して唇に塗り、香りをつけ丁寧に梳かした髪を編み上げて首の後ろにまとめ、大きな金の鳳凰の簪《かんざし》を挿した自分の姿に、ラオンは気後れしてしまった。

ところが、明温《ミョンオン》はまだ納得できない様子で、しきりに外の様子を気にしている。ラオンも気になって外を見ると、間もなくして赤い漆塗りの木箱を抱えたチャン内官が息を弾ませて部屋に駆け込

んできた。

「仰せの通り、ご用意いたしました」

苦しそうに息をして、チャン内官は抱えてきた箱を明温《ミョンオン》の前に置いた。何の箱だろうと思っていると、明温《ミョンオン》がふたを開けた。中身を見たラオンは口をあんぐりしてしまった。

「真珠を打ち込んだ髪飾りは清国から仕入れた品にございます。こちらは竜頭を模した金の簪《かんざし》、頭用の帯に蘭の髪飾り、小さな鳳凰の簪《かんざし》と、髪の前面に差す簪《かんざし》……」

明温《ミョンオン》は箱の中の髪飾りや装身具を一つひとつラオンに説明し始めた。ラオンはしばらく呆然とその説明を聞いていたが、ふと、まさかと思い明温《ミョンオン》に尋ねた。

「公主《コンジュ》様、まさかとは思いますが、これをすべて、わたくしの髪につけるおつもりですか？」

すると、明温《ミョンオン》はそれには答えず、侍女に言った。

「ぼうっとして何をしている。急がぬか」

ラオンが呆気に取られているうちに、侍女たちは式で中殿《チュンジョン》が使う大首《テス》を頭に乗せ、三十を超える簪《かんざし》や髪飾りを次々に飾っていった。早いのか遅いのかわからない時が過ぎ、やがて手の平を鳴らす音がして、扉が大きく開かれた。祝い客で賑やかだった紅雲《ホンウン》の庭は、水を打ったように静かになった。続いて新婦の登場を知らせる曲が流れ、今か今かとその時を待ちわびていた昊《ヨン》は、立ち上がってラオンを迎える準備を整えた。

皆が見守る中、目に染みるほど鮮やかな紅い円衫《ウォンサム》を身にまとい、星を散りばめたような髪飾りをしたラオンが現れた。一歩一歩、緊張した面持ちで近づいてくるラオンは、王族の厳しいしきたりなど一瞬で吹き飛ばしてしまうほど美しく、昊《ヨン》はひと息に壇上から下りてラオンの前に立った。

「世子様《セジャ》」

パク・トゥヨンから耳にたこができるほど聞かされていた式順とは違う昊《ヨン》の行動に、ラオンは戸惑った。すると、そんなラオンに、昊《ヨン》は手を差し出した。

「手を」

「世子様《セジャ》……」

「この手を、一生、しっかり握っていてくれ」

ラオンは弾けるような笑顔を見せ、周囲を気にしながらも昊《ヨン》の手をしっかりと握った。見守る人々からは歓声が上がり、ことさら軽妙な調べが皆を包んだ。王室の伝統的な式とは程遠いが、二人は人々の温かい思いに見守られ、一人の男と女として晴れて夫婦となった。壇上に向かう二人の背後では、祝い客の笑い声が絶えなかった。


目を覚ますと、辺りはすっかり暗くなっていた。式がいつ終わったのか、すぐには思い出せなかった。薬菓《ヤックァ》や花煎《ファジョン》、肉や野菜を串に刺して焼いた肴と酒の膳が、昊《ヨン》とラオンの間に置かれている。

「疲れただろう」

ラオンが起き上がると、昊《ヨン》が声をかけた。

「平気です」

「おいで。それでは頭が重いだろう」

かすみ草のような小さな真珠や赤い珊瑚、夏の空に似た青い宝石や金の装飾品で飾られたラオンの頭は、まるで天上の花畑のように華やかだ。それだけに重みも相当なもので、式の最中にも加髢《カチェ》を被っていたので、さぞ首が痛かろうと旲《ヨン》はラオンを手招きした。

ところが、ラオンはすでに、旲《ヨン》の方を向けないほど首が強張っていた。旲《ヨン》は見かねて、自らラオンに近づいた。

「馬鹿だな。重いから嫌だと明温《ミョンオン》に言えばよかったのに」

ラオンは返事をする気力もなかった。儚く揺れる蝶の簪《かんざし》や重い真珠の飾り、紅玉や紅水晶の簪《かんざし》が一つ抜かれるたびに頭が軽くなり、すべて抜き取られたあとには鎧を脱いだような気分だった。

「やっといつものホン・ラオンに戻った」

飾りをすべて取り終えると、旲《ヨン》はラオンの顔をまじまじと見て言った。ラオンもうなずき、続けて重い衣装を脱がしてくれるのを待った。

ところが、旲《ヨン》はラオンから離れてしまった。いつもと様子が違う気がして、ラオンは山葡萄のような瞳で旲《ヨン》の顔色をうかがった。

「どうなさったのです?」

旲《ヨン》はどこか元気がないように見え、ラオンは心配になった。

「世子様《セジャ》?」

ラオンが何か言うたびに、唇から果物を噛んだような甘い香りがして、昊《ヨン》は赤くなった。だが、当のラオンは、自分の美しさに少しも気づいておらず、右から左から昊《ヨン》の顔をのぞき込んでくる。この瞳に、僕だけを映したい。少し疲れたように薄く開いた唇を食んでしまいたい。そう思うものの……。

『お気をつけくださいませ。お腹の子はやっと三月を迎えたばかりでございます。今が一番、大事な時期ですので、しばらくは手をつなぐだけになさいませ。それ以上のことは、絶対になさってはいけません』

この部屋に入る前、パク・トゥヨンに何度も念を押されたことを思い出し、昊《ヨン》はラオンの手を握るだけにした。指を絡め、ぎゅっと力を込めて、今はここまでだと自分に言い聞かせて。

「そろそろ寝ようか」

昊《ヨン》は布団の上にまっすぐに、あえてラオンを見ないように横になった。見れば抱きしめたくなり、抱きしめたらくちづけをしたくなり、くちづけをしたらきっと……。

想像するだけで鼓動が速くなったが、ここは我慢だ、絶対に我慢するのだと自分を諫めた。

だが、そんな昊《ヨン》の素振りは、図らずもラオンを不安にさせていた。いつもなら、二人きりになるとすぐに抱きしめてくるのに、今日の昊《ヨン》はまともに目を合わせようともしない。急に態度が変わったので、ラオンは自分が何かしたのだろうかと心配になった。だが、思い当たる節はなく、ラオンは昊《ヨン》に理由を聞くことにした。

「どうしたのです？」

「何が？」

昊《ヨン》は仰向けに寝たまま、目も開けずに返事をした。

「わたくしが何かしましたか？」

「いや」

「では何なのです？」

「何でもない。急にどうしたのだ」

「なぜわたくしを見てくださらないのですか？」

今日は抱きしめてもくれないでとは言えず、ラオンはうつむいた。

「わたくしが嫌になったのですか？」

「何を言うのだ」

「尚膳《サンソン》お爺さんから言われました。男は飽きっぽい生き物だから、昨日まで好きだったものも、寝て起きたら嫌になっていることがあると。世子《セジャ》様もそうなのですか？」

ラオンがつめ寄ると、昊《ヨン》は壁の方に寝返りを打ってしまった。

「世子《セジャ》様」

「そういうことではない」

「では、どうしてなのです？」

「だから、そういうことではないのだ」

昊《ヨン》はうまい言い訳が思い浮かばず、口ごもった。

すると、ラオンは唐突に、

「世子様《セジャ》が好きです」

と言った。まっすぐな告白に、旲《ヨン》は胸を打たれた。

「誰の目も気にせずに世子様《セジャ》と過ごせるこの夜を、わたくしはずっと待ちわびておりました。世子《セジャ》様の伴侶として、堂々と世間様の前に立てるこの日が、待ち遠しくて仕方ありませんでした。でも、そう思っていたのは、わたくしだけだったようですね」

ラオンは思いつめたように旲《ヨン》の背中を見つめ、一人離れに戻ることにした。あちらを向いて自分を見ようともしない旲《ヨン》の姿を見ていると、今夜は一緒にいない方がいいと思った。

すると、旲《ヨン》はとっさに起き上がってラオンの手をつかんだ。そのせいで、ラオンは旲《ヨン》の胸の中に倒れ込んでしまった。冷たい態度とは裏腹に、旲《ヨン》の心臓は大きく波打っている。

「世子様《セジャ》?」

ラオンは驚いて、目を見張った。

「聞こえるか?　僕の鼓動が」

「こんなにどきどきして……それなのに、どうして冷たくなさるのですか?」

「冷たくしているのではない。我慢しているのだ。それが、どうしてわからない?」

「なぜ我慢なさるのです?　もう夫婦になったのですから、堂々となさればいいではありませんか」

すると、旲《ヨン》はちらとラオンの腹に目をやった。その視線でやっと理由を解し、ラオンは思わず、あ、と声を漏らした。夫の思いやりとはこういうものなのか思うと、何とも言えずうれしかった。愛する女《ひと》には、男はこんなにも優しいのだ。

ラオンは心がじんわり温かくなり、蕾が花開いたような笑顔になって昊《ヨン》にくちづけをした。

「ラオン」

「大好きです」

「ホン・ラオン」

「だから世子《セジャ》様も、わたくしを好きでいてください」

「僕は……」

「心から互いを思い合うこと。それは世子《セジャ》様とわたくしの義務であり、権利です。だから、その義務を果たしてください。そして、思い切り権利をお使いください」

「ラオン。お前をどうしたらいい？」

こんなにもお前が好きな僕を、どうすればいい？

愛はこんなにも鮮明で、こんなにも切ないものなのか。この人がいれば、この愛があれば、この先どんなことがあっても乗り越えていける。

「世子《セジャ》様」

ラオンの息にあご先をくすぐられ、昊《ヨン》は目をつぶった。

「世子《セジャ》様、義務ですよ」

「だめだ」

「権利なのですよ？」

「だめだと言っているではないか」

「義務を放棄なさるおつもりですか？」

「ああ、罪人にでも何にでもしてくれ」

「いいのですね？　どんな罪でも、甘んじてお受けになるのですね？」

頑なに拒む昊《ヨン》の顔を、ラオンはじっと見つめた。昊《ヨン》がぎゅっとつぶっていた目を開けると、ラオンは何か企むような目つきになった。

「何をする気だ？」

「世子《セジャ》様を罪人にするわけにはまいりませんので」

昊《ヨン》はとっさに離れようとしたが、すかさずラオンににじり寄られてしまった。昊《ヨン》が一歩下がると、ラオンは一歩近づく。やがて壁際まで昊《ヨン》を追いつめると、ラオンは迷わずくちづけをした。

「だめだ、ラオン。いけない……だめ……」

昊《ヨン》は拒んだが、ラオンの唇にかき消されてしまった。春の日に舞う蝶のように軽やかなくちづけは、次第に真夏の夜のような激しさを帯び始めた。絡み合う十の指に、つながる視線に、肌をくすぐる互いの息遣いに幸せがあふれる。

運命だから愛するのではなく、愛するから運命になる。抗えども愛さずにはいられない。永遠に、いつまでも。

十九　特別な秘密（上）

枝葉はそよ風に揺れてきらめき、蝶たちは花びらのように森を舞う。后苑《フウォン》は今日も青々とした生命に満ちていたが、それを映すハヨンの瞳には一切の輝きもない。美しい木々も、見る者がいなければ風景の一つに過ぎないと思えば、自分の運命も、この木々と同じように感じられた。いずれ色が褪せて枯れてゆく木の葉に、我が身が重なって見える。人生を失った自分は、果たして生きているると言えるのだろうか。

虚ろな目で森の中を眺めるうちに、広い王宮の后苑《フウォン》が静寂に閉ざされているように思えてきた。后苑《フウォン》に限ったことではない。世子《セジャ》亡きあとの王宮は、まるで魂の抜け殻のようだった。以前と何も変わらないようでいて、何もかも変わってしまったような。日常は無聊《ぶりょう》と化し、無聊《ぶりょう》な日常はなかなか過ぎてくれなかった。

振り向くと、視線の端に赤い官服姿の男が映った。世子翊衛司《セジャイギサ》を務めたハン・ユルだ。旲《ヨン》がこの世を去る間際、ハヨンへのせめてもの償いとして、ユルに護衛を託していた。ユルは足音も立てずにハヨンに近づき、頭を下げた。

「何かわかりましたか？」

ハヨンは淡々と言ったがその声には、はやる思いが滲んでいる。

「世子嬪《セジャビン》様のおっしゃる通りでした」

ハヨンの顔に、久方ぶりに生気が戻った。そして、用意しておいた文《ふみ》をユルに手渡した。

「あの方にお渡しください。誰にも気づかれてはなりません。頼みましたよ」

ユルは文《ふみ》を受け取ると、現れた時と同様に音もなく消えていった。一人になり、ハヨンは遠くを眺めた。その顔には、未来への希望が浮かんでいた。


「急に先祖供養をしたいだなんて、どういうつもりだ？」

荒い息を吐きながら、パク・トゥヨンは忌々しそうに庵を見渡した。パク・トゥヨンとハン・サンイクは今、深い山奥にある小さな庵に来ていた。

一昨日、ラオンは突然、この山寺で先祖供養がしたいと言い出した。今よりお腹が大きくなれば、しばらくはできなくなるからと強く乞われ、旲《ヨン》は渋々聞き入れた。だが、当の旲《ヨン》はちょうど重大な事案を抱えていたため、パク・トゥヨンとハン・サンイクに供を頼んだ。

この庵は四方を切り立つ絶壁に囲まれているうえに、人が通れるような道もなく、想像をはるかに超えて険しい道のりになった。そのため、パク・トゥヨンが文句の一つも言いたくなるのは無理もなかったが、ハン・サンイクはぴしゃりと言った。

「パクよ、少しは黙ったらどうだ？　奥様のお気持ちがわからんのか」

「わかるも何も、頼もしい夫がいて、世話をしてくれる者たちが何人もいるのに、何が不安なのだ？」

「お前にはわからないのだ。出産を控えた母親というのは、不安や心配が尽きないものだ」

するど、パク・トゥヨンは鼻で笑った。

「ハンよ、知ったような口を利くではないか。人が聞いたら、まるで子のいる親だと思うだろう。お前だって俺と同じ宦官のくせに」

「だから、お前はだめなのだ。子がいなければ親の気持ちを慮《おもんぱか》ることもできないのか？」

「当たり前だ」

「味見をしなくても味噌は味噌、つうと言えばかあだ。人の心がある者なら、経験がなくても想像がつくではないか」

「笑わせるな、このたわけ」

「何を？　言ったな、爺！」

「爺は六つも上のお前の方だ」

「ほう、お前さん、そんなに若かったか」

「ああ、もうすぐお迎えが来て、いいところへ行けるお前がうらやましいよ」

「何なら、お前を先に行かせてやってもいいんだぞ」

ハン・サンイクが腕まくりをすると、パク・トゥヨンも手の平にぺっと唾を吐き、今にも取っ組み合いを始めそうな雰囲気だ。

「まあ、まあ、お二人とも」

ラオンは止めに入った。相変わらず、口を開けば喧嘩の老人たちだ。

「お天気にも恵まれて、この絶景を眺めながら、楽しくお話ししましょうよ」

だが、老人たちは互いに睨み合ったまま動かない。

「もう喧嘩はやめて、お茶でも召し上がってください」

年甲斐もなく取っ組み合いをしようとする二人の前に、ラオンは膳を置いた。膳の上には綺麗に色づいた蓮茶と、お茶請けの餅が載っている。

「こちらで少しお休みになってください」

ラオンが茶を勧めると、ハン・サンイクが尋ねた。

「奥様はどうなさるのです?」

「この上の仏堂で手を合わせれば、どんな願いも叶えていただけるのだそうです。お寺の住職の方がこっそり教えてくださいました。すぐに戻りますので、お二人はここで一休みなさってください」

「ご無理は禁物ですぞ。奥様に万一のことがあれば、我々がお叱りを受けます」

「わかっています」

心配する二人を宥《なだ》めて、ラオンは軽い足取りで庵の裏手に向かった。その姿を、大きな口を開けて餅を頬張りながら見送って、パク・トゥヨンはつぶやくように言った。

「ハンよ、奥様は、あんなに美しい方だったか?」

初めて会った時は、垢抜けない少年のようだったが……。

「信じられん」

ハン・サンイクもまた、ラオンの後ろ姿に目を奪われていた。今日のラオンを見て、改めて主君である昊《ヨン》の気持ちがわかるような気がした。あの滲み出る美しさと心根の清らかさ。きっと世子様《セジャ》もつい目が行って、一緒にいない時は、どこで何をしているのか気になって仕方がないのだろう。いい人に巡り合われたものだ。

清々しい気持ちで空を見上げると、夕焼けが目に染みた。いつの間にか、空は茜色に染まっていた。こんな空を、あと何回、見られるだろう。最近は毎日が矢のように過ぎていく。瞬きをする間に、月日がはるか先に進んでいるようだ。そのせいか、どの瞬間も大切で惜しまれる。

この餅はしかし、どうしてこれほどうまいのだ。それに、この蓮の葉の茶の甘いこと……。

ハン・サンイクは眠りについた。隣では、パク・トゥヨンが寝息を立てていた。

この子が元気に生まれてきますように。夫が健康で、無事に過ごせますように。

わずか四坪足らずの仏堂は、ラオンの我が子と夫への思いであふれていた。一礼、二礼、三礼と平伏すラオンの額には、うっすら汗が浮かんでいる。

「何をそこまで熱心に拝んでいらっしゃるのです?」

静かな仏堂に、女人が入ってきた。ラオンが顔を上げると、絹の裾を床に擦る音を立てながら、女人が近づいてきた。

「お久しゅうございます」

品のいい微笑みを浮かべ、ハヨンはラオンの前に座った。

「ご無沙汰しております」

ラオンも笑顔でハヨンを迎えた。数日前、ハヨンの文《ふみ》を内々に受け取った時は少し驚いたが、いつかは会わなければならないと思っていたので、ラオンは仏の供養をすると言って、昊《ヨン》にも内緒でこの寺に来た。しばらく沈黙が続き、先に口を開いたのはハヨンの方だった。

「お体はいかがですか？」

ハヨンの目は、自然とラオンの腹に向かった。ラオンは驚いた顔をしたが、すぐに取り直してハヨンに尋ねた。

「どうして、おわかりに？」

「それを聞くなら、いつわかったのか、ではありませんか？」

「では、いつおわかりに？」

「あの晩のことです。あなたが薬菓《ヤックァ》をお持ちになった、あの日の夜」

「あの夜ですか？」

自分もまだ気づいていなかったのにと、ラオンは驚いた。

「なぜでしょう。どうしてわかったのか、私にもわかりません。ただ、感じられたのです。あなたを見た時に、大切な命を宿しているのだと」

きっと、自分がそれほどまで子を望んでいるということだろう。子を願う女の本能が、命の鼓動を感じ取ったのかもしれない。

「…………」

同じ女としてハヨンの気持ちが痛いほどわかり、ラオンは申し訳ない気持ちになった。

ラオンがうつむくと、ハヨンはその胸中を察して言った。

「そんなお顔をなさらないでください。あなたに恨み言が言いたくて、会いにきたのではありません。私には、そんなことをする気持ちも、資格もありませんから」

ハヨンはラオンに近づいて、さらに言った。

「今日、内々にお会いしたいと言ったのは、お願いしたいことがあるためです」

「わたくしに、どんな？」

すると、ハヨンは指をついて深々と頭を下げた。

「何をなさるのです？　お顔をお上げください」

ラオンは慌てて言ったが、ハヨンは頭を上げようとしなかった。

「この通りです。どうか、私の願いをお聞き届けください」

「うかがいます。ですから、お顔を上げてください」

それを聞いて面を上げたハヨンは、思いつめたように下唇を噛んでいた。自分勝手な女だと罵られてもいい。強欲と後ろ指を指されても構わない。どんな非難も、受ける覚悟はできている。

ハヨンは袖に隠れた拳を握り、深く息を吸った。そして、ラオンに言った。

「生まれてくるお子を、私にください」

どっと音を立てて心臓が沈むようだった。呆然としながらも、ラオンは本能的に両手で腹を覆った。

「何をおっしゃるのですか？」

ラオンのハヨンを見つめる目が鋭くなった。まだ生まれてもいない我が子を、まだこの腕に抱いてもいない我が子を差し出せなどと言える神経がわからなかった。

すると、ハヨンはラオンが敵意を抱いたのに気がついて、慌てて首を振った。

「お子を奪おうというのではありません」

「この子を奪うおつもりでないなら、どういうつもりでおっしゃったのですか」

「あの方の血を引くお子です。世に堂々と示せる唯一の希望なのです」

「…………」

「王になるべきお子です。この国のために、天が授けてくださった命です。新しい時代を切り拓《ひら》く新たな光を、あの方が生きた証を、むざむざと消し去ることなどできません。あの方は月になるとおっしゃいました。しかし、この世でもっとも強い光を放つのは太陽です。生まれてくるお子が王になれば、あの方の志を誰よりも正しく実現することができるでしょう。ですからどうか、私の願いをお聞き届けください。この通りです」

切々と訴えるハヨンの目を見ていられず、ラオンはぎゅっと目をつぶった。何が正しいのか、自分はどうすべきか、頭が真っ白になって何も考えられない。運命に導かれるままに歩み、心惹かれるままに一人の男《ひと》を愛し、大切な命を授かった。だが、何かを手に入れたら何かを手放さなければならないのが世の習いらしい。過酷な運命は、またも試練を与えてきた。ラオンはいっそ、目と耳を塞いでしまいたかった。世の中がどうなろうと、私たち親子には関係のないことだと言ってしまいたかった。この国がどうなろうと、この国の民がどんな暮らしをしようと、私たち家族の知ったことではないと突きつけて、ハヨンの申し出を断りたかった。

だがラオンはふと、まめだらけの自分の手を見つめた。旲《ヨン》と出会い、一緒になって、幸せな毎日を過ごしていても、両手にできたまめはなくならない。毎日毎日、生きるのが精一杯だった。それが、この国の民として生まれた者の定めと思っていた。民ゆえに貧しく、民ゆえに苦労するのは仕方がないことだと思っていた。夫となった旲《ヨン》は、そんな世の中に見切りをつけ、自ら月になることを選んだ。そして、男も女も、誰もが自分らしく生き、子どもも老人も安心して暮らせる国を作るため、今日も夜遅くまで任務に励んでいる。

すべてを捨てて王宮を去ってもなお、旲《ヨン》が気がかりにしていることがあった。それはまさしく、王家の血筋が絶えてしまうことだ。ハヨンに乞われなくても、世継ぎであるこの子は王宮に行くべきだ。だが、しかしと様々な思いがラオンの胸を締めつけた。ハヨンの言う通りにするのが道理だとしても、母として我が子を差し出すことなどできない。ラオンはハヨンの頼みを断ることも、快く受け入れることもできなかった。

「少し、時間をいただきとうございます」

ずいぶん経って、ラオンは絞り出すように言った。

「よいお返事を、待っています」

何も言わなくても、ラオンの心の葛藤が伝わった。同じ女として、子を持たずとも母親の気持ちは痛いほどよくわかる。

それ以上は堪らず、ハヨンは静かにその場を去った。ハヨンがいなくなっても、ラオンはしばらくの間、その場を動こうとはしなかった。

この子が元気に生まれてきますように。

夫が健康で、無事に過ごせますように。

ラオンの祈りは夜明けまで続いた。


朝の日差しに瞼をくすぐられ、パク・トゥヨンは甘い夢から覚めた。

「ああ、よく寝た」

寝ぼけ眼をこすって窓の外を見ると、庭を掃く寺の小僧と目が合った。

「お目覚めですか?」

さわやかに挨拶をする小僧に、パク・トゥヨンも笑顔で返した。

「すぐに朝餉《あさげ》の支度をいたします」

「それはありがたい」

台所へと向かう小僧の姿を見送って、パク・トゥヨンは大きく伸びをしてふと思った。

朝餉《あさげ》？　ということは、今は朝か。

辺りをきょろきょろと見渡して、パク・トゥヨンは目をむいた。そして、傍《かたわ》らで寝ているハン・サンイクを叩き起こした。

「おい、ハンよ、起きろ！」

「どうした！　何事だ！」

ハン・サンイクが飛び起きると、パク・トゥヨンはひどく狼狽して言った。

「朝だ、朝になってしまった」

「何を言っているのだ」

「ひと晩、寝過ごしてしまったということだ！」

「そんなはずがあるか」

ハン・サンイクは呆れて、横目でパク・トゥヨンを見た。庵にはつい先ほど着いたばかりだ。経ってもせいぜい一時ほどだろう。だいたい、少し仮寝をしただけで朝になるわけがない。パクのやつ、とうとう老いが始まったらしい。

ハン・サンイクがなかなか状況が飲み込めずにいると、パク・トゥヨンは部屋の戸を大きく開けて見せた。

「見ろ！　朝になっているだろう」

部屋の外には、よく晴れた清々しい朝の風景が広がっている。

今度はハン・サンイクが慌て始めた。

「何ということだ！　パクよ、奥様はどこだ？　どこにいらっしゃる？」

「私にもわからん」

すると、そこへラオンがやって来た。

「お二人とも、お目覚めですか？」

二人は一斉に振り向いた。ラオンの唇は白く乾き、目は充血していて、ひと目で寝ていないことがわかった。

「奥様、まさか夜通しお祈りしていらしたのですか？」

ハン・サンイクが尋ねると、ラオンは少しやつれた顔で微笑んだ。パク・トゥヨンはすかさずラオンを叱り飛ばした。

「無理はなさらないようにと、あれほど申し上げたではありませんか！　もういけません。ハンよ、今すぐ駕籠を呼んでくれ」

「ああ、任せておけ。すぐに呼んでくるから、お前は奥様をしっかり見張っておけ。これ以上、ご無理をされては困る」

言うが早いか、二人はてきぱきと動き始めた。それから間もなくして駕籠《かご》が到着し、ラオンを乗せて庵をあとにした。

山道を下っていく駕籠《かご》に向かい、ハヨンは深々と頭を下げた。ひと晩待ったが、返事は聞けなかった。だが、ラオンならきっと決心してくれると信じていた。そう、信じたかった。

「私がお守りします。いつか、あなたのお子が力強く羽ばたけるよう、あの方の大きな志を見失わぬよう、私が守り抜きます」

ハヨンは一切の迷いのない顔で、晴れ渡る空を見上げた。たとえ無理やり結んだ縁であっても構わない。一族のため、自分を殺し、抜け殻として生きるつもりでいた。それがあの家に生まれた娘の定めなのだと諦めていた。だが、そんな自分にも、これからの人生を生き抜くべき理由ができた。宮中で生きる大義名分が、はっきりとした生きる目的ができた。

空を見上げるハヨンの瞳には、もう一点の曇りもなかった。

「おかえり」

昊《ヨン》は屋敷のある湖のほとりまで出て、ラオンを迎えた。

「世子《セジャ》様！」

昊《ヨン》を見るなり、ラオンはうれしそうに笑った。

「迎えに来てくださったのですか？」

昊《ヨン》は返事もそっちのけで、ラオンの様子をうかがった。

「その顔はどうしたのだ？」

「わたくしの顔が、どうかしましたか？」

ラオンはとぼけたが、昨晩寝ていない疲れがありありと顔に浮かんでいるに、旲《ヨン》が気づかないはずがなかった。

「ひと晩中、祈っていたのか？」

「なんだか、気持ちが落ち着かなかったものですから」

「そんなにやつれるほど、祈り続けなければならない事情でもあるのか？」

旲《ヨン》は供を託したパク・トゥヨンとハン・サンイクを厳しい顔つきで見て言った。

「お前たちは何をしていたのだ？」

「それが、その……」

二人はとっさに言い訳を考えたが、今、思い返してみても妙なことだった。庵に到着し、餅と蓮茶をいただいたところまでは覚えているが、その後のことはてんで記憶がない。一人ならまだしも、二人そろって寝入ってしまった。

「わたくしが勝手をしただけです。お爺さんたちは何も悪くありません」

ラオンは慌てて旲《ヨン》に言った。

誰にも気づかれずにハヨンと会えるよう、事前に閹工《オムゴン》チェ・チョンスに頼んで眠り薬をもらい、それを蓮茶に混ぜて二人に出したのだが、予想以上に効き目があったらしく、おかげで老人二人は朝まで目を覚ますことはなかった。

「身重なので疲れやすいようです。さあ、中に入りましょう」

ラオンは昊《ヨン》の気を逸らそうと腕を引っ張った。ラオンの甘える顔が、目いっぱいに入ってくる。

「ホン・ラオン」

この笑顔を見ると、王族としての威厳も、世子《セジャ》だった立場もどうでもよくなってしまう。おかげで、かつての姿が想像つかないほど昊《ヨン》はすっかり丸くなった。ラオンに腕を引かれて雲の橋を渡る途中、ふと、自分はこのまま腑抜けになってしまうのではないかと思った。だが、それもどうでもよかった。ラオンといる時くらい、腑抜けになって何が悪い。天下の大馬鹿者になったっていい。一緒にいられるのがうれしくて、楽しくて、胸がはち切れそうなほど好きで、愛おしくて、幸せなのだから。

「これからは、一人ではどこへも行かせないからな」

少し厳しい口調で言う昊《ヨン》に、ラオンは言った。

「世子《セジャ》様、目が赤いです」

「一睡もしていないからな」

「お仕事が、そんなにお忙しかったのですか？」

「仕事なら夕方までに終わらせたさ」

「それなのに、一睡も？」

「お前が心配で、眠れなかったのだ」

「世子《セジャ》様……」

「そんな顔をして、どうした？」

「ラオンが大好きで仕方がない病にかかってしまわれたのですね」

「そうかもな。そういう病なら、構わんさ」

「いいえ、いけません」

「どうして？」

「恋の病というものは、口では言い表せないほどつらいものだからです。何をしていてもその人のことが思い出されて、朝も昼も夜も、終わりのない夢の中をさまようような感覚に覆われて、普通の生活が送れなくなるのです」

「へえ、詳しいな」

「だって」

ラオンははにかんで言った。

「わたくしも経験しましたから」

昊《ヨン》は胸がいっぱいになり、ラオンを思いきり抱きしめて耳元でささやいた。

「困ったな」

「何がです？」

「お前のことを、どんどん好きになっていく。一体、どうしてくれるのだ」

ラオンがうれしそうに笑うと、昊《ヨン》は小さな鼻を軽くつまんで言った。

「お前ならわかるだろう。ビョンヨンが笑顔を取り戻したのは、お前がいたからだ。ユンソンが人の心を取り戻したのも、お前と出会ったからだ。ほかにも数え切れないほどの人の苦しみを癒してきたのだから、今度は僕の悩みを解決してくれ」

「うかがいましょう。どんなお悩みですか？」

「一緒に過ごすほど、ホン・ラオンをもっと好きになっていく。どこまで好きになるのか、怖いくらいだ。僕はどうしたらいい？」

昊《ヨン》が真剣に聞くので、ラオンも真面目にしばらく考えて、ふと顔を上げて昊《ヨン》に告げた。

「よく考えましたが、世子《セジャ》様のお悩みは解決できそうにありません」

「では、僕はどうなる？」

ラオンは深く溜め息を吐いて言った。

「仕方がないですね、一生、わたくしがおそばにいて差し上げるしか」

「何？」

昊《ヨン》は腹の底から笑った。幸せはささやかな毎日の中にある。胸の中にじんわり広がる優しい時間が、美しく輝ける日々が、この先も二人を待ち受けている。そう思える、穏やかな朝だった。

「どうだった？」

昊《ヨン》が神妙な面持ちで聞くと、夜更けの風と共に戻ってきた侍女は首を振った。

「まだでございます」

「まだ？　一体いつまでかかるのだ？」

昊《ヨン》は苛立ちを露わにして、明るく灯りの灯った部屋を見つめた。陣痛が始まり、ラオンがその部屋に入って丸一日と半日が過ぎた。時折、聞こえていた苦しそうな声も、もう聞こえてこない。せめて枕元で手を握ってやりたいが、お産となると男は役に立たずで、今か今かと待っていることしかできない。

「今しばらく、お待ちください」

このやり取りを何百回と繰り返し、昊《ヨン》はとうとう痺れを切らした。

「もういい」

昊《ヨン》が無理やり部屋に行こうとしたので、パク・トゥヨンとハン・サンイクは足袋のまま庭に降り、身を挺して止めた。

「なりません！　もうしばらくの辛抱でございます」

「妻と我が子が苦しんでいるのだ。僕が守らないでどうする！」

普段の落ち着きはどこへやら、昊《ヨン》は二人の老人の制止を振り切り、ラオンのもとへ向かった。すまなかった、ラオン。僕が馬鹿だった。周りが何を言おうと、お前のそばにいてやればよかった。せめて手を握ってやるべきだったのだ。

部屋に入っていく時のラオンの姿が、目に焼きついている。つらそうに息をして、青白い顔は汗でびっしょり濡れていた。その顔が胸を締めつけて、息が苦しくなってくる。

男はいくつになっても子どもだというが、ラオンの大丈夫だという言葉を鵜呑みにした自分の不甲斐なさに腹が立ち、昊《ヨン》は自分を責めた。そして、ラオンがお産をしている部屋に着くと、昊《ヨン》に気づいた医者や侍女たちが駆け寄ってきた。昊《ヨン》は息を弾ませて聞いた。

「どうだ？」

「もう少しでございます」

「昨日から、そればかりではないか」

「本当に、もう少しでございます。もう少しで……」

その時、屋敷中に響き渡るほど大きな泣き声が聞こえてきた。昊《ヨン》は石のように固まり、目だけラオンがいる部屋に向けた。すると、部屋の中から侍女が数人出てきて、大急ぎで台所に向かっていった。続いて、青白い顔をしたパンシムが表に出てきた。

「パンシム！」

昊《ヨン》が呼ぶと、パンシムは小走りで昊《ヨン》に近寄った。

「どうだ？」

昊《ヨン》が固唾を呑んで返事を待っていると、パンシムは頬を紅潮させ、満面の笑みを浮かべて言った。

「おめでとうございます！　とても可愛らしいお嬢様です」

昊《ヨン》はパンシムの話に被せるように言った。

「ラオンは？」

「ご安心ください。奥様もお嬢様も元気でいらっしゃいます」

昊《ヨン》はほっとして、大きく息を吐いた。

「何を言う！」

ところが、隣から医者がパンシムを睨んで言った。

「お嬢様だと？」

「ええ。それが、どうかなさい……」

「いい加減なことを言うな」

「はい？」

「私が脈を測った時は、確かに男の子だった。女の子であるはずがない」

医者はパンシムを問いつめるように言った。

「でも、確かにお嬢様で……」

パンシムは見たままを告げただけだったが、憤る医者が怖くて涙ぐんだ。

「本当に女の子だったのか？　ちゃんと確かめたのか？」

医者はどうしても信じられず、何度もパンシムに確かめた。この三十年、診立てを誤ったことは一度もなかった。お腹の子の性別を外したことも、もちろんない。

「確かに男の子だった。間違いない」

医者がそう言った時、部屋の戸が大きく開いた。

「おめでとうございます。元気な男の子ですよ」

産婆は周囲を吹き飛ばす勢いで旲《ヨン》に駆け寄った。

「娘ではなかったのか？」

驚いて旲《ヨン》が聞き返すと、産婆は頬を艶々させて言った。

「双子でございます」

「ラオン」

額の汗に、髪がべったり張りついている。それを優しく後ろに撫でながら旲《ヨン》が呼ぶと、ラオンは薄く目を開けて、弱々しく微笑んだ。

「世子《セジャ》様」

その声はかすれていて、口を開くのもだるそうだった。

「赤ちゃん、ご覧になりました？」

「ああ、今も見ている」

「双子でした。まさか二人も授かるなんて、夢にも思いませんでした」

ラオンは本当に夢を見ているようで、口調にも喜びがあふれていた。

「医者も言っていたよ。双子だなんて思いもしなかったと、驚いていた。どうやって隠れていたのか、医者になって三十年、こんなことは初めてらしい。腹の中で名医を欺くとは、これは普通の子どもたちではないぞ」

「困ったいたずらっ子たちですね。可愛い」

「可愛いものか」

「どうしてです？」

「悪い子たちだ。一日半も母に苦しい思いをさせて」

口ではそう言いつつも、ラオンの隣で口をもごもご動かしている我が子を、昊《ヨン》は宝物のように見ている。

「そんなことをおっしゃったら、子どもたちが寂しがります。どうぞ、褒めてやってください。こんなに元気に生まれてきてくれたのですから」

「そうだな。偉いぞ、お前たち」

昊《ヨン》は生まれたばかりの我が子に笑いかけ、そっとラオンの手を握った。

「ありがとう。本当に偉大だ、ラオン」

「わたくしもそう思います」

「自分で言うか」

こんな時まで冗談を言うのかと、炅《ヨン》は笑いを吹き出してしまった。ラオンもつられて笑ったが、そのまま目を閉じて眠ってしまった。炅《ヨン》はその顔を、愛おしそうに見つめた。

二人の子の母となっても、何一つ変わっていない。頬を明るい桃色に染めた少女のままだ。最近では大人の女人の雰囲気まで出始めて、菩薩のような穏やかな美しさも漂っている。

炅《ヨン》はラオンの瞼にそっと唇を寄せた。桃色の頬と紅い唇にも。傍《かたわ》らには我が子が並んで寝ている。母親譲りの頬をしているが、目鼻立ちは自分にそっくりだった。綿のように真っ白な我が子の頬に顔を近づけてみると、ややの匂いがふわりと香ってきて、得も言われぬ幸福感に包まれた。

この幸せを守りたい。どこへも行かないように、しっかりつかんでいよう。

妻と子らの寝顔を見ながら、炅《ヨン》は心に誓った。次第に炅《ヨン》もうとうとしてきた。ラオンの陣痛が始まってから一度も腰を下ろしていなかったので、その疲れが出たようだ。

炅《ヨン》はラオンに寄り添うように横になり、眠りについた。寝顔には笑みが浮かんでいる。それは、かけがえのない幸せを得た、満ち足りた男の穏やかな笑みだった。

一年後――。
「現地に暗行御史《アメンオサ》を送り、折に触れて官吏を派遣して民の暮らしを守ってきたが、そこまで手を尽くしても、民の血を最後の一滴まで搾り取らんとする貪官汚吏《たんかんおり》は一向に減っていないということか」

昊《ヨン》の声が、部屋の中に重々しく響いた。

「報告によれば、このたび新たに赴任した平安監司《ピョンアンカムサ》の放蕩ぶりが目に余るそうだ。飢えに苦しみ、命を落とす民があとを絶たない中、連日のように妓女《キニョ》を呼んで宴を開いているという。もはや、これ以上、座視するわけにはいかない。先生、すぐに白雲会《ペグネ》から人を送って調べてください」

「かしこまりました」

「それから例の……」

その後も官吏の不正や汚職に対する昊《ヨン》の厳しい指示が続いた。ところが、この日の白雲会《ペグネ》の会合は様子がおかしかった。いつもは昊《ヨン》をじっと見つめ耳を傾けている人々がことごとくうつむいている。皆、何かを堪えるように手を床につき、中には肩を震わせる者たちもいる。泣いているのかと思いきや、よく見ると皆、必死で笑いを堪えていた。無理もない。厳しい顔をして次々に指示を出す昊《ヨン》の右腕には、おくるみに包まれた子が、左腕は歩き出したばかりの子の支えにされている。左側の子は昊《ヨン》の腕につかまって、あぶ、あぶ、とよくわからぬ声を発していたが、不意に唇をぶぶぶと震わせて、いきなり段を降りようとしたので、昊《ヨン》は慌てて我が子を抱き上げた。

「危ないではないか。少しはじっとしていなさい」

だが、子はあぶ、あぶとなおも手足を動かして、父から逃れようとしている。我が子に手を焼く昊《ヨン》の姿に、一同はとうとう笑いに包まれた。

「近頃は、ずいぶんと好奇心が旺盛になられましたな。小さくとも、やはり男の子は男の子のようです」

丁若鏞《チョンヤギョン》が目を細めると、昊《ヨン》は決まりが悪そうに咳払いをした。だが、我が子を褒められたのがうれしいようで、昊《ヨン》も笑って言った。

「この好奇心の強いのが、ウォルです」

「ウォル様？」

ということは、双子の女の子の方だ。

「これは失礼をいたしました。では、そちらの大人しく眠っていらっしゃるのが」

「ファンです」

「いやはや、物覚えがいい方だと思っていましたが、お二人はとてもよく似ていらして、どうにも見分けがつきません。何度もご無礼をいたしまして」

丁若鏞《チョンヤギョン》が申し訳なさそうにそう言うと、昊《ヨン》は耳元で声を潜めて言った。

「先生、僕もよく間違えるのです」

丁若鏞《チョンヤギョン》はまた笑った。二人が話している間にも、ウォルは太陽が燦々と降り注ぐ庭に向かって、よたよたと歩き出している。そんな周囲の騒音にも目を覚ますことなく、ファンは夢の中だった。


さらに、七年後——。

「やあっ！」

「うわ！」

地面を蹴り、飛び上がる二つの小さな影。互いに空中でぶつかり、弾かれ、再び地面に着地すると、二つの影は向き合った。

瓜二つのあどけない顔をして、ファンとウォルは互いに木の剣を向け合っていた。ファンは肩で息をしていたが、間もなくして木の剣を地面に落とした。

「僕の負けだ。降参する。ウォルはまた腕を上げたな」

ファンが原っぱにへたり込むと、その隣に同じ姿形をしたウォルが座った。二人はそっくりを通り越してまるで互いの分身のようだ。同じ頭巾を被り、同じ服を着て、違うのは手首につけた腕飾りだけ。手を頭の後ろで組んで草原に寝転ぶファンの腕には青い腕飾りが、その隣で涼しい顔をしているウォルの手首には赤い腕飾りがついている。

「前に教えた技は練習していないの？」

「練習する間がないんだ」

「ファン、あんた、王宮に行ってからずいぶん怠け者になったのね」

「宮中では剣術のほかにも、やらなきゃならないことがたくさんあるんだから、仕方ないだろう」

ファンは言い返したが、ウォルはさらに聞き返した。

「やることって何よ」

「勉強もしなきゃいけないし、色んな決まり事も覚えなきゃいけないし。それに、この間、ウォルが宮中にいたあとで、やることが倍に増えたからな」

「どうして倍に増えるのよ」

「ウォルが右副賓客《ウブピンゲク》にいたずらしたせいで、いつも厳しく目を光らせているんだ」

「右副賓客《ウブピンゲク》って、あの、クンクン賓客《ピンゲク》のこと？」

「クンクン賓客《ピンゲク》？」

「子曰く、クンクン、孟子曰く、クンクンって、何か言うたびに鼻をクンクン鳴らすんだもの。だから、クンクン賓客《ピンゲク》って呼んでるの」

「そういうことだったのか。女官たちがクンクン賓客《ピンゲク》ってあだ名で呼んでいると聞いたけど、ウォルのせいだったんだね」

ウォルはへへ、と舌を出して笑った。

「それじゃ、私がいたずらをしたせいで、クンクン賓客《ピンゲク》に目をつけられたってこと？」

「そういうこと。でも、そんなこと聞いてどうするの？」

「母上がいつもおっしゃってるじゃない。人から何かしてもらったら、ちゃんとお返ししなさいって。言って、どんな意地悪をされたの？　今度、私が王宮に行く番になったら、ファンがされたことを全部、お返ししてあげる」

すると、ファンは怖い顔をして、念を押すように言った。

「頼むから、余計なことをしないでくれ」

ウォルはやれやれという顔で首を振った。

「あんたは父上にそっくりね」

「それ、褒めてるの？」

「つまらないってこと」

「ちぇっ、ひどい言い草だな。ウォル、それよりこの間、僕が置いていった本は、全部読んだ？」

「まあ、大体ね」

ウォルが適当に答えると、ファンはもう一度、咎めるような目で見て言った。

「この間みたいに、適当に試験を受けたら承知しないぞ」

「するわけないでしょ」

「それから、今度は大人しくしていてくれよ」

「心配しないで。私を誰だと思ってるの？　ウォルよ、ウォル。父上の娘」

ウォルは自信たっぷりに笑ったが、その顔を見て、ファンは嫌な予感がしてならなかった。ウォルが自信満々になる時ほど、何をしでかすかわからない。

「世孫《セソン》様、世孫《セソン》様」

その時、遠くからチャン内官の呼ぶ声が聞こえてきた。

「もうそんな時間なのね。ここよ！」

立ち上がり、チャン内官に手を振ろうとするウォルを、ファンはとっさにつかんだ。

「だめだよ、腕飾り！」

「いけない！」

二人は目を見合わせて、いつものように互いの腕飾りを交換した。

そこへ、ちょうど、チャン内官が息を切らしてやって来た。

「お二人とも、ここにいらしたのですね」

「うん！」

「宮中にお戻りになる刻限でございます」

「もう？」

「さようにございます」

「残念だな」

ウォルは唇を尖らせた。その表情やしぐさまで昊《ヨン》にそっくりで、チャン内官は目を見張った。まだ八つだが、目を引くほど美形な世孫《セソン》に女官たちは色めきだっていた。天真爛漫な表情をしているわりに瞳は思慮深く、鼻筋が通っていて、唇はざくろのように紅い。そのうえ時折、大人びた表情をすることがあって、大人をもどきりとさせる妙な魅力がある。そんなウォルが笑うと、周囲の気持ちまで明るくなった。

世子《セジャ》様も美男子で大変に魅力のある方だったが、世孫《セソン》様とウォルお嬢様はそれに輪をかけて人を魅了する力がある。お二人が大きくなられたら、どんなお姿になるのだろう。想像するだけで、チャン内官の胸は膨らんだ。

「何がおかしいの？」

ウォルはチャン内官に振り向いて言った。チャン内官は恐縮し、腰をさらに屈めたが、ふと何かがおかしい気がした。

「世孫《セソン》様、どうかなさいましたか？」

「何が？」

「いつもとは話し方が違う気がいたします」

「え！　そ、そうか？」

慌てて男口調でごまかして、ウォルはチャン内官の隣にいるファンの顔を見た。すると、ファンはとっさに話題を変えた。

「母上は？」

その時、小さな人影が手を振ってきた。

「ファン、ウォル！」

ラオンは少女のように手を振りながら、二人のもとへ駆けてきた。

「母上、そんなに走っては危のうございます」

ファンは心配して、ラオンの手を握った。

「大丈夫よ、かけっこは得意だもの」

ラオンは胸を張ったが、その姿はウォルとそっくりで、ファンは溜め息が出た。先が思いやられるが、ファンは刻限を伝えるように、そっとウォルの背中を押した。

「では、そろそろ帰ります」

「そうね」

我が子の『帰る』という言葉が、ラオンの胸に突き刺さった。これも天の定めと受け入れ、身が裂かれる思いで双子の男の子をハヨンに託して、七年が経った。何年経っても、我が子との別れの時は胸がつらくなる。

「そんな顔をしないで。二ヵ月したら、また会えるのですから」

「そうね」

「それまでお体にお気をつけて」

「ありがとう」

ラオンは貂《テン》の毛で作った襟巻きをウォルの首に巻いた。

「母の手作りよ。朝夕は風が冷たいから、面倒でも首に巻きなさいね」

「僕はいいから、ウォルにあげてください」

「ウォルの分もちゃんとあるから。これは、ファンの分」

「母上……」

「暗くなる前に、早く行きなさい」

このままでは夜になってしまう。ラオンはチャン内官に目配せをして、世孫《セソン》を乗せる駕籠《かご》を用意させた。ウォルはその駕籠《かご》に乗り、ファンに言った。

「またね」

ファン。

「気をつけて」

ウォル。二ヵ月後に、また会おう。

無言でそんなやり取りをして、二人はそれぞれの場所へと戻っていった。ウォルはファンの代わりに駕籠《かご》に乗り、ファンはウォルの代わりにラオンの手を握った。二人が二ヵ月ごとに入れ替わっているのは誰も知らない。それは二人だけの遊びであり、特別な秘密だ。それもこれも、母親でさえ見分けがつかない二人だからこそできることであり、ウォルの心遣いでもあった。

「母上」

「うん？」

我が子に呼ばれ、ラオンは振り向いた。これから二ヵ月、ウォルとして親元で過ごすファンが、母の目をじっと見ていた。

「どうしたの？」

「いえ、何も」

「何か、話があるんじゃないの？」

「ううん、ただ呼んだだけです」

ファンはそう言って、うれしそうに笑った。二ヵ月ぶりの母との再会。ファンは胸いっぱいに安堵と幸せを感じていた。そんな親子の日々は、今日も川のように、雲のように流れていった。

二十一　ヨウル村の春（上）

耳元に風がそよぐのを感じる。息を吸うと、血の臭いが鼻を突いた。

遠くで誰かが呼ぶ声がする。夢の中で聞くような声で、はっきりと聞き取ることができない。

何もかもがゆっくりだった。水に浮いているような浮遊感。風に舞う埃のように体が軽く、このままどこかへ飛んでいけそうな気がした。手や足の先から魂が抜けていくのがわかる。いよいよお迎えが来たのかと思うと、安堵の笑みが口元に広がった。

不意に、誰かが体を揺さぶった。ここは寝たふりをしてやり過ごそう。今、目を開けてしまったら、現実に引き戻されて、またあの苦しみが始まる。

一体、何日過ぎたのだろう。一日、二日、いや、それ以上かもしれない。瞼の上に、春の終わりの気怠い日差しを感じる。

すると、また誰かが体を揺らしてきた。やめてくれ。このまま眠らせてくれ。目覚めたくないのだ。永遠に、この甘い夢の中にいさせてくれ。

頑なに目を閉じていると、相手は先ほどよりもっと大きな声で呼びかけてきて、思い切り両腕を揺さぶってきた。

あまりの痛さに振り払おうとすると、今度は腕を押さえつけてきた。相手の手は、観念しろと言わんばかりに腕を押さえて離さない。頬に生暖かい息も感じる。どうやら、夢ではないらしい。

「イラン、ここで何をしているのだ！　やれと言ったことはどうし……」

イランが戻ってくるなり、老人は頭から怒鳴りつけたが、すぐに口をつぐんだ。顔の半分はあるであろう大きな目に好奇心を浮かべて、イランはざくろのような紅い唇に人差し指を寄せた。イランの顔は面長で、肌は白粉を塗ったように白く、瞳の黒を際立たせている。

「大きな声を出さないで、お師匠様」

「ついに死んだか？」

「お師匠様！」

「違うのか？」

イランは横たわる男をちらと見て、誇らしそうな顔をした。

「まさか、お前が助けたのか？」

「言ったじゃありませんか。私が助けるって」

「ふんっ、たまたまうまくいっただけで偉そうに」

ユというこの老人は、胸の上で腕を組み、鼻で笑った。そんなユに、イランはすかさず言い返した。

「いいえ、私の実力です」

「一寸の虫にも五分の魂と言うからな。で、どうやったんだ？」

「実力だってば！」

「馬鹿者！　誰に向かって大きな声を出しているのだ。ちゃんと敬語を使いなさい」

「お師匠様が認めようとしないからです。それより、約束を守ってください」

「何の約束だ？」

「この間、約束したじゃありませんか。この男を助けたら、お師匠様の膏薬の作り方を教えてくださるって」

「はて、そんな約束などしたっけな？」

ユは、ごろごろと咳払いをして、指で耳の穴をほじった。


ユがここ雲岳山《ウナッサン》の深い谷間に居を構えて早十六年が過ぎた。谷間になかなか腕のいい医者がいるという評判が口伝てに広がり、今ではこの辺りでは名の知れた医者だった。訪ねてくる患者も多く、一日のほとんどを腫れ物によく効く膏薬作りに費やしている。

そんなユの下には、今年、数えで十七になったイランと、十二のダヌという二人の弟子がいる。聞き分けのいいダヌと違って、好奇心旺盛なイランは常にユの悩みの種だった。今のように膏薬の作り方を教えるようせがまれる時は、頭痛がするほどだった。何とか諦めさせる方法はないかと考えあぐねていたところ、偶然、瀕死の状態で倒れていた男を見かけた。ひと目で手の施しようがないとわかり、ユはとっさに、この男を助けることができたら教えてやると言ったのだが、その日以来、イランは膏薬の作り方を教えてくれと言わなくなった。ところが、それから数ヵ月が過ぎると、また催促が始まった。

「お師匠様、そうやってごまかそうとしてもだめですよ。教えてください。さあ、早く」

イランが急かすと、ユはすっと手を差し出した。

「何です？」

唐突なことで、イランは目を丸くした。

「その前に、払ってもらおう」

「払うって、何をですか？」

「いくら師弟の間柄とはいえ、こういうことはきっちりしないといかん。イラン、お前はあの男を助けるために私の貴重な薬を湯水のごとく使っていたな。作り方を伝授する前に、これまでの薬代を払ってもらおう」

「そんなお金がどこにあるんです！」

「薬代をもらうまでは、私も大事な技術を教えるわけにはいかん」

イランがぐうの音《ね》も出ないのを見て、ユは逃げるように部屋を出ていった。ユがいなくなると、小柄な体躯をしたダヌという少年が、りすのように駆けて寄ってきた。

「イラン姉さん、大丈夫ですか？」

ダヌはイランの様子をうかがった。師匠とひと悶着したあと、イランは決まって怒りや悔しさをぶちまける。ところが、今日のイランは鼻先をつんとさせたまま、怒鳴り散らしもしなかった。

「今の、聞いたよね」

「今のって?」

「ダヌも聞いたでしょ」

「何をです?」

「さっき、お師匠様が言ったこと。薬代を払えば、膏薬の作り方を教えてくれるって」

「はい、私にもそう聞こえましたが……」

お姉さんにそんなお金はないでしょ、と言いかけたのを、ダヌは慌てて飲み込んだ。

「どうするんですか?」

「どうにかするのよ」

イランは壁にかかった官服を手に取って広げた。発見した時に男が着ていたものだ。

「この間、薬草を売りに村に行った時に聞いたの。この絹の服、とっても貴重なものだそうよ」

イランは頰を輝かせた。

「この人の意識が戻ったら、薬代どころの話じゃないわ。当然よ。私は命の恩人なんだから。もしかしたら全財産を差し出すかもしれないわ」

「そんなに高価なものだったのですか?」

イランが高笑いするのをよそ目に、ダヌは眠ったままの男を見た。体中に傷を負ったこの男を発見した時は、まだ雪が降っていたが、今ではその場所に春の花々が咲いている。

「見てなさい。明日の朝には目を覚ますから」

イランが自信たっぷりに言うので、ダヌも幼心を膨らませた。

「こら、お前たち！　まだここで油を売っていたのか！」

そこへ、ユは外から顔をのぞかせて、そんな二人に雷を落とした。

「薬草は切り終えたのか？」

「いけない！」

イランは手で額を打った。

「やはりな。日が暮れるまでに終わらせなければ、二人とも晩飯は抜きだ」

イランは外に飛び出して、振り向き様にユに言った。

「お師匠様、あんまり厳しくしたら、あとでその人からお礼をもらっても、お師匠様には分けてあげませんよ」

イランはそう豪語して舌まで出して見せたが、ユが睨むと逃げるように去っていった。尻尾を置いてけぼりにする勢いで駆けて行くイランを見て、ユは笑い出した。

「面白いやつだ。それにしても、あの怪我人をどうやって助けたのだ？」

末恐ろしい娘だと思いながら、ユは草屋の片隅で眠り続ける若い男を見た。発見した時は息をしているのが信じられないほど怪我がひどく、脈も弱かったので、その日の晩を越すのも難しいと思われた。伝説の神医、華佗《かだ》でも助けるのは無理だったであろう人間を、どうやって？

「血は争えないということか」

ユは先ほどイランが出ていった方と男を代わる代わる見て、ぼそっと独りごちた。

「気がついたのね！」

イランは大いに喜んだ。イランが思った通り、男は日が昇るより早く目を覚ました。

「お師匠様、お師匠様！　起きてください。ダヌも起きて！」

記念すべき瞬間を、みんなで分かち合わない手はない。イランはまだ就寝中の師匠と弟弟子を叩き起こした。

「うるさい！　年寄りを無理やり起こすやつがあるか！」

「お師匠様、寝ている場合じゃありませんよ」

「朝っぱらから大声を出すな。私は眠いのだ。寝かせてくれ。お前だって眠いだろう」

「だから、寝ている場合じゃないんですってば」

「何なんだ、うるさい」

「あれです！　あれを見てください」

イランが興奮気味に指を指す方を見て、ユとダヌは同時に目をむいた。

「そんな……」

「お姉さん！」

助かる見込みのなかった男が、起き上がって座っていた。イランは師匠と弟弟子に見せつけるように男のそばに座った。イランの最初の患者となったその男は、端正な顔立ちに立派な体躯をしている。寝顔もさることながら、こうして見る男の顔は、思っていた以上に凛々しくて男らしかった。

男は虚ろな目でイランを見て、初めて口を開いた。

「ここは、どこですか？」

「ヨウル村よ」

「ヨウル村？」

「ええ。冬山で倒れていたあなたを、私が助けたの」

イランは私が助けたのと言う時、特に力を込めた。

「そうですか」

どこか他人事のように自分の体を見回して、男は尋ねた。

「ところで、あなたは？」

「イラン、ヨ・イランよ」

命の恩人だもの、名前くらい覚えておいてもらわないとね。

「そうですか」

同じ返事ばかり繰り返す男に、ほかに言うことはないのかと少し苛立ちながら、イランは男の顔をまじまじと見た。すると、男もそんなイランをじっと見返してきた。

「ところで」

「何？」

イランは息を呑んで次の言葉を待った。心臓がどきどきした。あなたは、どこのお坊ちゃまなの？　順番としては、まず礼を言われて、それから謝礼の話になるはず。何がいいか聞かれたら、何て答えよう。褒美を考えるだけで心が躍った。

だが、男の次の言葉で、そんな希望は無残にも打ち砕かれてしまった。

「私は、誰ですか？」

最初は聞き間違いかと思った。

「今、何て？」

イランは目が点になった。

「私が誰か、ご存じではありませんか？」

「誰って、そりゃ……私にわかるわけないでしょ」

当然だ。本人がわからないことを、第三者にわかるはずがない。

すると、男は真剣な顔をして、また尋ねてきた。

「私は、どうして倒れていたのでしょう？」

「………」

「私の家はどこですか？」

「うそ。自分の家がどこかもわからないの？　本当に名前もわからない？」

「はい」

思い描いていた未来が音を立てて崩れた。がっくりと肩を落とすイランの後ろで、のんきに大きなあくびをするユに、イランは食いついた。

「お師匠様のせいよ」

「何を言うか」

ユはイランに拳骨をお見舞いした。

「薬までくれてやった私に、そんな恩知らずなことがよく言えたものだ」

「どこかで頭を打ったんだわ。そうよ、お師匠様がこの人をここへ運んで来る時、どこかに頭をぶつけたのよ。だから担架に乗せて運ぼうって言ったのに！」

どうせ助からないからと、男の両足を持って引きずって来たのがまずかったのだろう。

「またそんな言い方をして！　敬語を使いなさい！」

師匠に叱られても、イランは構わず食い下がった。

「今は敬語なんてどうでもいいの！　どうしてくれるのよ、私の褒美！」

「どうするもこうするも、記憶が戻るまで待つしかあるまい」

「このまま永遠に思い出せなかったら？」

「その時は、命があることに感謝するんだな」

「私がもらうはずの治療代は？　膏薬の作り方は？　私の名声はどうなるの？」

「治療代？　膏薬の作り方に名声だと？　けしからん。まだ見習いの分際で、そんなことを考えていたのか」

「知らない、知らない知らない知らない！　責任を取って。お師匠様が責任を取って！」

「お前の相手などしておれんわ。来るな、あっちへ行け。行けと言うのが聞こえないのか」

「二人とも落ち着いてください。お師匠様、お姉さん！」

寝ぼけ眼をこすっていたダヌは、二人がまた言い合いを始めたので慌てて止めに入った。

そんな三人を尻目に、男は遠くを眺めた。何も思い出せなかった。一切の記憶がなくなっているようだ。何かとても大切なことを忘れているような気がしたが、それを思い出そうとすると、なぜだか胸が苦しくなった。

二十二　ヨウル村の春（下）

「お祖父様！」

祖父に駆け寄ろうとして、ユンソンは手から黒い玉を落としてしまった。旲《ヨン》とビョンヨンとの友情の証だ。

十歳のユンソンが世子旲《セジャヨン》の侍童となり、王宮に出入りするようになってから、早いものでもう季節が一つ過ぎた。子ども同士、三人は兄弟のように仲がよかった。この日は三人の友情の証として黒い玉を分かち合った。

ところが、その玉を見た祖父金祖淳《キムジョスン》の目は、ぞっとするほど冷たかった。

「友だと？」

「はい」

「あの者たちが、お前の友だと？」

「だって、お祖父様が世子《セジャ》様のおそばにいるようにと……」

「私は世子《セジャ》のそばにいろと言っただけで、友になれと言った覚えはない」

「お祖父様」

「ソンよ、よく聞け。世子《セジャ》はお前の友ではない。お前たち二人は決して、友として生きられない運命なのだ」

「では、何なのです？」

「世子《セジャ》はお前が蹴落とすべき相手。手段を問わず打倒すべき敵だ」

「そんな……」

ユンソンは愕然となった。

「約束したのです。友になり、あの方の頼もしい家臣になると世子様《セジャ》に誓ったのです」

「守る道理のない約束だ」

「いいえ。私は守ります。世子様《セジャ》との約束を、きっと守ります」

子どもとは思えない強い意志。ユンソンが自分に歯向かう度胸を持っていることが、府院君金《プウォングンキム》祖淳《ジョスン》は気に入らなかった。

「人間とは、実に愚かな生き物だ。身をもって教えてやらなければ、本当に恐るるべき相手が誰かがわからないのだからな。お前が恐るるべきは誰なのか、篤と教えてやろう」

府院君《プウォングン》は背後の護衛に言った。

「こいつを蔵に放り込め」

その一言に、ユンソンは目の前の景色がひび割れ崩れ落ちていくようだった。物心がつく前から、祖父の気に障るたびに蔵に閉じ込められてきた。世子《セジャ》より字を覚えるのが遅いと言って閉じ込められ、世子《セジャ》より詩文のできが悪いと言ってまた閉じ込められた。世子《セジャ》に勝っても負けても閉じ込められる。暗く湿度の高い蔵の中は、幼いユンソンには牢獄のような恐ろしい場所だった。

「嫌です、あそこには入りたくありません！　お祖父様！」

必死に許しを乞う孫を、まるで物でも見るような目で一瞥して府院君《プウォングン》は言った。

「連れて行け」

蔵の扉は、暗闇への入り口だ。閉められると一切の光が入らなくなる。壁や物の輪郭すら見えない真っ黒な蔵の中には、冷たい外気を遮るものもない。

「寒い。寒いよ、母上！　母上！」

一人ぼっちにされる恐怖と寂しさが容赦なく襲ってくる。十歳の子どもにはあまりに酷い仕打ちだが、かばってくれる者は誰もいなかった。心配して声をかけてくれる者はおろか、近寄って様子を見ようとする者もいない。そんな時、ユンソンは自分だけ目に見えない壁で遮られているように感じた。だが、それも五日も続くと、一切の感情が湧かなくなる。そして、その頃を見計らったように蔵の扉が開くのだ。光の中から祖父金祖淳《キムジョスン》が現れて、ユンソンの両目をのぞき込み、虚ろな目を確かめて満足そうにうなずく。感情を持たない状態の方が、教えやすいためだ。

「感情を捨てろ。そんなものに捕らわれていては、お前は何にもなれん。感情を捨て、私の言う通りに歩むのだ。お前が生きる理由も、目的も、それ以外にはない」

府院君《プウォングン》は土を練り器を作るように、孫の人格をその手で形作ろうとしていた。そのためには、孫の自我や感情は妨げに過ぎなかった。非情な現実を受け入れるには、人間の情はあまりにもろい。

「笑え。常に笑顔で、自分の感情を誰にも悟らせるな」

府院君《プウォングン》はそう言い残し、蔵を出ていった。だが、ふと思い出したようにユンソンに振り返って言った。

「清国へ行け。支度はさせてある。すぐに出立しろ」

府院君《プウォングン》からかけられた言葉はそれだけだった。別れの挨拶も、励ましの言葉もなく、暗い蔵の中に幼い孫を残して、府院君《プウォングン》は一人去っていった。

ユンソンは唇を噛んだ。自分は捨てられたのだという思いが込み上げて、悲しくて涙が出そうだった。すると、府院君《プウォングン》と入れ替わりに今度は母がやって来た。この五日間、一度として我が子の様子を見に来なかった母は、ユンソンの肩を撫で、耳元でささやいた。

「気をつけて行くのよ」

無情な一言だった。五日の間、さらされ続けた外気よりも冷たい母の姿に、ユンソンは目に涙を浮かべ、声も出さずに母の背中に訴えた。

母上、私が聞きたいのは、そのような言葉ではありません。私が聞きたいのは、母上に言って欲しかったのは……。


「大丈夫？」

目を覚ますと、心配そうに顔をのぞき込むイランの顔が見えた。辺りはすでに白み始めている。

「怖い夢でも見たの？」

汗に濡れた額と自分の額に交互に手を当てて、イランは立ち上がった。

「待ってて、すぐに薬を持ってくる」

「平気です」

「私が平気じゃないの」

イランは鼻息を荒くした。

「絶対に記憶を取り戻させて見せるわ。治すのにいくらかかったと思ってるの」

「………」

イランの後ろ姿を見送りながら、思わず笑いを噛み殺した。

こういうのも悪くなさそうだ。


部下が持ち帰った文《ふみ》を閉じて、ビョンヨンは尋ねた。

「間違いないか？」

「礼曹参議《イエジョチャミ》キム・ユンソンを幼い頃から世話してきた者が言っていたので、間違いありません。長年、府院君《プウォングン》金祖淳《キムジョスン》の屋敷に仕えていましたが、最近になって故郷に帰ったそうです」

「そうだったのか」

ビョンヨンは静かに目を閉じた。部下の文《ふみ》には、ユンソンに関するあらゆる事柄が記されていた。

なぜ突然、清に発《た》ったのか、なぜ世子《セジャ》と自分に背を向けたのか、そして、なぜラオンに近づき、好きになっていったのかも。

ラオンとユンソンの出会いは、最初から仕組まれたものだった。ユンソンが清から朝鮮に戻ったのは、かつて大規模な反乱を主導した洪景来《ホンギョンネ》の子を煽り、再び乱を起こすためだった。ユンソンはラオンが女人であることも、謀反者の娘であることも、何もかも知っていて、ラオンを利用しようとしていた。

だが、ラオンに接していくうちに、ユンソンの心に変化が起き始めた。ラオンの明るさや純真さに惹かれ、ついには命を懸けてラオンを守るほど愛するようになった。

ビョンヨンの胸に、あの時、一緒に戦っていればという後悔が押し寄せた。庵を訪ねてきた時の、ユンソンの穏やかな笑顔が思い出される。あれが最後になるとは……。

去年の冬、雲岳山《ウナッサン》の麓で会って以来、ユンソンは行方知れずとなっていた。ビョンヨンは方々に人を放ってユンソンの行方を追ったが、ユンソンを捜していたのはビョンヨンだけではなかった。安東金氏《アンドンキムシ》一族も血眼になってユンソンを捜していた。安東金氏《アンドンキムシ》は今、新たに一族を束ねる力を必要としている。府院君金祖淳《プウォングンキムジョスン》が朝廷を離れ、求心力が失われることを危惧した者たちは、かつて一族の将来を担い世子昊《セジャヨン》と互角の戦いを繰り広げたユンソンにあとを託そうとしていたのだ。

竹馬の友が政敵となり、もう二度と友情が戻ることはないと思っていた。信じていた友の裏切りは、深い憎しみを残した。だが、これまで語られることのなかったかつての友の生い立ちを知り、ビョンヨンの心は大きく乱れた。仮面を被ったような笑顔の下に、ユンソンは想像を絶する心の闇を抱えていたのだ。人格を変えてしまうほどの孤独という毒に侵されて。

そんな事情があったとも知らず、俺は、ユンソンに背を向けてしまった。

それが無念でならず、ビョンヨンは目元が細かく震えた。

「礼曹《イエジョ》参議《チャミ》の行方は、まだわからないのか？」

「それが、昨晩、知らせが入りまして、あの方とよく似た男を見た者がいるそうです」

ビョンヨンは目を見張った。

「場所はどこだ？」


「ねえ、見た？」

女たちのひそひそ声があちこちから聞こえてきて、イランは苛立った。師匠の使いで薬屋に薬草を売りに行くところなのだが、イランたちが通る道には村の女たちが三々五々集まって、じろじろとこちらを見ている。

「あの女たちは何？」

イランが尋ねると、ダヌは面白がって言った。

「村の娘さんたちは、最近、夜も眠れないそうです」

「どうして？　集団で不眠症にでもなったわけ？」

「お姉さんも鈍いな。そんなわけないじゃありませんか。このお兄さんのせいですよ」

ダヌは後ろの男を指さした。

「ふんっ、こんなお馬鹿さんのどこがいいんだか」

イランが振り向くと、男は白い歯をのぞかせた。

「あの、すみません」

するとそこへ、一人の少女が近づいて、声をかけてきた。そして、恥ずかしそうにイランに何かを手渡した。

「これを」

「何？」

「微笑みの君子様にお渡しください」

「微笑みの君子？」

イランがきょとんとしていると、ダヌが隣から耳打ちした。

「あのお兄さん、微笑みの君子って呼ばれているそうです」

「このお馬鹿さんが？」

「笑顔が素敵な立派な殿方という意味だそうです」

「よく笑うのは確かだけど、どうして君子なの？」

「清く正しく美しい君子の顔立ち」

「どこが？　馬鹿みたい」

イランは呆れ、再び男を見ると、男はまた微笑んできた。太陽を背にして立っているので、まるで男の後ろから後光が差しているようだ。認めたくはないが、確かに、この男の笑顔は美しく神々しくさえある。それが癪で、イランは思い切り不機嫌な顔をして男に背を向けた。

「油を売っている暇はないの。昼までに必ず帰るように、お師匠様にきつく言われてるんだから。二人とも、急ぐわよ」

イランは振り向きもせずに自分の爪先を見ながら歩みを進めた。ダヌは遅れないよう、小走りでイランを追いかけたが、それからいくらも進まないうちに立ち止まった。

「お兄さん、行きますよ？」

だが、ダヌが声をかけても、男は振り向きもせず、先ほどの場所に立ち尽くしている。

「どうしたんです？」

すると、イランも男の様子に気がついて声をかけた。

「何をしてるの？　行くわよ」

ダヌと違って気が短いイランは、苛立って自分から男に近寄った。だが、男はその声すら聞こえていないようで、尋ね人の張り紙に目を釘付けにしている。イランも気になって貼り紙を見てみると、そこには謀反を起こした洪《ホンギョン》景来《ネ》の娘で、身分を偽り、王宮の宦官になりすました女の似顔絵が描かれていた。男はその似顔絵を食い入るように見つめている。

「この人……知ってる人？」

イランの声は、かすかに震えていた。理由は自分でもわからなかったが、わけもなく胸が不安になった。

「わかりません」

するると、男はやっと答えた。

「わかりませんが、この顔から目を逸らすことができないのです。どうしてでしょう。自分でもわかりません」

似顔絵を見ているだけで、鼓動が激しくなり、息が上がった。まるで心臓に氷の棘が突き刺さったような痛みも感じる。


「だめだ、眠れない」

イランは充血した目をして起き上がった。

「微笑みの君子だか何だか知らないけど、全部あいつのせいよ」

尋ね人の女の似顔絵を見つめていた男の顔がちらついて、イランは一睡もできなかった。病に関する知識はあっても、不眠など自分には一生関りがないと思って生きてきたイランにとって、生まれて初めて経験する眠れぬ夜だった。

イランは次第に腹が立って、文句の一つも言ってやろうと布団を出た。そして男の部屋の前まで来ると、力任せに戸を開けた。

「微笑みの君子、出て来なさい！」

「…………」

「微笑みの君子！」

部屋で寝ているであろう男を大声で呼んだが、返事はなかった。部屋の中にいないのだろうか。まだ夜も明けていないのに、どこへ行ったのだろう？　イランが中をのぞくと、あごの下からぬっと師匠のユが顔を出した。

「お前は眠くないのか？」

先ほどの大声に起こされたユは、恨めしそうにイランを見上げた。

「お師匠様、もう昼よ」

「まだ朝も来ていないのに何を言うか」

「早起きは三文の徳だそうよ」

「歳を取れば、鶏でもゆっくり寝かせてもらえるものだ。そんなことより」

ユはイランの頭に拳骨を見舞った。

「やっと直ったかと思ったら、また馴れ馴れしい口の利き方をしおって。目上の人への礼儀を守るようにと、あと何回、言えばわかるのだ？　少しは女らしくしなさい」

「病気を治す医者に男も女も関係ない、そんな壁は打ち破ってしまえと言ったのは誰よ。それなのに女らしくしろだなんて、言ってることがあべこべだわ」

イランは言い返したが、ユはすでに頭から布団を被ってお尻で呼吸をしている。

「ねえ、お師匠様、微笑みの君子を見なかった?」

「………」

「お師匠様」

「礼儀がなっとらんやつとは口を利かん」

イランは咳払いして、もう一度、聞いた。

「微笑みの君子を見ませんでしたか?」

「お前がここへ来る前に、村に行ったようだ」

「村に?」

イランは夜明け前の、薄暗い道を見つめた。この時刻に、何の用事があって村へ行ったのだろう? そう思っているうちに、気づけば村に向かっていた。考えるより先に体が動いていた。イランには、男がどこに向かったのかわかる気がした。男が何をしに行ったのかも……。

しばらくして、イランは昼間、似顔絵が貼り出されていた場所に着いた。そして、貼り紙の前に佇む男の後ろ姿を見た。

去年の冬、深手を負った男を連れて帰って以来、片時も男のそばを離れなかった。

最初は助かる見込みがないと言い切った師匠を見返したくて男の看病をしていた。師匠が匙を投げた男を自分が回復させて、鼻を明かしたかった。そのためには、何としても男に回復してもらう必要があった。

看病は一日、二日、三日と続いた。雪が降っては溶けるを繰り返し、やがて凍っていた山河に青い芽が出始めて、吹く風も日増しに温かくなっていった。黄色いレンギョウが咲き、それを羨むようにつつじの花が初々しい桃色の花びらを咲かせた。その頃になると、男はイランの生活の一部になっていた。一日の始まりに意識の戻らない男に湯薬を飲ませ、男の容態を見ながら食事を済ませ、薬草の下処理をして、男に鍼を打って一日を終える。

そうやっていつも一緒に過ごしてきた男が、今、イランのいないところを見ている。イランが知らないどこかを。

ふと、このまま、男が遠くへ行ってしまいそうな気がした。風のように、雲のように、私の知らない場所へ、私を置いて。

行かないで。

イランはそう声に出して言いたかったが、そんな本心を押し隠して、イランは男を呼んだ。

「微笑みの君子」

「…………」

「微笑みの……」

「ユンソンです」

「え?」

「私の名前は、ユンソンです」

男は、尋ね人の女の似顔絵に目を留めたまま、そう言った。

「思い出したの?」

イランは目を見張った。驚きと共に、またあの言葉が口を衝いて出そうになる。

行かないで。

声にならない思いが、喉元を締めつけた。

「記憶が戻ったの？」

ここにいて。

「…………」

男は何も言わなかった。それはとても短い沈黙だったが、イランには永遠のように長く感じられた。するとユンソンと名乗るその男は、イランに振り向いて言った。

「いえ、名前のほかには、何も」

「本当に？」

イランはつい喜色を浮かべた。

「本当です」

男はそう言って、にこりと笑った。その笑顔はいつになく明るく見え、イランの胸に矢のように突き刺さった。


「あの方に間違いありませんか？」

夜明け頃、明るくなり始めた路地の片隅に、笠を目深に被ったビョンヨンの姿があった。背後から部下が指さす方を見ると、見知らぬ娘と笑い合うユンソンがいた。以前より痩せているが、笑顔を見る限り、漢陽《ハニャン》にいた頃より元気そうだ。

その時、何気なく振り向いたユンソンと目が合った。ビョンヨンは、しばらくユンソンから目を逸らさなかったが、やがて静かに首を振った。

「いや」

「しかし、あの方は確かに……」

「人違いだ」

ビョンヨンはそう言って、その場を離れた。部下は納得がいかない様子だが、渋々ビョンヨンに従った。

「知ってる人？」

ユンソンが路地の方を見ているのに気がついて、イランが聞いた。

「いえ、ただ……懐かしい人がいたような気がしただけです」

「懐かしい人？」

「ええ。それより、どうしたのです？　もしかして、私を捜しに来てくれたのですか？」

「ち、違うわよ！」

図星を突かれ、イランはむきになった。鏡を見なくても、顔が真っ赤になっているのがわかる。その顔を見られたくなくて、イランは先に歩き出した。だが、優しいのか気が利かないのか、ユンソンはイランのあとを追いかけてきた。

「どこへ行くのです？」

「どこって……」

行き先などなかったが、イランは無理やり捻り出して答えた。

「薬屋さんよ。お師匠様に、軟膏を届けるように頼まれたの」

「薬屋ならこっちです」

どうしてこうなるのだと、イランは恥ずかしくてたまらなかった。だが、ここで引き返せば変に思われるので、仕方なく薬屋に向かって歩き出した。歩きながらうまい言い訳はないかと考えて、

「そういえば、薬屋さんに行く前に、寄らなきゃいけないところがあるんだった」

と言った。

「どちらです？」

背後からユンソンに行き先を尋ねられ、答えに困ったイランは天を仰いで言った。

「秘密」

「言えないところなのですか？」

「それも秘密。それより、どうしてついて来るの？」

「薄暗い道を、一人で歩かせるわけにはいきませんから」

「大丈夫よ」

「私が大丈夫ではありません」

「平気だって」

「私が平気ではないのです」

明け方の道を歩く二人の後ろで、朝日が昇り始めていた。

夢を見ていた
花になる夢を
蝶になって光の中を舞う夢を

夢を見ていた
雲になる夢を
風になって自由に大空を巡る夢を

夢を見ていた
あなたに愛される夢を
あなたの瞳に映る私を
永久《とわ》にあなたと生きる夢を

そしてまた夢を見る
いつまでも覚めることのない、そんな夢を

その後

清国は北京城の南、正陽門《せいようもん》と宣武門《せんぶもん》の間にある琉璃廠《るりしょう》は、古くからある骨董品通りだ。書物をはじめ、ほかでは手に入らない画集や陶磁器など、貴重で珍しい品であふれているため、別名、天下の宝石箱とも呼ばれている。そんな琉璃廠《るりしょう》に、最近、一軒の新しい店ができた。本や画集に、わずかに装身具を売っている何の変哲もない小さな店だが、一つだけ、ほかの店にはないものがあった。それは、よろず相談。人々の悩みを聞いてくれる店とあって、これまでありとあらゆる品を見てきたこの街の人々からも物珍しがられていた。

「あの店に、解決できない悩みはありませんよ」

何気なく入ったその店で悩みを相談をした若者は、武勇伝さながら興奮気味に周囲にそう話した。琉璃廠《るりしょう》では今、できたばかりのその店がうわさの的になっていた。最初は若者の話を信じる者はいなかったが、店の評判は人の口から口へと静かに広がり、次第にこっそり店をのぞく者も現れた。

「まだ降ってる。この分じゃ、今日もお客さんは来そうにないな」

例年より早い豪雪は三日経ってもやまず、一面が雪に覆われていた。霜月の冷たい風が吹きすさぶ中、通りを行き交う人々は襟元を掻き合わせ、背中を丸めて足を急がせた。

店に入り、ダニは肩の雪を払った。髷を結い、パジチョゴリの上に礼服をまとった姿は、男そのものだ。

「もう三日目だものね。いつになったらやむんだろう」

ラオンは火鉢に当たって体を温めていたが、急いでダニの肩に上着をかけた。ラオンもダニと同じような、動きやすい男の服装をしている。

二人がこの街にやって来たのは三月ほど前のことだった。時代の流れは早く、朝鮮も他国の潮流に合わせて変わらなければならないと常々考えていた旲《ヨン》は、新たな文化を取り入れて独自の文化を育むための拠点として、ここ琉璃廠《るりしょう》に店を開き、ダニに店の切り盛りを任せていた。ク爺さんの店で匂い袋を売ったのがきっかけで商売に興味を持つようになったダニは、複数の商人を束ねて小さいなりに手堅い商売をしている。店の資金はもちろん、旲《ヨン》と白雲会《ペグネ》が後ろ盾になっているのは言うまでもない。

「雪も雪だけど、十日後に朝鮮に送る品は用意できた？」

「世子様《セジャ》に頼まれたものはそろえたわ。残り一つは、今日中に手に入ると思う」

ラオンはじっとダニを見つめた。

「何、お姉ちゃん？」

「なんだか信じられなくて」

「何が？」

「こんなにしっかりしてたっけ。お姉ちゃん、感動しちゃった。でも、商売もいいけど、そろそろお婿さんを探さないとね」

「それはいいや。結婚より商売をしている方が性に合っているもの」

「商売をしながら、いい人も探せばいいじゃない」

「あまり欲をかくと、今あるものも失うそうよ」

「誰がそんなこと」

「尚膳《サンソン》お爺さん」

ラオンは、やれやれと首を振った。商売に邁進するあまり、男に興味を持たない妹にそんなことを言えば、ますます縁遠くなるに決まっている。ダニもいまや二十歳を優に過ぎ、年々、姉のラオンの方が焦りを募らせていた。

「そうだ、用事を忘れてた」

長居は無用と、ダニはその場を離れることにした。ここにいたら、また嫁に行け、将来のことを考えろと言われるのがおちだ。

「この雪の中、どこへ行くと言うの？」

「向かいのワンさんの店よ。やっぱり私が行かないと。品がそろわないと困るから」

そう言うと、ダニは逃げるように店を出た。

「ダニ、ちょっと待って」

ラオンも慌てて店を出たが、ダニはあっという間に向かいの店に入ってしまった。

「逃げ足も速いんだから」

ラオンは諦めて店の中に戻った。

それからしばらくして、出入り口の風鐸《ふうたく》が鳴った。

「すみません」

「いらっしゃいませ」

声が緊張しているのがわかり、ラオンは明るく迎えた。現れたのは、着古した服を着た女人だった。うさぎの毛の帽子で顔が半分、隠れているが、大きな目をしているのがわかる。女人は恥ずかしそうにうつむいて、なかなか話をしようとしない。ラオンは自分から声をかけた。

「何かお探しですか？」

「この店では、どんな悩みも解決してくださるとか」

「そういうことでしたら、こちらへお座りください」

ラオンはにこりと笑って、女人を招き入れた。旲《ヨン》から習った中国語も、なかなか様になってきた。

ラオンは火鉢のそばに女人を座らせて、さっそく相談を始めた。

「お悩みがあるのですか？」

女人はやはりうつむいたまま、なかなか口を開こうとしない。

それからしばらく経っても、女人は押し黙ったまま一言も発さなかった。ラオンは急かすことなく、女人が話してくれるのを待った。そうしているうちに、心の準備が整ったのか、女人はぽつりぽつりと話し始めた。

「どうすればいいか、わからないのです」

「わからない？」

「関わって欲しくないのに、離れてくれない人がいるのです」

女人は困り果てているようだった。深い溜息を吐く女人の様子をうかがいながら、ラオンは慎重に言葉を選んで言った。

「その人に、嫌がらせを受けていらっしゃるのですか？」

「そうなのです」

「どんなふうに？」

「毎朝、私の家に訪ねてきて、食べ物を置いて行くのです。季節の変わり目には、決まって服や生活に必要な物が届けられます」

「…………」

ここまで聞く限りでは、相手は嫌がらせをしているようには思えなかったが、ラオンはもう少し事情を聞くことにした。

「私がこの話をすると、みんな笑うんです。人様から見れば、贅沢な悩みだそうで……でも私は、本当にやめて欲しいと思っています」

「あなたは当事者ですから、嫌に思っても無理はありません」

もしかしたら、相手は余命いくばくもない好色の老人かもしれない。年老いた男が若く美しい娘を金や物で好きにしようとするのを、これまで何人も見てきている。もし自分が好きでもない男から一方的に好意を寄せられたら……想像しただけで鳥肌が立った。

そこで改めて女人の様子を見たところ、どうも嫌がっているようには見えなかった。ひょっとして、と思い、ラオンは聞いてみた。

「そのお相手のことが、お嫌なのですか？」

　女人はうんとも、すんとも答えなかった。

「そこまでお困りなら、官衙《クァナ》に申し出てはいかがでしょう。心配でしたら、私が代わりに行って差し上げます」

　ラオンはすぐにでも官衙《クァナ》に向かう素振りを見せた。

「待ってください」

　すると、女人は慌ててラオンを止めた。

「違うのです。私はただ、ただ……」

　ラオンは座り直した。やはり、この人は相手が嫌ではないようだ。

「ただ？」

「心配なのです」

「どんなことが？」

「いつまでも、私を思い続けているあの人が、心配で耐えられないのです」

「お客様も、お相手の方を思っていらっしゃるのですね」

「………」

　女人は否定しなかった。

「お二人は両想いでいらっしゃるのに、なぜ拒まれるのです？」

「そういう縁だからです。私とあの人は、結ばれてはいけない運命《さだめ》なのです」

「どういうことですか?」

理由を尋ねると、女人は目深に被っていた帽子を脱いで、初めて自分の顔を見せた。梅桃のような丸顔は小さくて何とも愛らしく、十人並み以上に美しい。ただ、右の頬に大きな火傷の痕があった。わざわざ聞かなくても、女人が相手の気持ちを拒む理由がわかり、ラオンは胸が痛んだ。すると、女人は悲しそうに目を伏せて、身の上を打ち明けた。

「私たちは結婚の約束をしていました。毎日が幸せでした。私たちは心から愛し合っていましたから。でも、祝言まであと少しという時に、家が火事になったのです」

「火事に?」

「ええ。とても大きな火事で、何とか命だけは助かりましたが、そのせいで私は、顔に消えない火傷を負ってしまったのです」

「それで、その方を避けていらっしゃるのですか? その火傷のせいで?」

「はい」

「お相手の方に、嫌われると思ったのですね?」

「いいえ。そんな人だったら、私のことなんて、とっくに忘れているはずです」

「でしたら、どうしてその方から離れようとなさるのです?」

「私のことで、悲しむあの人を見ていられないからです。火事の日から間もなく、家が燃えたのは、火の不始末が原因ではなかったことがわかったのです」

「では、まさか」

「私たちの結婚を快く思っていなかったあの人のお母様が、人に頼んで私の家に火をつけたのです」

「信じられない……」

「私も、すぐには信じられませんでした。でも、それが事実だったのです」

「その後、お相手のお母様はどうなさったのです？　罪を償われたのですか？」

「とても大きな家の方なので、私たちの味方は誰もいませんでした」

「お相手の、その方もご存じなのですか？」

女人はうなだれるようにうなずいた。

「その事実を知って、その方は何て？」

「私の顔を、まともに見ることもできずにおります」

「憎んでいらっしゃらないのですか？」

「憎いです。それに、心配です。何もかも自分のせいにして苦しんでいるのではないかと、胸がつらくなるほどに」

そう言って、女人はすすり泣いた。それは怒りや絶望の涙ではなく、懸命に胸の奥底に抑え込んでいる深い愛の涙だった。

「そこまで思っていらっしゃるのなら、今からでも、その方のもとへ行って差し上げてはいかがです？」

「それはできません。あの方のお母様にここまでの仕打ちを受けながら、あの家に嫁ぐなんて……」

「ならば、その男に好きな女を守る機会を与えてやってはどうだ？」

不意に男の声がして振り向くと、店の本棚の向こうから昊《ヨン》が現れた。

昊《ヨン》は薄青色の礼服に黒笠の出《い》で立ちで颯爽と現れ、滑り込むようにラオンの隣に並んだ。

「人の分だけ人生がある。だが、男の人生において、もっとも大きな意味は、自分のものを守ることだ。それゆえに、守れなかったものへの未練や罪の意識を、いつまでも引きずって生きる。それが男というものだ」

「………」

「その男に、謝る機会を与えてやってくれないか。そんなに心配なら、素直にその男の手を握り返せばいい。戦うべき相手がいるなら、二人で一緒に、立ち向かえばいいのだ」

「ですが、こんな顔になってしまった私が、あの人のそばにいていいのでしょうか」

「男は、一度惚れてしまえば、相手がどんな見た目をしていようと構わなくなるものだ」

ましてや、生涯の伴侶にと決めた相手ならなおのこと。顔に傷があろうと愛情が変わることはない。昊《ヨン》はそう言っているようだった。

「私はもう、あなたのもとへは行けないと、あの人に言ってしまいました。私たちの間には、渡り切れない大きな川が流れているのです。今さら、どうしていいのか……」

　すると、今度はラオンが言った。

「毎日、食べ物を届けに来るとおっしゃいましたね？」

「はい。でも、あの人の顔を見てはいません」

「でしたら、毎日、食べ物が置かれるその場所に、温かいお茶を置いてみてはいかがでしょう」

「………」

「あなたはほんの一歩でいいのです。そうすれば、あちらは十歩も二十歩も歩み寄ってきますから」

　女人はぎゅっと唇を結んだ。そして、長い間の悩みに一つの決断を下したように席を立った。

「やってみます」

　帽子を目深に被り直した女人の顔には、もう迷いはなかった。何事も最初の一歩が難しい。だが、赤子が歩みを覚えるように、一歩踏み出してしまえば、あとは二歩、三歩と進んでいける。やがて、愛しい人の前に立っている自分に気づくだろう。

　きらきらと輝く女人の後ろ姿に、ラオンはそう確信した。

「いつまで僕をほったらかしにするつもりだ？」

「いつからいらしていたのです？」

　ラオンは振り返り、拗ねている昊《ヨン》を見て笑った。その笑顔は明るい花のようで、いつ見ても美しいと昊《ヨン》は思った。何年も共に暮らしているが、いまだに毎日が新鮮で飽きることがない。

「あの娘、うまくいくといいな。それはそうと、いつまでそんな恰好をしているつもりだ？」

ラオンが男の服を着ているのが、昊《ヨン》は気に入らなかった。

「もう男のふりはしない約束だ。いつも綺麗にしていると言っていたではないか」

「だって、この方が楽なのです」

「あの娘たちを見てみろ」

昊《ヨン》が店先をちらと見ると、窓の向こうからこちらをのぞいていた小さな顔たちが慌てて隠れるのが見えた。

「あの娘さんたちは、私を見に来たのではありません」

「なぜそう言える？」

「一番前の人は、世子《セジャ》様が初めてこの店にお越しになった時に来ていました。その隣の女人は、どこから聞きつけてくるのか、二ヵ月前から世子《セジャ》様がいらっしゃる日だけ来ています。お目当ては、私ではなく世子《セジャ》様です」

「そんなはずがあるか」

「気づいていらっしゃらなかったのですか？」

「どうして、そんな顔をする？」

「私の顔が、どうかしましたか？」

「やきもちを妬いているようだ」

「馬鹿なことを言わないでください」

「そうか、お前は妬いているのか」

昊《ヨン》はラオンの鼻を軽くつまんだ。珍しく人前でじゃれる昊《ヨン》に、ラオンは一瞬、豆鉄砲を食らった気分がした。そして、ふと笑い、昊《ヨン》の額にくちづけをした。店の外から若い娘たちの悲鳴が小さく聞こえてきたが、ラオンはうれしそうに笑って言った。

「お店に来る女のお客さんが、半分に減りますね」

「甘いな。この程度で減るものか」

「え？」

昊《ヨン》は不意打ちのようなくちづけをした。甘い吐息が口の中に広がり、愛しさが波のように押し寄せる。幾多の苦難を乗り越えて結ばれた二人の愛は、月日を経ても色褪せることはなかった。

雪の積もる道の上にも夕暮れが訪れた。深々と降りしきる雪は一向にやむ気配がない。

「そろそろ帰りましょうか」

ラオンが振り向いて見ると、昊《ヨン》は店の奥の小さな書庫で本を読み耽っていた。

「世子《セジャ》様？」

もう一度呼んだが、昊《ヨン》は仕入れたばかりの本に夢中で耳に入っていない。この様子では、今夜は帰れそうにない。だが、それも悪くないかと、ラオンは機嫌よく書庫の扉を閉めた。

それからしばらくダニの帰りを待ちながら店の片付けをしていると、風鐸《ふうたく》の凛とした音が鳴り、清国の女人が入ってきた。

「まだやっているか？」

「はい、どうぞ」

「悩みを相談できると聞いて訪ねたのだが」

「お悩みでございますか？」

「好きな男を取られたのだ」

「それは、さぞ悲しい思いをなさったでしょう」

「悲しいだけではない。腹立たしくて病気になりそうだ」

「そうですか」

本音を繕いもしない女人に、ラオンは少しばかり圧倒された。身分の高い女人と見えて、その態度は多少礼儀に欠けるが、嫌な気はしなかった。

「新しい出会いを求めて、あれこれ手を尽くしてみたが、もう限界じゃ。どうすれば立ち直れるのか、教えてくれ」

「そういう時は、新しい恋を始めるのが一番です」

「わらわの話を聞いていなかったのか？　新しい出会いを求めてどれほど動いても、相手が見つからないと言っているではないか」

「それならば、まずはその方を忘れることです」

「忘れる？」

「心の中がその方でいっぱいでは、ほかの人を受け入れることなどできません。少しずつでも忘れて、隙間を作るのです。そして、また誰かを受け入れる準備が整った時、心の奥に新たな光が差すでしょう」

「そうかもしれぬな。でも、それでもし忘れられなかったら、その時はどうすればいい？　心に隙間を作ることも、空にすることもできなかったら、どうすればいいのじゃ」

「人の心は水の如し、恋心は雨の如しと申します。大雨の時は、世の中の何もかもが水の中に沈んだように見えますが、本当は何も変わっていません。雨が上がり、水が干上がれば、また同じ景色が見えてきます」

「時が薬と言いたいのか？」

「急に降り出した雨は、また急にやみますから」

「お前の言う通りかもしれないが、わらわには、とてもそうは思えないのだ。急にやむどころか、日が経てば経つほど後悔ばかり大きくなっていく。あの時もっと自分の気持ちを素直に伝えておけばよかった。あんなに簡単に諦めなければ、あるいはと」

よほど悔やまれるらしく、女人は声を震わせていた。

面紗で隠れていて顔は見えないが、並みの性格ではないのは明らかで、ラオンはますます女人の顔が気になった。だが、今は傷心の女人を励ますことに集中しなければと、ラオンは改めて女人に言った。

「あなた様が身を引いたことで、今頃、その方はきっと、幸せにしていらっしゃると思います」

「まことか？　まこと、幸せだろうか」

「ええ」

「ならば、お前もさぞかし幸せなのだろうな」

「え？」

ラオンが聞き返すと、女人は面紗を外し、顔を見せた。

「ソヤン姫様！」

悩み相談に訪れたその客は、清のソヤンだった。


清国第五皇子の娘、ソヤン。ラオンがソヤンと出会ったのは、今から十年前のことだ。清国一の琵琶の奏者として来朝したソヤンは、昊《ヨン》に会うなりたちまち恋に落ちた。一目惚れだった。ソヤンは、これは運命であり、天が引き合わせた縁なのだと信じ込んだ。

だが、その時すでに、昊《ヨン》には別の人がいた。どういうわけで宦官になったのかは与り知らないが、昊《ヨン》のそばにはいつもラオンがいた。初めはそれが気に入らず、二人を引き離そうともしてみたが、結局、自分は逆立ちをしても二人の間に割って入ることはできないと悟った。二人の絆は、恋敵のソヤンから見ても、それほど強いものだった。

「お元気でしたか？」

久しぶりのソヤンとの再会に、ラオンは大いに喜んだ。うれしさ半分、驚き半分ではしゃぐラオンに、ソヤンはふんとそっぽを向いて言った。

「あまり笑うでない。お前のおかげで、わらわがどれほど胸を痛めてきたか。それを思うと、今でも腹が立ってくる」

「そんなにおつらかったのですか？」

「わらわから世子様《セジャ》を奪ったのなら、人が羨むような暮らしをすればいいものを、どうして死んだことになっているのだ」

「事情があって、そうなってしまったのです」

憎まれ口を叩いてはいても、ソヤンは旲《ヨン》とラオンを心から心配していた。そっけなく見える態度からもそれが伝わって、ラオンはくすぐったい気持ちになった。

「笑うなと言っているではないか」

「だって、うれしいんですもの」

「相変わらず変わっておるな。お前には怒る気持ちも湧かぬわ」

負けたわと、ソヤンも笑った。

「それはそうと、今、お一人ですか？」

「何度か皇室が用意した見合い相手と会ってみたが、誰一人わらわの眼鏡に適う者はいなかった。いい男は全員死んだのか、それともわらわの望みが高すぎるのか。天下のソヤンが、この歳まで独り身で過ごすことになろうとは、一体、誰が思っただろうな」

そこで、ソヤンはラオンに向き直った。

「誰か、いい男はいないか？」

「そうですね……」

突然、話を振られてラオンが戸惑っていると、再び風鐸《ふうたく》の音が鳴った。皆、雪の降る夜は誰かに話を聞いて欲しくなるのだろうか。

目でソヤンに断って、ラオンは急いで客を出迎えた。

「キム兄貴！」

だが、そこにいたのは客ではなく、ビョンヨンだった。笠についた雪を払い、ビョンヨンは店に入った。

「どうなさったのです？」

ラオンはビョンヨンに駆け寄り、体中を見回して無事を確かめた。

「お怪我はありませんか？」

「………」

「今度はとても危険なお役目を任されたと聞きました。こんなにやつれてしまって」

ラオンは胸が痛んだ。ビョンヨンの気持ちを知って、ずいぶん経った。いつか、自分が突然いなくなることがあったら読んで欲しいと渡された文《ふみ》には、「恋」の一文字が書かれていた。

月明りの美しい夜、資善堂《チャソンダン》の東の楼閣でしたためた文字。一度は筆を折ったビョンヨンが、再び筆を執って初めて書いたのはラオンへの思いだった。消し去ることのできなかった男の思いが、その一文字に込められていた。

だが、ラオンがそれを受け取ることはなかった。その時すでに、ラオンの心は自分のものではなくなっていた。

それからは、ラオンは以前のようにビョンヨンと話すことができなくなった。だが、西へ東へ、風のように飛び回るビョンヨンを見るのは以前と変わらず胸が痛む。

すると、そんなラオンの気持ちを察して、ビョンヨンは気にするなと言うようにラオンの肩を軽く叩いた。

「心配するな。この通り、無事に帰ってきた」

口ではそう言ったが、ビョンヨンは疲れ切った顔をしている。

「少しはお休みになってください。働きづめでは、そのうち倒れてしまいます」

「………」

「この笠も、そろそろ新しいのに変えませんと」

初めてラオンが贈った笠を、ビョンヨンは今も肌身離さず使っていた。だいぶ古くなり、端の方がすり減っていてラオンは眉間にしわを寄せたが、ビョンヨンは構わず大事そうに笠を置いた。

「新しいのを買って差し上げます」

「俺には、これで十分だ」

「それなら、服だけでもちゃんと着てください」

「面倒だ」

ビョンヨンは短くそう言って、頭を下げた。ちょうど、書庫から昊《ヨン》が出てきたところだった。

「帰ったのか？」

昊《ヨン》はうれしそうにビョンヨンを出迎えた。

「変わりはないか？」

「俺は何も変わらないが……」

「どうした？」

「あっち」

ビョンヨンは向かいの店にちらと目をやった。夜でも明るいワンの店先にダニがいて、その周りを男がうろついている。

「誰だ？」

不審そうに男を見て昊《ヨン》が言うと、ビョンヨンは愛想のない声音で言った。

「イム・サンオクという商人の倅だそうだ」

「あれが、イム・サンオクの倅だと？」

朝鮮一の商人、イム・サンオクの名を知らない者はいない。

「その倅が、あんなところで何をしているのだ？」

ビョンヨンは胸の前で腕を組んで答えた。

「あの男、今日が初めてではないのだ。朝鮮にいた時からずっと、ダニの周りをうろちょろしていた」

「どうしてあの男が？」

「若い男が、若い娘の周りをうろつく理由は一つしかないだろう」

昊《ヨン》とラオンは、二人同時になるほどという顔をした。ビョンヨンは胸の前で腕を組んだまま木の柱にもたれ、まるで一幅の絵でも眺めるように外の風景を見た。

ラオンはビョンヨンの姿を見ているのがつらくなった。ビョンヨンの心の中には、今も冷たい風が吹いている。荒んだ心は、いつになれば癒されるのか。

それに、いまだ癒されていない人が、もう一人。ラオンはソヤンに視線を移した。昊《ヨン》に軽く会釈をして、澄ました顔で茶をすすっている。両手で湯呑みを包むように持ち上げて、昊《ヨン》から目を逸らそう、逸らそうとしている姿は傍から見ても胸が痛んだ。きっと、古い恋の痛みを茶で押し流しているのだろう。同じ孤独を抱えた二人を見ていて、ラオンは胸を痛めずにはいられなかった。

二人とも、いい人と巡り会って、今度こそ幸せになって欲しい。

そう思った時、一瞬、ビョンヨンとソヤンが視野の端と端に入ってきた。一人はあまりに重々しく、一人はあまりに孤高な人。不安定に揺れ動く秤のように見えて、絶妙な均衡を保っている気がした。もしかしたら、この世でもっとも解決しがたい二人の悩みを一遍に解決できるかもしれない。どうしたものか、ラオンが考えていると、騒々しい音を立ててパク・トゥヨンが現れた。

「奥様！　奥様！」

ラオンは慌てて立ち上がった。

「どうしました？」

「大変でございます」

「王様が……王様が……」

パク・トゥヨンは息が切れて話を続けることができなかった。昊《ヨン》とラオンは顔を強張らせた。昊《ヨン》はパク・トゥヨンを正面から見て聞いた。

「王様がどうなさったのだ？」

張りつめた空気の中、パク・トゥヨンは言った。

「王様が、みまかられました」

「………！」

昊《ヨン》は蹴るように立ち上がり、青い顔をして聞き返した。

「それは、まことか？」

やっと絞り出したような声に、パク・トゥヨンは平伏し、声を出して泣き出した。

「父上……」

昊《ヨン》は目に涙を浮かべ、今にも倒れそうな白い顔をしてラオンに言った。

「朝鮮に戻らなくては」

「わたくしも、すぐにあとを追います」

昊《ヨン》はビョンヨンと共に大急ぎで店を出た。二人がいなくなった場所を呆然と見て、ラオンはパク・トゥヨンに聞いた。

「世孫《セソン》はどうなるのですか？」

「葬儀が終わり次第、王位を継がれます」

ラオンは愕然となった。手が震えてきて、うまく息が吸えなかった。ラオンは雪の空を見上げ、小さく独りごちた。

「ウォル、大丈夫なの？　無事でいるの？」

誰も知らない双子の秘密の遊び。子どもたちの優しい心が作った秘密を、母のラオンだけは気づいていた。今、王宮にいるのは娘のウォルだ。ラオンは心配で、胸が張り裂ける思いだった。

王の死は宮中に深い悲しみをもたらし、王宮には重々しい空気が漂っていた。

「チャン内官、ちょっと、出かけてきたいのだが」

世孫《セソン》はそばに仕えるチャン内官に言った。王の棺を安置する殯殿《ピンジョン》の外に小さな天幕が張られ、王が崩御《ほうぎょ》して以来、世孫《セソン》はその中に、人形のように玉座に座らされていた。幼い世孫《セソン》の澄んだ瞳は、得体の知れない恐怖と不安に震えている。

「いけません」

チャン内官はいつになく厳しい顔つきで言った。

「少しだけだ。すぐに戻るから」

「王宮は今、閉門しています。国葬が終わるまで、宮中を出ることはできません」

「じゃあ、国葬が終わったら出られるのか？」

「それもなりません」

「どうして？　あれもだめ、これもだめではないか」

「国葬が終われば、世孫《セソン》様は王様におなりになるためです」

「王様って、誰が？　私が？」

チャン内官は神妙な顔をしてうなずいた。

「それじゃ……私が王に？」

ウォルの声は細く震えていた。すると、それに答えるように天幕の外から低く大きな声が聞こえてきた。

「世孫《セソン》様は喪服から袞龍袍《コンリョンポ》にお召替えください」

それは、王位継承の儀の始まりを告げる声だった。ウォルはいよいよ狼狽した。今からでも正直に言った方がいいかな……私はウォルで、女だって。

だが、そんなことをすれば大騒ぎになることを、ウォルもわかっていた。両親の秘密が知られて、騒ぎどころではなくなってしまうだろう。どうしよう、どうしようと気ばかりが焦り、息が苦しくなってきて、このまま死んでしまうかもしれないと思った。

「おできになります」

その時、新しく任命された右副賓客《ウブピンゲク》が耳元でささやいた。父の昗《ヨン》によく似た、針の穴ほどの隙もない男。常日頃から、ウォルに厳しく目を光らせている。

「世孫《セソン》様なら、十分、おできになります」

「私に、できる？」

「わたくしが世孫《セソン》様の影となり、常におそばについております。ですから、安心して王におなりください。強く、堂々と、この国と民を守る君主におなりください」

ウォルは目を閉じた。ここで逃げれば何もかも失うことになる。そんなことは絶対に嫌だ。右副《ウブ》賓客《ピンゲク》の言う通り、国も、民も、家族も、大切なものは私がこの手で守っていくんだ。

ウォルは目を開け、宣言するように言った。

「私は王になる。本物の王になる」

父上が言っていた、王が王らしく、臣下が臣下らしくある国。子どもが子どもとして、女人が女人として、伸び伸びと生きられる国を築いていく。ウォルは顔を上げ、力強く前を向いた。


一八三四年、十一月。わずか八歳の世孫《セソン》が王に即位した。

それは、この国の歴史上、もっとも麗しい王だった。

完

雲《くも》が描《えが》いた月明《つきあか》り ⑤

初版発行　2021年　9月10日

著者　尹 梨修(ユン・イス)
翻訳　李 明華(イ・ミョンファ)

発行　株式会社新書館
〒113-0024　東京都文京区西片2-19-18
tel 03-3811-2631
(営業)〒174-0043　東京都板橋区坂下1-22-14
tel 03-5970-3840 fax 03-5970-3847
https://www.shinshokan.co.jp/
印刷・製本　中央精版印刷株式会社

定価はカバーに表示してあります。

乱丁・落丁本は購入書店を明記のうえ、小社営業部あてにお送りください。

送料小社負担にて、お取り替えいたします。但し、古書店でご購入されたものについてはお取り替えに応じかねます。

無断転載・複製・アップロード・上映・上演・放送・商品化を禁じます。

作品はすべてフィクションです。実在の人物、団体、事件などにはいっさい関係ありません。

Moonlight Drawn By Clouds #5
By YOON ISU
Copyright © 2015 by YOON ISU
Licensed by KBS Media Ltd. All rights reserved
Original Korean edition published by YOLIMWON Publishing Co.
Japanese translation rights arranged with KBS Media Ltd. through Shinwon Agency Co.
Japanese edition copyright © 2021 by Shinshokan Publishing Co., Ltd.

ISBN978-4-403-22137-8 Printed in Japan